星野星野 イラスト 黒兎ゆう
陰キャの俺が席替えでＳ級美少女に囲まれたら
秘密の関係が始まった。
JN178679

普段の姿
「ごめん今日はパス！
か、彼氏が放課後にスタバに行きたいって言っててー。あはは」
海《み》山《やま》愛《あい》莉《り》
席替えで泉谷諒太の
正面の席にやってきた。
彼氏がいると周りには言っているが、
本当は家が貧乏で
こっそりアルバイトをしている。
諒太と二人きりのときだけ強がらず
に等身大の自分になれる。

秘密の姿
「ううん。多分だけど諒太は命の恩人……
多分、だけどね」

普段の姿
「ふーん、そうなんだ」
（……早く諒太とオタク談義したい……）
市之瀬優里亜
最高!!

秘密の姿
「優里亜って呼べって言ってんじゃん。
下の名前で呼ぶの、あたしで慣れればいいから」
UFO
PRIZE
市《いち》之《の》瀬《せ》優《ゆ》里《り》亜《あ》
席替えで泉谷諒太の左側の席にやってきた。
いつも気だるげなダウナーギャルと
周りには認識されているが、
本当はアニメや漫画が大好き。
諒太と二人きりのときだけ
自分らしく笑顔になれる。

普段の姿
「今日からわたしたち、隣同士だね？　よろしく、泉谷くん」
黒《くろ》木《き》瑠《る》衣《い》
席替えで泉谷諒太の
右側の席にやってきた。
容姿端麗・成績優秀・スポーツ万能と、
全てが完璧な学級委員長。
強情な担任を説得して席替えを
実施した張本人なのだが、
諒太に接近するのには
深い理由があって……？

秘密の姿
「陸上部のユニフォームを着たわたし、どうかな？
可愛いかな？」
夏浜

Inkya no ore ga Sekigae de
Skyubishojo ni hakomaretara
Himitsu no kankei ga hajimatta.

CONTENTS

Inkya no ore ga Sekigae de Skyubishojo ni kakomaretara
Himitsu no kankei ga hajimatta.

陰キャの俺が席替えで
S級美少女に囲まれたら
秘密の関係が始まった。

星野星野　イラスト　黒兎ゆう

プロローグ

学校生活で一番胸躍《おど》るイベントとは何だろう。

文化祭、体育祭、修学旅行、挙げ始めたら枚挙にいとまがないが、頻繁且《ひんぱんか》つ日常的に行われるイベントと考えたら、それは『席替《が》え』ではないだろうか。

友人同士近い席で高校生活を過ごしたい、できるだけ意中の人と近づきたい、そういった思《おも》惑《わく》とドキドキ感。それは学校で頻繁《ひんぱん》に行われるイベントの中ではかなり胸が躍《おど》るものだろう。

……いや、楽しんでいるのはあくまで陽キャだけだ。

陽キャとは対《つい》にあるぼっちの陰《いん》キャの気持ちを考えたことはあるだろうか？

できるだけ教室の隅《すみ》の席を望み、周りにはせめてクラスの二軍三軍くらいの目立たない人間にいて欲《ほ》しいと思う陰《いん》キャの気持ちを。

ぼっち陰《いん》キャにとっての席替《が》えは、逆の意味で、一番胸が躍るものであり、やっと慣れてきた席から離《はな》れなければいけないという、ハイリスクほぼノーリターンなイベントだ。

一人静かにラノベを読めていたあの神席から、離《はな》れなければならなくなったぼっち陰《いん》キャの心境なんて、同じ立場のぼっち陰《いん》キャにしか分かるまい。

そう、これは俺みたいなぼっち陰《いん》キャしか到底《とうてい》理解できないのだ。

その上、俺の場合はその次の席がよりにもよって……。

「ねえ！　今日の帰りスタバ行こーよー？　愛莉《あいり》、新作のフラペチーノ飲みたーい」

「またスタバぁ？　あたし今月ちょい金欠気味なんだけど」

「ふふっ、ならわたしが優里亜《ゆりあ》の分も出してあげる。それなら行くよね？」

「ま、まぁ……瑠《る》衣《い》がそこまで言うなら」

「じゃあ決まりね？　あとは～」

左右と前の席に座る美少女三人の視線が、一気に俺に集まる。

「もちろん諒太も、一緒《いっしょ》に行くんだからねっ」

「い、い、い、い、い、」

席替《が》えにより、なぜかクラスの美少女三人衆に囲まれてしまった陰《いん》キャの俺。

しかもそれがきっかけで、彼女たちのとある秘密を知ってしまい、色んな意味で俺は美少女三人衆に包囲されてしまった。

こんな状況《じょうきょう》になった俺の気持ちなんて誰《だれ》にも……いや間違《まちが》いなく俺にしか分からないだろう。

それもこれも、全てはあの日から始まった——不運で幸運な、あの日から。

一章「席替えから始まる学園生活」

今日は朝からやけに嫌《いや》な予感がしていた。

目が覚めたと思ったら急に金縛《かなしば》りに遭《あ》ってしまい30分のロス。

たまたまやってたテレビの占《うらな》いは、俺の射手座がダントツの最下位。

家を出た時間的に、朝のHRに間に合わない可能性もある。

ただでさえ俺はクラス内で陰《いん》キャオタクとして通っているのに、遅刻《ちこく》なんてしたらさらに立場がなくなる。

「もう朝のHRが始まったかな？　だとしたらかなりヤバいぞ！」

クラス担任の山田は、常に竹刀《しない》を持ち歩いている時代錯誤《さくご》の暴力教師であり、もし遅刻《ちこく》なんかして彼の逆鱗《げきりん》に触《ふ》れたら……ただじゃ済まないだろうな。

俺は本気で焦《あせ》りながら、自分の教室である2年B組の教室に飛び込む。

すると——教室では席を移動するクラスメイトの姿があった。

スクランブル交差点を行き来する人集《ひとだか》りのように、それぞれ違《ちが》う方向へ行ったり来たり。

クラスメイトは皆《みな》、自分の机の中に入っていたものを取り出し、抱《かか》えながら移動している。

「このクラスになって初めてだよねー」

「うんうん。山田先生厳しいから席替えなんてしないと思ってたし」

せ、席、替《が》え……？

「それもこれも委員長の黒木《くろき》が頼《たの》んでくれたおかげだよな」

クラス内を移動するクラスメイトの会話を聞く限り、どうやら学級委員長の黒木《くろき》が担任の山田を説得して席替《が》えを行ったらしい。

抽選《ちゅうせん》は既《すで》に終わっているようで、それぞれが黒板に書かれている席へ移動しているみたいだ。

前黒板には白のチョークで綺麗《きれい》に名前が書かれており、俺、泉谷《いずみや》諒太《りょうた》の名前もしっかりあった。

席替《が》えなんて陰《いん》キャの俺にとって全く嬉《うれ》しいイベントじゃない。

俺みたいな陰《いん》キャは、好きな相手と隣《となり》になりたいとか友達と近い席になりたい、なんて感情を持ち合わせていないからだ。そもそもぼっちだし。

さてと、俺の席は……って、ん？

「う、嘘《うそ》……だろ」

黒板に書かれた俺、『泉谷《いずみや》諒太《りょうた》』の名前の周りを見て、俺は啞然《あぜん》とする。

左隣《ひだりどなり》の席には市之瀬優里亜《いちのせゆりあ》。

右隣《みぎどなり》の席は黒木瑠衣《くろきるい》。

さらに、前の席には海山愛莉《みやまあいり》……だと!?

左右と前方、俺の周りの席にいたのは、クラスカーストのトップ美少女三人だったのだ。

2年B組のクラスカーストトップに君臨するS級美少女——市之瀬優里亜《いちのせゆりあ》、黒木瑠衣《くろきるい》、海山《みやま》愛莉《あいり》。彼女たちは常に一緒《いっしょ》に行動している美少女三人衆である。

明るい栗色《くりいろ》の髪《かみ》のギャルっぽい見た目をした市之瀬優里亜《いちのせゆりあ》と、黒髪清楚《くろかみせいそ》で2年B組の学級委員長も務める才色兼備《さいしょくけんび》の黒木瑠衣《くるい》、そして甘えた声をした爆乳妹系《ばくにゅういもうとけい》美少女の海山愛莉《みやまあいり》。

この三人は、クラス内だけでなく高校全体で見ても一際《ひときわ》目立つ存在であり、誰《だれ》もが認めるS級美少女である。

クラスカーストトップの彼女たちに対し、クラスカースト最底辺といっても過言ではない俺は、これまで話したこともなければ、目が合ったことすらない。

そんな彼女たちに席を囲まれてしまった目の前の現実を受け入れられず、前黒板に書いてある自分の席を何度も確認《かくにん》する。

しかし何度見たところで俺の名前に間違《まちが》いはなく、俺の名前はこのクラスの『美少女三人衆』に囲まれていた。

こ、これは……どう考えても最悪の席じゃないか!

あの三人は何もしていなくても周りの視線を集めるほどの美貌《びぼう》と存在感があるし、誰《だれ》もが認めるクラスの中心。

そんな中心である三人に囲まれた席なんて……地獄《じごく》でしかない。

俺はひっそりと、教室の隅《すみ》の席でラノベを読みながら、ニヤニヤしていたいんだ。

それなのにこんな席じゃ、落ち着いて本も読めないだろ！

俺は動揺《どうよう》を隠《かく》せないものの、早く席を移動しないと今の俺の席に座る人が困るため、とりあえず荷物を抱《かか》え、地獄《じごく》の席へと移動する。

俺が移動した時には、既《すで》に目の前の席に海山愛莉《みやまあいり》が座っていた。

海山《みやま》は『カワイイ』の権化《ごんげ》と言われるほど、何から何まで〝可愛《かわい》い〟大人気の女子生徒。

明るい髪《かみ》色のツインテールも、まん丸で大きな瞳《ひとみ》とそのアヒル口も、あざとさを感じさせる。

また、クラス男子たちが海山《みやま》に対して熱視線を送るのはただ可愛《かわい》いというだけではなく……

そのデカ、か、か、すぎる胸も一つの理由だろう。

腰《こし》は細いのに胸と太ももがムチッとしているのはグラドル並みに反則のスタイルだと思う。

「愛莉《あいり》おはよ」

「あっ、優里亜《ゆりあ》じゃん。おはよ～」

すると今度は美少女三人衆の二人目、市之瀬優里亜《いちのせゆりあ》が登校してきた。

市之瀬《いちのせ》は俺の左隣《ひだりどなり》の席に荷物を置いて座る。

「あたしらの席近いね？」

「だよねー？　瑠衣《るい》ちゃんが近くにしてくれたのかな？」

「じゃなきゃこんなにあたしら近くならないっしょ？　ま、どっちでもいいけど」

いや、俺《こっち》からしたらいい迷惑《めいわく》なんだが……！

「今日の優里亜《ゆりあ》のネイルめっちゃ綺麗《きれ》ぇ。トップコート変えたの？　それともオイルかな？」

「別に大したことしてないし」

市之瀬《いちのせ》はクールに言うと自分のスマホに目を落とした。

市之瀬優里亜《いちのせゆりあ》はその鋭《するど》い目つきと尖《とが》った性格が特徴《とくちょう》的なダウナーなギャル。

海山《みやま》と違《ちが》って可愛《かわい》いというよりも美人顔で、胸はもちろん太ももがハンパなくデカい。

二次元のギャルはそこそこ好きな俺だが、現実のギャルは大の苦手だ。

理由はシンプル。この世界にはオタクに優しいギャルなんて存在しないからだ。

きっと市之瀬《いちのせ》は俺みたいなオタクのことを軽蔑《けいべつ》してるだろうし、極力関わりたくはない。

オタクに優《やさ》しいギャルなんて空想上の生き物だからな。

「てか瑠衣《るい》ちゃん遅《おそ》いね？　おトイレかな？」

「どうだろ。あ、山田が来たよ愛莉《あいり》。前向かないと」

市之瀬《いちのせ》が言った瞬間《しゅんかん》、廊下《ろうか》から担任教師の山田が現れ、続いて委員長の黒木《くろき》も教室に入ってきた。

「全員席に着け」

鬼《おに》の山田が竹刀《しない》を片手に言うと、ビビった生徒たちは大人しく席に着く。

山田の後に来た黒木《くろき》も、自分の席である俺の右隣《みぎどなり》に座った。

黒木《くろき》め……お前のせいで、俺はこんな最悪の席に座ることに……。

「席替《が》えは終わったみたいだな。お前ら、あんまり浮《う》かれるんじゃねえぞ」

山田が鋭《するど》い眼光で生徒たちを見回す。

「今回は委員長の黒木《くろき》が『どうしても』と言うから特別に席替《が》えを許可したが、席替《が》えなんて無駄《むだ》なものは二度とないと思ってろ。今日は連絡事項《れんらくじこう》がないので朝のHRは以上だ」

山田は床に向かって竹刀《しない》をパシンッと一発叩《たた》くと、教室から出ていった。

はぁ……今日はあっさり山田のHRが終わったな……って、待て。

今、山田のやつ、席替《が》えは〝二度とないと思ってろ〟って言わなかったか？

まさか、2年の最後までこの席のままなのかよ⁉　俺の平穏《へいおん》……間違《まち》いなく死んだ。

「――泉谷《いずみや》くん、久しぶり」

俺が顔面蒼白《そうはく》になっていると、右隣《みぎどなり》から澄《す》んだ綺麗《きれい》な声が聞こえてきた。

「今日からわたしたち、隣《となり》同士だね？　よろしく、泉谷《いずみや》くん」

こ、この声は……黒木《くろき》瑠衣《るい》……。

今回の一件における全ての元凶《げんきょう》であり、このクラスの委員長。

緑なす黒髪《くろかみ》ストレートは大和《やまと》撫子そのもので、優《やさ》しそうな眼差《まなざ》しに端整《たんせい》な顔立ち。

陸上部に所属しており、そのスレンダーな身体《からだ》つきはモデルのようにスラッとしている。

そんな美人委員長さんが急に話しかけてきたことに、俺は正直びっくりしている。

言っておくが、俺と黒木《くろき》はこの5年間一度も話したことはないのだ。

「瑠衣《るい》ちゃん、なーに話してんのー」

「……瑠衣《るい》、そいつと知り合いなの？」

美少女三人衆の他二人がそう訊《たず》ねながら黒木《くろき》の席まで歩み寄ってくる。

市之瀬《いちのせ》に関しては、俺を「そいつ」呼ばわりしながら、指を差してきた。

「うーん。今まで話したことはなかったけど……実はわたしと泉谷《いずみや》くん、同じ中学だったから」

そう……俺と黒木《くろき》は同じ中学出身なのだ。

中学時代から黒木《くろき》の一挙手一投足は周囲の注目を集めており、生徒会長に陸上部部長、さらには全国模試1位の肩書《かたが》きを引《ひ》っ提《さ》げ、人気や人望を恣《ほしいまま》にしていた。

だからこそ、あの黒木瑠衣《くろきるい》が俺みたいな底辺陰《いん》キャの名前を覚えていたこと自体が意外だ。

なんで黒木《くろき》は俺に接触《せっしょく》してきた？

たまたま隣《となり》の席になったからか？

何はともあれ、俺は絶対にお前を許さねえぞ黒木瑠衣《くろきるい》……。

俺が睨《にら》むと、それに反応するように黒木《くろき》は不敵な笑《え》みを浮《う》かべた。

な、なんだよその顔っ！

黒木《くろき》を睨《にら》んでしまった俺は、そのまま黒木《くろき》と会話を交《か》わすことなく、机から取り出したラノベを読み始める。

黒木《くろき》はなんていうか不気味な感じもするし、下手に干渉《かんしょう》しない方がいいな。

「うわ、えっちな絵の本だ」

俺がラノベを読んでいると、海山《みやま》が興味本位で俺のラノベを見てくる。

「ねえ優里亜《ゆりあ》、これ絶対えっちな本だよー」

「…………」

「優里亜《ゆりあ》？」

「……なんつうか、人の趣味《しゅみ》をイジるのは違《ちが》う。ほっといてあげな」

「なーに優里亜《ゆりあ》、優《やさ》しいじゃん」

「そういうのじゃないから」

意外にも市之瀬《いちのせ》のフォローのおかげで、海山《みやま》のイジリは終わった。

もしかして市之瀬《いちのせ》は俺を守ってくれたのか……？

いや、さすがにそれはないか。すぐに「自分を助けてくれた」なんて思うのはオタクの悪い妄想《クセ》だ。

三人はそのまま黒木《くろき》の席でガールズトークを始める。

「てか今日、あたしコスメ買いに行くんだけど二人はどう？」

「わたしは陸上部もお休みだから大丈夫《だいじょうぶ》だよ？　愛莉《あいり》は？」

「あ、愛莉《あいり》は……えっとー」

さっきまでとは違《ちが》い、急に歯切れが悪くなる海山《みやま》。

「ごめん今日はパス！　か、彼氏《かれし》が放課後にスタバに行きたいって言っててー。あはは」

「そっか。それなら仕方ない」

「うん、ほんとごめんっ」

へー、海山《みやま》って彼氏《かれし》がいるのか。

まぁこんなバカみたいに乳のデカい爆乳女《ばくにゆうおんな》を世のイケメンが放っておくわけないもんな。

このデカい胸を好き放題揉《も》める男の背徳感は計り知れないだろう。

「おーいお前ら席着けー。授業始めるぞー」

1限目の教師が教室に入ってきたことで、美少女三人衆の会話は終わり、各々《おのおの》席へ戻《もど》っていった。

☆☆

——放課後。

夕陽《ゆうひ》を背に高校から出ると、校門の前で大きなため息をつく。

「はぁ……なんて一日だ」

遅刻《ちこく》しそうになったり、席替《が》えで美少女たちに囲まれてしまったり、他の男たちからの嫉妬《しっと》の視線が痛かったり……。

今日一日を総括《そうかつ》すると、とにかく最悪の一日だった。

「仕方ない。憂《う》さ晴《ば》らしにアニメイト行くか……」

残金2000円。漫画《まんが》かラノベを何冊か買える額。

財布《さいふ》を確認《かくにん》した俺が駅のアニメイトへ向かって歩き出すと、いかにも陽キャな見た目のカップルが前から歩いてきた。

「なあ、今日お前の部屋行ってもいい？」

「えー、私の部屋散らかってるよー？」

「大丈夫《だいじょうぶ》、俺がもっと散らかしてやるから。特にベッド」

「もー、えっちー」

チッ、このクソリア充《じゅう》が。

見せつけられてイラついたが、大丈夫《だいじょうぶ》だ問題ない。俺には漫画《まんが》やラノベの世界がある。

三次元の女子はみんな陰《いん》キャの敵だが、二次元の美少女は俺の味方だ。

俺が脳内で怒《いか》りをおさめていたその時、一人の女子生徒が俺の真横を小走りで駆《か》け抜《ぬ》けていった。

あれ？　この甘ったるい香水《こうすい》の匂《にお》いは……海山愛莉《みやまあいり》だよな。

「やばやば……店長に怒《おこ》られるっ」

海山《みやま》はご自慢《じまん》の爆乳《ばくにゅう》をたゆんたゆんと揺《ゆ》らしながら、やけに急いで行ってしまった。

店長……？　よく分からないが、そういや海山《みやま》は放課後に、デートで彼氏《かれし》とスタバに行くとかなんとか……ってあれ？

おかしい。海山《みやま》が走っていった方角にはスタバはない。

そもそもうちの高校の生徒なら、高校の真横にある商店街のスターバックスに行くのが自然だ。

しかし海山《みやま》の走っていった方角は真逆で、スターバックスはない。

いや、どうせ彼氏《かれし》が別の高校にいるからそっちに向かっているのだろう。どちらにしても俺にとってはどうでもいいな。

それ以上、海山《みやま》のことは考えず、俺はアニメイトに向かうのだった。

☆☆

高校から徒歩15分の場所にある駅前のアニメイトに到着《とうちゃく》した俺は、ずっと欲《ほ》しかったラノベを探しに来ていた──のだが。

「誠《まこと》に申し訳ございません。ただ今『異世界でS級美女のおっぱい吸いまくってチートスキルも吸い上げてやった』はご好評につき品切れ状態でして」

レジでアニメイトの店員からそう言われてしまう。

俺が好きなWEB小説『異世界でS級美女のおっぱい吸いまくってチートスキルも吸い上げてやった』が、書籍《しょせき》化されたので買いたいと思って来たのだが……まさかの在庫切れ。

さすがWEBで人気の異世界モノ……数万フォロワーを誇《ほこ》る注目作だったから仕方ないか。

俺は肩《かた》を落としながら帰路に就《つ》く。

アニメイトには限定特典があるので、できればここで買いたかったが……はぁ。

「今日の俺、つくづくついてないな」

電子書籍《しょせき》という選択肢《せんたくし》もあるが、休み時間に読みたいし、やっぱ本で買いたいよな。

俺はスマホを使って近くの本屋を検索《けんさく》する。

おっ、人気の少ない裏通りにツタヤがあるな……ここならワンチャンあるかもしれない。

アニメイトですら品切れだったんだ。ツタヤも品切れの可能性がある。

一応、行く前に電話で在庫確認《かくにん》してみよう。

俺はアニメイトを出ると、ツタヤの方へ歩きながら電話をかける。

『はーい、ツタヤでーす』

「あ、すみません。ラノベの……え、えっとそのぉ……『異世界でS級美女のおっぱい吸いまくってチートスキルも吸い上げてやった』って本の在庫を知りたくて」

『お、おぱっ？　と、とりあえずりょーかいでーす』

なんかやけにノリが軽い女性店員だな。

それにどこか聞き覚えのある声質……気のせいか？

『えっとー、おっぱいなんたらって本なら残り4冊あるっぽいですー』

「分かりました。わざわざありがとうございます。これから向かいます」

『はいはーい』

ブチッと電話が切れる。普通《ふつう》はお客様が切るまで待つものだろうに。

やけに若い女の子の声だったし、きっと新人アルバイトなんだろう。

俺はバイトしたことないから、大変さはよく分からないしあまり責めないでおこう。

そもそも俺の高校は、許可がないとバイト禁止だから、やりたくてもできないんだけどな。

ツタヤに到着《とうちゃく》した俺は、そのまま入店する。

ちょうどレジでは店員が何やら作業していたので、俺はそのままレジへ直行した。

「あの、さっき電話した者なのですが……っ⁉」

「ああ！　お客さん『異世界でS級美女のおっぱい吸いまくってチートスキルも吸い上げてや

った』なら……って」」

白いブラウスの上に紺色《こんいろ》のエプロンを着けたツタヤの女性店員は、俺の顔を見ると一瞬《いっしゅん》で苦虫を噛《か》みつぶしたような顔になった。

明るい髪色《かみ》のツインテと抱《かか》えた本の上にどっさり乗っかる胸元《むなもと》の大きな果実。

このおっぱい……間違《まちが》いない。

「み、海山《みやま》？」

「うわっ、後ろの席の……」

理由は全く分からないが、なぜか海山愛莉《みやまあいり》がツタヤでバイトしていたのだ。

海山《みやま》は彼氏《かれし》とデート行くんじゃなかったのか？

海山愛莉《みやまあいり》は放課後、彼氏《かれし》とデートするから市之瀬《いちのせ》たちの誘《さそ》いを断っていたはず。

それなのにどうしてこんなところでバイトを……。

ツタヤの制服姿で本を持つ海山《みやま》を見てしまった俺は、唖然《あぜん》としてその場に立《た》ち尽《つ》くす。

嘘《うそ》をついていたってことはきっと何かしら深い事情があるのだろうが、俺みたいな部外者には関係のないことだ。

よし。ここは見なかったことにして逃《に》げ――。

逃《に》げようと思って踵《きびす》を返《かえ》した刹那《せつな》――海山《みやま》は抱《かか》えていた本をレジ前に置き、俺の肩《かた》を思いっきり引っ張った。

「ねえ、何しに来たの？」

俺を引き留めた海山《みやま》は、怪訝《けげん》そうに眉《まゆ》を顰《ひそ》めながら俺の方を睨《にら》んできた。

お、俺はただ本を買いに来ただけなんだが！

「もしかして……愛莉《あいり》がバイトしてるのをみんなにバラすつもり？」

「はあ？」

「い、言っとくけど学校の許可は貰《もら》ってるし、校則で決められた労働時間内のバイトだから！　後ろめたいことなんて……何も……」

徐々《じょじょ》に顔が曇《くも》って、最後には今にも泣きそうな表情に変わる海山《みやま》。

どうやら海山《みやま》は、バイトしていることを俺が悪いように広めると思い込んでいるようだ。

オタク陰《いん》キャに対する偏見《へんけん》と被害妄想《ひがいもうそう》は大概《たいがい》にして欲《ほ》しいと思うが……まぁ、日頃《ひごろ》の行いを考えたら妥当《だとう》か。

「あの……さ。何か勘違《かんちが》いしてないか？」

どう話すべきか分からずに、俺は辿々《たどたど》しい口ぶりで話しかける。

「お、俺は単にラノベを買いに来ただけで、海山《みやま》のことは何も」

「お願いだからッ!!」

「えっ……」

「優里亜《ゆりあ》や瑠衣《るい》ちゃんには、このこと……言わないでっ！」

海山《みやま》は大粒《おおつぶ》の涙《なみだ》を流しながら必死な形相で俺に頼《たの》み込んできた。

「お願い……お願い、だからっ」

な、泣くほどなのか？

ど、どどど、どうしたらっ！

オタク陰《いん》キャに女の涙《なみだ》は拭《ふ》けないぞ！

「――はいはい。アンタら痴話喧嘩《ちわげんか》はそこまで」

いつの間にか俺たちの間に割って入ってきた金髪《きんぱつ》ショートの女性店長。

「海山《みやま》ちゃんさ、バイト中に痴話喧嘩《ちわげんか》はマジでアウトだから」

「……っ」

海山《みやま》は嗚咽《おえつ》を漏《も》らしており、反論できないようだ。

いやいや、お前が「こいつは彼氏《かれし》じゃない」って反論してくれないと場が収まらないんだが
……。

「ったく仕方ないなぁ。海山《みやま》ちゃんは一旦休憩室《いったんきゅうけい》入って。彼ピくんも付いてきて？」

「え、あ、はい」

俺は場の空気を読んで、反論せずに付いていくしかなかった。

海山

☆☆

レジ裏にあるスタッフの休憩室《きゅうけいしつ》に通された俺たちは、部屋にあった小さなパイプ椅子《いす》に向かい合って座らされる。

こんな所に連れてこられるなんて、まるで万引き犯みたいな扱《あつか》いだな。

「痴話喧嘩《ちわげんか》なら、この部屋でごゆるりと～、あっ、でも休憩《きゅうけい》時間はバイト代から引かせてもらうから」

金髪《きんぱつ》ショートの女性店長はニヤリと笑《え》みを残して行ってしまった。

おいおい。海山《みやま》が泣いたままなのに、置いていかないでくれよ店長。

「ごめん、ね……愛莉《あいり》のせいで」

「あ、いや、なんていうか、俺もごめん」

俺には謝る必要性が全くないのだが、流れでつい謝ってしまう。

泣いてまで、バイトのことを黙《だま》っておいて欲《ほ》しい理由があるのだろうか。

海山《みやま》は落ち着いてくると目元の涙《なみだ》を指で払《はら》って俺の方を見つめてくる。

あの海山愛莉《みやまあいり》が、俺を一心に見つめて……。

10文字以内で今の率直《そっちょく》な感想を述べるなら『おっぱいでっけえ』。

顔や髪型《かみがた》もファッション誌のモデル並みに可愛《かわい》いが、おっぱいはグラドルのそれと堂々、いやそれ以上にエロい……って、こんな状況《じょうきょう》で何を邪《よこしま》なこと考えてるんだ俺は！

すぐに目を逸《そ》らし、俺は視線を泳がせる。

陰《いん》キャにこの距離《きょり》で向かい合うのはやはり無理が——。

「愛莉《あいり》ね、急に怖《こわ》くなっちゃって」

ここに移動してからあまり会話がなかったが、海山《みやま》は自分からゆっくりと話し始めた。

「また昔みたいに、貧乏って言われたらどうしようって思ったの」

「び、貧乏《びんぼう》……？　それってどういう」

俺が聞き返すと海山《みやま》はグッと唇《くちびる》を噛《か》んで、また話し始める。

「実は愛莉《あいり》の家、めっちゃ貧乏《びんぼう》なの。小さい頃《ころ》にお父さん死んじゃって、お母さんが女手一つで育ててくれたんだけど、色々大変でさ。昔からお小遣《こづか》いとか貰《もら》えないから……辛《つら》い思いすること多くて」

海山《みやま》は徐《おもむろ》に身の上話を口にした。

それはこれまで俺が思っていた海山愛莉《みやまあいり》のイメージとは、かけ離《はな》れた境遇《きょうぐう》だった。

想像してた100万倍ほど激重な話が始まったんだが……。

「中学の時にね、友達がみんなお化粧《けしょう》とか始めたのに、愛莉《あいり》だけ乗《の》り遅《おく》れてたくさん辛《つら》い思いした。高校からはそんな思いしたくないから、必死にお金貯《た》めてオシャレやメイクもいっぱい勉強して可愛《かわい》い自分になれたの。おかげで自分でも愛莉《あいり》が一番可愛《かわい》いって思ってたけど、可愛《かわい》い自分を演じるにはお金が要《い》るって現実に直面したっつうか」

なるほど。だからバイトをしてるのか。

今までの海山愛莉《みやまあいり》はファッションの最先端にいるようなイメージだった。

身に着けている物がすぐに様変わりして、センスに富んだ物ばかり着けていた。

でも、まさかそれほどまでに苦労人だったなんて。

バイトしてる＝貧乏《びんぼう》とはならないと思うが、本人からしたら気になるものなのだろう。

「べ、別に愛莉《あいり》は貧乏《びんぼう》って馬鹿にされても平気だし！　周りから貧乏《びんぼう》って言われるのには、慣れてる……でも、せっかく1年の時から友達になってくれた優里亜《ゆりあ》や瑠衣《るい》ちゃんには、絶対にバレたくないのっ！　だから」

どうやら海山《みやま》はまだ俺が馬鹿にすると思っているみたいだ。

実に心外だ。オタク陰《いん》キャの代表として、ここはしっかり言っておかないとな。

「お……俺は！　海山《みやま》のこと尊敬するっ。馬鹿になんて絶対しない」

「……え？」

「だって俺なんか！　自分で稼《かせ》いだ金で物を買ったことなんてないわけで……だ、だから、なんていうか、海山《みやま》は俺なんかより何倍も大人だ。そんな海山《みやま》を俺が馬鹿にはできないし、絶対にしない」

オタク陰《いん》キャの俺にはこれくらいのフォローしかできないが……これで俺が馬鹿になんてしないと伝わってくれればいいが。

「……なんだ、意外と優《やさ》しいんだね」

海山《みやま》の顔に、じんわりと笑《え》みが戻《もど》った。

これは伝わったということでよろしいか？

「もう愛莉《あいり》は仕事に戻《もど》らないと。本買いに来たんでしょ？　ほらなんたらおっぱいって本」

「あっ……忘れてた」

思い出した途端《とたん》、俺は部屋を飛び出して売り場へと直行した。

☆☆

ない……ないぞ！

俺の『異世界でS級美女のおっぱい吸いまくってチートスキルも吸い上げてやった』がない！

ラノベコーナーでは既《すで》に俺の目的のラノベがなくなっていた。

在庫はあったはずなのに……はぁ。

今日は最後の最後まで運がなかったたってことか。

「ねえ、お目当ての本あった？」

「……いや、売り切れてて」

「ぷっ、ぷぷっ、あははっ！」

俺が残念そうに肩《かた》を落としながら言うと、海山《みやま》はゲラゲラと笑い出した。

腹立つ……誰《だれ》のせいでこんなことになったと思ってやがる。

こうなったらやっぱ腹いせにこいつの過去を言いふらして――って、ん？

「これ、なーんだ？」

海山《みやま》は俺に1冊の本を差し出した。

なんだなんだ？

俺は渋々《しぶしぶ》それを受け取って、その瞬間《しゅんかん》ハッと目を見開いた。

「こ、これ、『異世界でS級美女のおっぱい吸いまくってチートスキルも吸い上げてやった』の1巻じゃないか」

「これが欲《ほ》しかったんでしょ？　残りわずかだったから取り置きしておいてあげたの」

マジか。天使かよ……。

腹いせに過去を言いふらすとか思ってた数秒前の俺を殴《なぐ》りたい……。

「もー、取り置きのお礼は？」

「あ、ありがとう……ございます」

ありがたすぎて、俺は敬語になってしまう。

「お礼ってそうじゃなくて」

「え？」

「サービス精神で取り置きしてあげたんだから、その代わり何か奢《おご》ってって話」

「は、はあ？」

「愛莉《あいり》の本性《ほんしょう》がバレちゃったからハッキリと言っとくけど、愛莉《あいり》は現金な女なの。だから明日学食で何か奢《おご》って？」

こ、この女ぁ。やっぱ天使じゃなくて小悪魔《こあくま》だ！　この爆乳小悪魔《ばくにゅうこあくま》！　ドスケベサキュバス！

「ねえ、キミって名前、なんていうの？」

「えと、泉谷諒太《いずみやりょうた》……っす」

「ふーん、諒太《りょうた》ねっ。とりあえず諒太《りょうた》さ、愛莉《あいり》とLINE交換《こうかん》して？」

「LINE？　あ、はい」

俺は言われるがまま、LINEのコードを海山《みやま》に見せる。

「うん、これで交換完了《こうかんかんりょう》～。ありがと諒太《りょうた》っ、明日の昼休み楽しみにしてる～」

海山《みやま》に見送られて、俺はそのままツタヤから出……って、おいおいおい！

なんか流れでLINE交換《こうかん》した上に、明日は学食であの爆乳《ばくにゅう》美少女・海山愛莉《みやまあいり》とランチ⁉

俺の平穏《へいおん》……間違《まちが》いなく終わった。

二章「秘密を知って動き出す」

——翌日。


「んん……？　もう、朝か」

俺はカーテンから差し込む朝日で目が覚めた。

ふう、今日は金縛《かなしば》りに遭《あ》わなかったので遅刻《ちこく》はしないだろう。

それにしても昨日はとんでもない一日だったな。

昨日は席替《が》えで、クラスカーストトップの美少女三人に囲まれたり、美少女グループのデカパイ担当・海山愛莉《みやまあいり》の過去まで知ってしまったりと散々だったからな。

海山《みやま》はただのデカパイ美少女だと思っていたが……まさかあんなに苦労していたとは。

人は見かけで判断してはいけないってことか。

「ちょっと諒太《りょうた》ー！　早く朝ご飯食べないと姉ちゃんがあんたの分も食べちゃうよー」

「はいはい」

姉に急《せ》かされて俺は朝食へ向かうのだった。

☆☆

優雅《ゆうが》な朝食を済ませてから高校にやってきた俺は、自分の席に座ってバッグからラノベを取り出す。

昨日海山《みやま》のおかげで買えた念願の『おぱ吸い』書籍《しょせき》版。

書籍《しょせき》版はどこまでエロ描写《びょうしゃ》があるのか非常に楽しみだな。

「ったく、なんであんなオタクが……」

「だよな、席替《が》えした意味ねーよ」

「あいつオタクだし二次元にしか興味ないだろ？　ほんと替《か》わって欲《ほ》しいよなぁ」

俺が一人でラノベを読もうとしていたら、どこからか嫉妬《しっと》に満ちた陰口《かげぐち》が聞こえてきた。

どうやらクラスメイトの男子がわざと俺に聞こえるように言っているようだな。

はぁ……こうなるからあの美少女三人と近い席になるのは迷惑《めいわく》なんだよ。

そりゃ爆乳《ばくにゅう》美女とダウナーギャルと黒髪清楚《くろかみせいそ》に囲まれてる俺の席は、他の男子にとっては垂涎《すいぜん》ものかもしれない。

しかし、オタク陰《いん》キャの俺にとっては最悪の席だ。

百歩譲《ゆず》って海山《みやま》の身体《デカパイ》を性的に見ていたことは認めるが、そもそも俺はあの三人と親しい関係になりたいとはあまり思っていない。

下手にあの美少女たちに干渉《かんしょう》したら、俺の平穏《へいおん》な高校生活が失われるからだ。

さて、周りの騒音《そうおん》は無視してラノベに戻《もど》るとしよう。

ほうほう……やっぱ主人公が女性冒険者《ぼうけんしゃ》たちのおっぱい吸ってチートスキル奪《うば》いまくるシーンは圧巻だな。エロさ100点。シコ●ティも100点。うん満点合格だ。

なんて考えながら鼻の下を伸《の》ばしていると、俺の席の前に人影《ひとかげ》が……ん？

「……あんた、たしか泉谷《いずみや》だっけ」

ラノベをじっくり読んでいると、いつの間にか目の前に市之瀬優里亜《いちのせゆりあ》がいた。

……は？　市之瀬優里亜《いちのせゆりあ》⁉

制服のブレザーを着崩《くず》して右肩《みぎかた》のワイシャツだけ露出《ろしゅつ》させながら、肩《かた》にバッグをぶら下げて持つダウナーギャル。

薄《うす》ピンク色の魅惑《みわく》的な唇《くちびる》に光沢《こうたく》のあるネイルと、相変わらず目立つ明るい栗色《くりいろ》の髪《かみ》。

「あんたの名前は泉谷《いずみや》なのかって、聞いてんの」

「え、あ、はっ、はいっ」

「……っ」

「あの、市之瀬《いちのせ》……？」

市之瀬《いちのせ》は俺の手元にあるライトノベルに目を向けると、ジトッと目を細めた。

な、なんだなんだ？

「……覚えたから」

市之瀬《いちのせ》はボソッと呟《つぶや》くと、俺の左隣《ひだりどなり》にある自分の席に座る。

お、覚えた……って、どういう意味だ⁉

よくヤンキーが言ってる『お前の顔覚えたからな？』みたいなヤツか？

やべぇ……さっそく市之瀬《いちのせ》から嫌《きら》われてるじゃねえか。

やはりオタクに優《やさ》しいギャルは存在しない。

ただ海山《みやま》はまぁ……オタクに優《やさ》しいギャルというより誰《だれ》にも優《やさ》しい爆乳《ばくにゅう》ギャルみたいなものだから例外だな。

ん？　そういや海山《みやま》といえば……俺、何か忘れているような…………あっ。

そうだ。今日の昼は海山《みやま》と一緒《いっしょ》にランチだった。

「おはよー優里亜《ゆりあ》ー？　あっ」

市之瀬《いちのせ》に朝の挨拶《あいさつ》をした海山《みやま》は、次に俺の方を見ると、何も言わずに俺の方へ右目でウインクしてくる。

「ちょい愛莉《あいり》、なんでウインクしたん？」

「あ、いや、なんとなく？　今日も愛莉《あいり》は可愛《かわい》いっしょ？」

焦《あせ》り気味に誤魔化《ごまか》す海山《みやま》。

お、おいおいおいおい！　なんか裏で付き合ってるカップルみたいじゃねえか！

もしも俺が、勘違《かんちが》い陰《いん》キャオタクだったら一瞬《いっしゅん》で堕《お》ちていたが……ふっ、全然大丈夫《だいじょうぶ》だ。

心臓の鼓動《こどう》が激しくなるくらいで済んだな。

ったく、この調子だとランチはもっとやばいことが待ってそうだな……。

☆☆

「カツカレー特盛！　ルーだくだくで！」

4限終了《しゅうりょう》後に昼休みに入り、昨日交《か》わした約束通り、海山《みやま》と学食に来た俺は全く遠慮《えんりょ》のない海山《みやま》にカツカレー特盛（1000円）を奢《おご》らされていた。

約束をしてしまった以上、俺は文句を言わない。というか言えない。

いくらオタク陰《いん》キャな俺でも男としてのプライドがあるんだ。

というか、うちの学食のカツカレー特盛ってかなりの量だと思うが。

そう思った矢先、受け取り口から出てきた特盛のカツカレーは、大盛の白米に8切れの分厚いカツと、香《こう》ばしいカレーが溢《あふ》れるスレスレまで注がれていた。

見た目からしてかなりボリューミーで、見てるだけで腹がいっぱいになる。

今日は俺（残金的にも）おにぎり1個でいいや……。

俺と海山《みやま》は各々《おのおの》昼食を持って二人席に向かい合って座った。

海山愛莉《みやまあいり》とランチ。こんなイベントが起きるなんて、過去の自分に言っても信じないだろう。

こうやって海山《みやま》と向かい合うのは昨日以来2回目だが、何度見ても海山《みやま》の顔面偏差値《へんさ》は東大合格レベルだし、胸に関してはハーバード首席レベルだ（断定）。

それに陰《いん》キャの俺は、女子とのランチなんて中学の給食以来だ。

とにかく緊張《きんちょう》がヤバい……。

食事のマナーにはより一層気を遣《つか》わねばならぬ。

「今日は奢《おご》ってくれてあんがとね？　あと、結構高めのメニュー頼《たの》んでごめんね？」

「別に、昨日のお礼だから……」

「諒太《りょうた》はおにぎり1個でいいの？」

「俺、少食なんで」

残金的におにぎり1個で我慢《がまん》しなければならないんだが、それは言わないでおこう。

「諒太《りょうた》って律儀《りちぎ》だね」

「律儀《りちぎ》？　俺が？」

「だって愛莉《あいり》、マジで奢《おご》ってもらえるとは思ってなかったから。あんなの口約束だし有耶無耶《うやむや》にされちゃうかなーって」

おいおい、全然信用されてないな俺。

いくら陰《いん》キャだとはいえ、俺は絶対に約束を守る人間なのに。

「てか、さっきから思ってたんだけどー」

「ん？」

「なんか愛莉《あいり》たち見られてない？」

ふと周りを見回すと、確かに若干《じゃっかん》男子たちから殺気と嫉妬《しっと》のこもった眼差《まなざ》しが俺に向けられている……まぁ、こうなるよな。

海山《みやま》は自覚がないみたいだが、海山愛莉《みやまあいり》にはアイドル的人気があり、この高校内に多くのファンがいる。

そんなアイドルが陰《いん》キャの俺と向かい合って飯食ってたらスキャンダルどころじゃない。

グッバイ、俺の平穏《へいおん》なスクールライフ……。

「おーい諒太《りょうた》？　聞いてる？」

「えっ！　ひゃ、ひゃいっ!?」

俺が周りに気を取られていると、海山《みやま》から話しかけられる。

「もぉー、無視とかサイテー」

「ご、ごめんなさい。許してください何でもしますから」

「そんなガチ謝りしなくても……ま、いいや」

海山《みやま》はスプーンで豪快《ごうかい》にカレーを食べながら話を始める。

「今朝の話なんだけど」

「う、うん」

「諒太《りようた》、優里亜《ゆりあ》と何か話してなかった？」

げっ……あれ見られてたのか。

海山《みやま》は止まることなく口の中にカツカレーを頬張《ほおば》り、咀嚼《そしやく》してゴクッと飲み込むたびに口を開く。

「話してたというか、軽く会話を交《か》わしただけというか……でもなんでそんなこと聞くの？」

「ああ、諒太《りようた》って1年の頃《ころ》は他の組だった？　なら知らなくても仕方ないか」

ど、どういう意味か全く分からない。

「優里亜《ゆりあ》ってね、1年の頃《ころ》から男子とは滅多《めつた》に喋《しやべ》らないの」

「えっ？　そう、なのか？」

「うん、だから優里亜《ゆりあ》が諒太《りようた》と話してるとこ見かけてびっくりしたー」

あの市之瀬《いちのせ》が男子とは滅多《めつた》に話さないなんて……。

市之瀬《いちのせ》はギャルだし普通《ふつう》に彼氏《かれし》とかいると思っていたから意外だ。

「優里亜《ゆりあ》とは何の話してたの？　もしかしてムフフな話だったりー？」

「違《ちが》う！　俺は市之瀬《いちのせ》に『覚えたから』と言われて……」

「優里亜《ゆりあ》に？　どゆこと？」

それはこっちが聞きたいんだが……。

「うーん、覚えたからって何だろうね？」

「俺もできれば知りたいけど……ちょっと……」

ダウナーギャルの市之瀬《いちのせ》に陰《いん》キャの俺が話しかけるのはあまりにハードルが高すぎる。

「それなら優里亜《ゆりあ》の親友である愛莉《あいり》から聞いてあげてもいいけど？」

「ほんとか？」

「あ、でもタンマ！　やっぱそれじゃ面白《おもしろ》くないから」

海山《みやま》はカツカレーを完食すると、手を合わせながら俺の方にまたお得意のウインクをする。

「今から特別にイ、イ、イ、イイコト教えてあげるから、諒太《りょうた》から優里亜《ゆりあ》に直接聞いてみなよ」

「い、イイコト……!?　イイコトって、一体……？」

生唾《なまつば》を飲み込みながら緊張《きんちょう》した面《おも》持ちで聞き返す。

「優里亜《ゆりあ》ってさ、高校だと基本、愛莉《あいり》たちと一緒《いっしょ》にいるでしょ？」

「え？　ああ、そういえばそうかも」

「それだと朝のことを聞きたい諒太《りょうた》にとっては不都合だよね？　だって愛莉《あいり》たちが近くにいたら、諒太《りょうた》は朝の話を切り出しづらいじゃん？　優里亜《ゆりあ》も優里亜《ゆりあ》で愛莉《あいり》や瑠衣《るい》ちゃんが隣《となり》にいたら、諒太《りょうた》と話しにくいっしょ？」

「そ、それは……確かに」

「そこで！　諒太《りょうた》が優里亜《ゆりあ》と話すためにも、優里亜《ゆりあ》が一人でよく行くとある場所を愛莉《あいり》が教えたげる。諒太《りょうた》はそこに行って優里亜《ゆりあ》に直接聞いてみたら？」

なるほど、イイコトってそういう。

仮にそれを聞いたとして、最底辺陰《いん》キャの俺がギャルと一対一で話すのはハードル高いって。

イイコトっていうから期待したのに……こんなことなら市之瀬《いちのせ》のスリーサイズ教えてくれよ。

「あー！　話すのは無理って顔してるー！」

「だって現に無理だし」

「諒太《りょうた》は朝言われた『覚えたから』の意味が知りたいんでしょ？　それなら優里亜《ゆりあ》と一対一で話すしかないよ」

それは海山《みやま》の言う通りかもしれないけど……やっぱ話せる自信がない。

「諒太《りょうた》さぁ、せっかく近くの席になったんだし、みんなで仲良くしよーよ」

「で、でも。俺は海山《みやま》たちみたいな存在とは真逆で」

「あのね、諒太《りょうた》はどう思ってるか分からないけどさ、少なくても愛莉《あいり》は昨日、諒太《りょうた》と話して諒太《りょうた》と仲良くなりたいって思ったよ？」

海山《みやま》はグイッと俺の方に顔を急接近させながら言う。

「だから優里亜《ゆりあ》にもできれば諒太《りょうた》と仲良くして欲《ほ》しいっていうか……とにかく険悪な関係には絶対になって欲《ほ》しくない、から」

海山《みやま》の言葉が俺に重くのしかかる。

あの海山《みやま》がそんなことを気にしていたなんて……。

「それならなおさら海山《みやま》が俺と市之瀬《いちのせ》の間に入ってくれればいいんじゃ」

「それはつまんないからイヤ」

「は、はあ?」

「さあ諒太《りようた》! 優里亜《ゆりあ》と仲良し大作戦するよ!」

ええ……なんか、海山《みやま》に遊ばれている気がするのは俺だけだろうか。

☆☆

その日の放課後。

俺は電車に乗って海山《みやま》に教えてもらったとある場所に到着《とうちやく》する。

ここが……市之瀬《いちのせ》が一人でいるという隣町《となりまち》のゲーセンか。

『最近優里亜《ゆりあ》は水曜日に隣町《となりまち》のゲーセンに一人で通ってるみたいでね? 水曜日はいつもノリが悪いの!』

海山《みやま》から市之瀬《いちのせ》が一人になる場所を聞いた俺は、放課後に隣町《となりまち》の駅まで電車で移動した。

そこまでして市之瀬《いちのせ》から放たれた言葉の意味を知りたいわけではないが、俺と市之瀬《いちのせ》がギクシャクした関係だと海山《みやま》が嫌《いや》らしい。

そりゃ俺としても、このまま市之瀬《いちのせ》に嫌《きら》われたままでは席で居心地《いごこち》が悪いからはっきりさせたい気持ちもあるが……まさか海山《みやま》のやつ、俺に上手《うま》いこと言って市之瀬《いちのせ》が一人で何やっているのか偵察《ていさつ》させようとしてるとか……？

いや、それはさすがに俺の考えすぎか？

半信半疑になりながらも、俺は隣町《となりまち》の駅の商業施設《しせつ》内にある大きめのゲームセンターに足を進める。

ここのゲーセンは俺が小学生の頃《ころ》、母が毎週セパタクローをやるために隣町《となりまち》まで通っていたことがあり、それについていってはよく遊んでいた記憶《きおく》がある思い出の場所だ。

何かと思い出深いゲーセン……ここに市之瀬《いちのせ》がいるなら早いところ捜して目的を果たそう。

ま、ギャルがゲーセンに来る理由なんてどうせプリクラとかだろ？

そんな偏見《へんけん》を持ちながら、俺はまずプリクラのエリアへと向かう。

「おお、ここが……プリクラコーナー」

最近はコスプレをしながら撮《と》る『コスプリ』なるものが女子の間では流行《はや》っているらしく、プリクラコーナーにはプリクラだけでなくコスプレ衣装《いしょう》のレンタルコーナーもあった。

プリクラのコーナーに入っていくのは髪《かみ》の色が明るいギャルJKばかり。

陰《いん》キャの俺にとっては場違《ちが》い感が半端《はんぱ》ない。でも、市之瀬《いちのせ》はここにいるかも……。

俺はギラギラと目を光らせながら、しばらくプリクラコーナーの前で出待ちしていたが、市《いち》之《の》瀬《せ》は一向に姿を見せない。

そろそろ普通《ふつう》に怪しいやつだと思われてもおかしくないので、一度その場から離《はな》れることにする。

でも、よく考えたらプリクラを一人で楽しむわけないか……。

それにプリクラなら、黒木《くろき》や海山《みやま》も誘《さそ》って行くだろうし。

そう考えると、市之瀬《いちのせ》が一人でゲーセンに来ているのは、あの二人に話せない何かがあるからこそなんじゃないかと思えてくる。

「はぁ……分かんねぇ」

そもそも何で俺がこんなに考えなきゃいけないんだよ。

あー、もういい。全部どうでも良くなってきた。

明日、海山《みやま》にはいなかったと言っておこう。

でもせっかく160円の電車賃を払《はら》って隣町《となりまち》まで来たんだ、遊んでから帰るとするか。

俺はそのまま近くにあったUFOキャッチャーのエリアへと移動する。

「そういやSNSでウマJKの新作フィギュアが入荷《にゅうか》したとか言ってたような……」

せっかくならそのフィギュアを獲《と》ってから家に帰ることに——っ？

UFOキャッチャーのコーナーの角を曲がろうとしたその刹那《せつな》、曲がり角の方向に見覚えのある女子生徒の姿が目に入った。

明るい栗色《くりいろ》の髪《かみ》に海山《みやま》に負けていない豊かな胸とスカートから垣間見《かいまみ》えるでっかい太もも。

あの胸と太ももは間違《まちが》いない。市之瀬優里亜《いちのせゆりあ》だ。

どうやら市之瀬《いちのせ》はUFOキャッチャーをやっていたようだ。

一人でゲーセン来てUFOキャッチャーって……陰《いん》キャとやってること変わらんぞ。

俺は別のUFOキャッチャーの陰《かげ》で身を隠《かく》しながら彼女の様子を窺《うかが》う。

「……ちっ。全然上手《うま》くいかない」

どうやらかなり苦戦しているようだ。

しばらくすると、市之瀬《いちのせ》は財布《さいふ》から1000円札を出して両替機《りょうがえ》の方へ行ってしまう。

俺が見つけてからも10回近くやってるし、あそこまで注《つ》ぎ込むくらい何が欲《ほ》しいんだ？

市之瀬《いちのせ》が両替《りょうがえ》で退いたことで、やっていたUFOキャッチャーの景品が見え……。

は？　嘘《うそ》だろ……？　なんで……ギャルの市之瀬《いちのせ》が、これを。

それはあまりにもギャルに似つかわしくない、俺好みの一品。

長方形の黄色い箱に女の子のキャラが印刷されており、その箱には――『超絶爆乳《ちょうぜつばくにゅう》美女アニメ・乳《ちち》きゅんプライズ限定美少女フィギュア』と書かれていた。

「ばっ……ばば、爆乳《ばくにゅう》⁉」

超絶爆乳《ちょうぜつばくにゅう》美女アニメ・乳《ちち》きゅんは土曜深夜にやってる紳士《しんし》淑女《しゅくじょ》向けの激エロR17・99

99のアニメであり、常に水着姿の美少女たちが国の存亡をかけて自慢《じまん》の爆乳《ばくにゅう》で殴《なぐ》り合《あ》いをするというカオスな内容で、円盤《えんばん》売り上げは令和最高を記録した名作（意味深）だ。

どうしてこんな、大きいお友達しか興味のない激エロフィギュアの台で、市之瀬《いちのせ》はUFOキャッチャーをやっていたんだ？

まさか……市之瀬《いちのせ》は、このフィギュアを転売しようとしていた？

確かに乳《ちち》きゅんは昨年の夏アニメクールで覇権《はけん》を握《にぎ》った超《ちょう》人気（エロ）アニメだ。しかし作品の人気と関係なくプライズのフィギュアなんて転売したところでせいぜい1000円から2000円くらいだろう。

それに対して市之瀬《いちのせ》は、既《すで》に3000円近くこの台に注《つ》ぎ込んでいる。

利益にならないのは一目瞭然《いちもくりょうぜん》なのに、果たして意味があるのだろうか。

全く理由が分からない。こんな水着の爆乳金髪《ばくにゅうきんぱつ》美女のフィギュアを手に入れたところで、市之瀬《いちのせ》に何のメリットが——。

「ちょいあのさ。そこはあたしがやってた台……でって」

前のめりになるくらいUFOキャッチャーの中を覗《のぞ》き込んでいた俺の真横には——。

「「あ」」

生まれてこの方十何年。

これまでも色んなことがあったが、間違《まちが》いなく人生で一番気まずいことになった。

ゲーセンの騒《さわ》がしさが一気に静まる。

周りの騒音《そうおん》が聞こえないくらい、俺はこの状況《じょうきょう》に肝《きも》を冷やした。

隣《となり》にいるのは、俺の目の前にある爆乳《ばくにゅう》フィギュアにも負けず劣《おと》らずの豊満な胸元《むなもと》と太もものムッチリ感を持つ美少女。

「なんで、あんた……」

オタクとギャルは〝水と油〟の関係であり、互《たが》いに交わることがないはずだった。

それなのに俺《オタク》と市之瀬《ギャル》は、『乳《ち》きゅん』の爆乳《ばくにゅう》美少女フィギュアを前にして鉢《はち》合わせてしまったのだ。

いや、鉢《はち》合わせただけならまだ救いはあったはずだ。

オタクの俺がこのフィギュアを狙《ねら》っていたという状況《じょうきょう》なら、こうして市之瀬《いちのせ》と鉢《はち》合わせても『オタクまじキモい』と言われて終わりだっただろう。

だが市之瀬《いちのせ》は、俺を見かけて開口一番に『そこはあたしがやってた台』と自白してしまった。

つまりそれは、爆乳《ばくにゅう》美少女を獲《と》ろうとしていた事実から言《い》い逃《のが》れができない状況《じょうきょう》を自分で作ってしまったことになる。

「あっ、あんたまさか……あたしの弱みを握《にぎ》るために……」

市之瀬《いちのせ》は動揺《どうよう》で顔を真っ赤にしながら、俺に向かって人差し指を突《つ》き立《た》てながら言う。

また始まった。オタクへの偏見《へんけん》タイム。

海山《みやま》もそうだったが、どうやらオタクは弱みを握《にぎ》りたがる生き物だと思われているらしい。

俺みたいなオタクが弱みを握《にぎ》ったところで、言いふらす相手もいないだろうに。

「ねえ……何とか言ったらどうなの」

他人事《ひとごと》のように黙《だま》って戦況《せんきょう》を見守っていると、市之瀬《いちのせ》が震《ふる》えた声で俺に言った。

「あたしがフィギュア狙《ねら》ってたこと言いふらして、破滅《はめつ》に追い込もうとするつもり？」

「落ち着いて欲《ほ》しい。俺がここに来たのは別にそんなことが目的じゃない」

「じゃあなんでここにいるの？　ここ隣町《となりまち》だけど？」

それを言及《げんきゅう》されると俺も弱い。

朝のことを聞くために、海山《みやま》から情報を得たなんて言えるわけない。

こうなったら……同情作戦だ。

「じっ！　実は俺も、このフィギュアを獲《と》りに来たっつうか」

「え、あんたもミルクたんの……？」

よし、どうやら少しは誤解が解け……ちょっと待て。

〝ミルクたん〟って呼んでるということは、転売とか譲渡《じょうと》が目的じゃないってことか？

「と、ところで市之瀬《いちのせ》は、なんでこのフィギュアを狙《ねら》ってたの？」

問いかけても返事がない。

市之瀬《いちのせ》は肩《かた》に垂れた髪《かみ》をクルクルと弄《いじ》りながら、ばつの悪い顔をして目を逸《そ》らす。

答える気はない、とその態度が物語っていた。

「えと、誰《だれ》かにあげるとか？　それとも、まさか転売するのが目的とか――」

そう言いかけると、急に市之瀬《いちのせ》は距離《きょり》を詰《つ》めてきて、俺の制服の胸《むな》ぐらをグッと摑《つか》んだ。

「あたしをあんなゲス野郎《やろう》たちと一緒《いっしょ》にしないでっ！」

普段《ふだん》はダウナーな市之瀬《いちのせ》が突然《とつぜん》感情的になった。

どうやら『転売』というワードが地雷《じらい》だったらしい。

「あたしは……転売に屈《くっ》しないためにこうやって獲《と》ろうとしてたの！　あんな転売ヤーみたいな人間と一緒《いっしょ》にすんな！」

怒《いか》り心頭の市之瀬《いちのせ》は、頭突《ずつ》きする勢いで顔を近づけながら俺の胸《むな》ぐらをグッと引っ張った。

市之瀬《いちのせ》の整った顔が近づいてくると、つい照れてしまう。

やっべぇ……怖《こわ》いというより市之瀬《いちのせ》の顔が良すぎる。てかめっちゃいい匂《にお》いする。

これがギャルの香り……海山《みやま》とはまた違《ちが》う、芳醇《ほうじゅん》な香り。

「ちょっと聞いてんの？」

かなり怒《おこ》った様子の市之瀬《いちのせ》は、もう今にも殴《なぐ》ってきそうな雰囲気《ふんいき》があった。ヤバいな。

どうすればこの場が収まるのか考えた時、俺に残された選択肢《せんたくし》は一つしかなかった。

俺は胸《むな》ぐらを摑《つか》まれたまま、制服の尻《しり》ポケットから財布《さいふ》を取り出して、そのままUFOキャッチャーに１００円入れる。

「ちょっ、何を勝手に！」

「胸《むな》ぐらから手を離《はな》してもらえるか？　今は集中したい」

集中モードに入った俺は、指をポキポキさせながら偉《えら》そうに言う。

すると意外にも市之瀬《いちのせ》は、すんなり手を離《はな》して俺の横に立った。

「な、なんか……あんた、雰囲気《ふんいき》変わったね」

そう、俺はUFOキャッチャーを始めると別の人格《モード》が出てしまう。

ガキの頃《ころ》から美少女フィギュアを獲《と》るためだけに鍛《きた》えてきた、極限の集中力とUFOキャッチャーのテクニック。それを発揮するには集中モードに入らないといけないのだ。

UFOキャッチャーは一発で獲《と》れるほど甘くない。とにかく〝撫《な》でる〟作業が大切なのだ。

景品を撫《な》でて獲《と》れるポジションに動かしてから、あとはアームで押し切る。

「……よし、これで」

俺は慣れた手つきでアームを動かし、わずか5回のプレイで目の前のフィギュアを落として見せた。

「すっご……あ、あんたマジですごいじゃん」

見たかギャル？　これがスポーツや勉強では普段《ふだん》イキることができないオタクの力だ。

俺は取り出し口からフィギュアを手に取ると、市之瀬《いちのせ》の胸元《むなもと》にフィギュアを押し当てる。

「はい、これ」

「い、いいの？　でもこれはあんたが落としたし……あんたも欲《ほ》しかったんじゃ」

「これが獲《と》れたのは市之瀬《いちのせ》がこの台で頑張《がんば》っていたおかげだ。だからこれは市之瀬《いちのせ》の物だ」

俺はそう言いながら、胸《むな》ぐらを掴《つか》まれた時に乱れた制服を正す。

内心は『今日のところはこのフィギュアで勘弁《かんべん》してください！』という気持ちだった。

さて、フィギュアを市之瀬《いちのせ》に上納したことだし、その代わり今日のことはお互《たが》いになかったことにしてもらおう。

まさかダウナーギャルの市之瀬優里亜《いちのせゆりあ》が『乳《ちち》きゅん』のファンだったなんて……むしろ知りたくなかった。

「あのさ市之瀬《いちのせ》、今日のことはお互《たが》いに忘れ――」

「あんたは……馬鹿にしないの？」

俺が上手《うま》いこと纏《まと》めようとしたら、市之瀬《いちのせ》がそれを遮《さえぎ》ってくる。

「女の子が、それもあたしみたいな女子高生が……こんなエロアニメのこと好きなの、どう考えてもおかしい、よね？」

市之瀬《いちのせ》はグッと歯を食いしばりながら苦い顔をする。

この様子からして、過去に何か言われたことがあったのだろうか。

仮にそうだとしても、市之瀬《いちのせ》は間違ってると思う。

「たとえ、母乳を発射するようなエロアニメでも、好きなものを好きと胸を張って言うのは何も間違《まちが》ってない……と思う。現に俺は、自分の好きなものが恥《は》ずかしいなんて思ったことない」

俺はラノベだってカバーをしない。何も恥《は》じることはない。それがオタクだからな。

「別に趣味《しゅみ》を隠《かく》すことが悪いとは思わないけど、その作品が好きなのに自分から貶《けな》すのは、やめた方がいいと思う」

つい諭《さと》すようなことを言ってしまったが、現実では俺がクラスの最底辺で、市之瀬《いちのせ》はクラスカーストトップだから、あまり偉《えら》そうなことを言える立場じゃないんだが。

「とにかく、今日のことはお互《たが》い忘れよう。それが一番だし」

「嫌《いや》だ……」

「は？　いや、その方が市之瀬《いちのせ》としても都合が良《い》い——」

「だってあたしも……お、オタク、だからっ！」

市之瀬優里亜《いちのせゆりあ》の唐突《とうとつ》なカミングアウト。

乳《ちち》きゅんみたいな激エロアニメを観《み》てる時点で、相当変わってるとは思ったが……まさかオタクだったなんて。

オタクに優《やさ》しいギャルどころか、オ、オタクギャル、だったとは……ビックリだ。

「つ、つまり……今までは隠《かく》れオタクだったということか？」

「別にあたしは隠《かく》したくて隠《かく》してたわけじゃない。ただ……愛莉《あいり》や瑠衣《るい》の前でこの趣味《しゅみ》をオープンにするのは……ちょい厳しいっていうか」

そりゃそうだろう。

完璧《かんぺき》超人《ちょうじん》の黒木瑠衣《くろきるい》はオタク文化とは無縁《むえん》の大和撫子《やまと》であり、キャピキャピ爆乳《ばくにゅう》美少女の海山愛莉《みやまあいり》は（実は苦労人だが）常に可愛《かわい》いを追い求めている誰《だれ》もが認める美少女……この二人に自分がオタクだとカミングアウトするのは、少しハードルが高いようにも思える。

そもそも市之瀬《いちのせ》だって彼女たちと同等に容姿端麗《たんれい》であり、胸も太ももも完璧《かんぺき》なスタイル抜群《ばつぐん》美少女なのだが……むしろそういう存在だからこそ、話せないのかもしれない。

「アニメが好きってだけなのにそれが理由で大切な友達が離《はな》れていくのは……もう二度と嫌《いや》っつうか。だからあたしは隠《かく》してる」

そう呟《つぶや》いた彼女の目は、プリクラのエリアではしゃぐJKたちの方を向いていた。

詳《くわ》しいことは分からないが、市之瀬《いちのせ》は過去に何かしらの辛《つら》い経験をしているように思えた。

オタクが生きづらいというのは、オタクとして生きていれば誰《だれ》もが通る道だし、仕方ないのかもしれない。

「そんなにアニメが好きなら、逆にギャルをやめようとか思わなかったのか？」

「それはない。だってネイルもコスメもファッションも、アニメと同じくらい好きだから」

「……そう、だよな。ごめん、無粋《ぶすい》なことを聞いたかもしれない」

さっき好きなことを隠《かく》す必要はないと言ったのは俺の方だしな。

「あんたの名前、泉谷《いずみや》だっけ」

「う、うん」

海山《みやま》の時といい俺はクラスカースト最底辺だからか、名前を覚えられていないらしい。

「泉谷《いずみや》お願い。あたしがオタクだってことは誰《だれ》にも言わないで。特に愛莉《あいり》や瑠衣《るい》には絶対」

なんか海山《みやま》の時にも似たようなこと言われたな……。

「お、俺は誰《だれ》にも言うつもりはないけど」

「ほんとに？」

「ああ。そもそも俺がそんなこと言ったところで誰《だれ》も信じないと思うし」

「……ああ、それもそうか」

何が「それもそうか」だよ！　その反応はシンプルに傷つくのだが……。

「まぁそれなら安心。オタクのことがバレたら……あたしも一巻《いっかん》の終わりだったから」

市之瀬《いちのせ》は急にいつものダウナーで抑揚《よくよう》のない話し方に戻《もど》る。

「でもさ、ある意味これで、あんたの前ではもう隠さなくていいってことだよね？」

市之瀬《いちのせ》は徐《おもむろ》に自分のバッグを開くと、中から1冊の本を取り出して俺に見せてきた。

「これ、あたしもさっき買ったから。あんたが朝読んでたラノベ『異世界でS級美女のおっぱい吸いまくってチートスキルも吸い上げてやった』の1巻」

「お、おぱ吸い⁉　なんでそんなこと覚え……って、まさか！」

市之瀬《いちのせ》が言ってきた『覚えたから』っていうのは、もしかしてこのこと⁉

「朝、あんたが読んでたラノベのタイトル覚えたから。それでさっきこの施設《しせつ》内にある本屋で買ったの。残り1冊だったけど」

残り1冊⁉　やはりおぱ吸いの人気は凄《すご》い……いや、今はそうじゃなくて！

「い、市之瀬《いちのせ》も、それ読むのか？」

「あ、当たり前。ちょうどあたしも新しいラノベ探してたから」

それでオタクの俺が教室で読んでたラノベのタイトルを覚えたと。

「仮にそうだとしても……隠《かく》れオタしてるならわざわざ俺に『覚えたから』とか言うなよ」

「それは……まぁ、なんつうか。衝動《しょうどう》的に言っちゃったというか」

「いや、意味分からないんだが」

「それよりも、ラノベの感想とか、言い合いたいからあんたのLINE教えてよ」

「ら、ラノベの感想だって？」

「うん。あたしは普段《ふだん》オタ活ができない分、これからはあんたにあたしのオタク談義に付き合ってもらうことに決めたから。たった今」

冷めた口調でさも当たり前のように言う市之瀬《いちのせ》。ハルヒと同じくらい自分勝手である。

「そんな……俺が、市之瀬《いちのせ》とオタ活するだなんて」

「付き合わないなら、泉谷《いずみや》があたしのことエロい目で見てることみんなにバラすから」

「え、エロい目ぇ？」

「この際だから言っとくけど、授業中にあんたが横目であたしの太ももジロジロ見てるの、全部分かってるからね？」

なっっっ⁉　ば、バレてた、だと……？

正直に話そう。俺は海山《みやま》のデカパイと同様に、市之瀬《いちのせ》の太ももも「挟《はさ》まれテェ」と思いながらチラチラ見ていたことが何度かあった。

どうやらそれは、バレバレだったらしい。

「あんたはあたしの秘密を守って、あたしはあんたの秘密を守る。あたしたちはこれからそういう関係になったから。いいよね、泉谷《いずみや》？」

市之瀬《いちのせ》はニヤッと口角を上げて、悪戯《いたずら》っ子みたいに微笑《ほほえ》む。

こうして、海山《みやま》とはまた少し違《ちが》った関係をクラスカーストトップのギャル・市之瀬優里亜《いちのせゆりあ》と築いてしまう俺だった。

☆☆

「まさかクラスカーストトップでダウナーギャルの市之瀬優里亜《いちのせゆりあ》がオタクだった……なんて」

隣町《となりまち》のゲーセンで市之瀬《いちのせ》の秘密を知ってしまい、これからはオタク趣味《しゅみ》を共有する関係になってしまった俺は、家に帰ってからもベッドの上でそのことばかり考えていた。

爆乳《ばくにゅう》美少女の海山《みやま》が実は苦労人というのも意外だったが、あのダウナーギャルの市之瀬《いちのせ》がオタクだったのはもっと意外だった。

しかも二人の秘密を知ったことで、あのエロボディを持つ二人と連絡先《れんらくさき》を交換《こうかん》する仲にまで発展してしまっている現状。

数日前まではラノべを読んでるだけのオタク陰《いん》キャだった俺が、全男子の憧《あこが》れであるクラスの美少女トップ3の二人と秘密を共有する関係になっている……ったく、まるでラノベだな。

それもこれも、あの席替《が》えで海山《みやま》や市之瀬《いちのせ》が俺を認知《にんち》してしまったのが原因だ。

この先、どうしたものか。

そんなことばかり考えていると、ポケットのスマホに通知が入った。

『♡海山愛莉《みやまあいり》♡からメッセージが届きました』

海山《みやま》からLINE? なんだろう。

俺は海山《みやま》とのトークルームを開く。

『海山《みやま》：ゲーセンで優里亜《ゆりあ》には会えた？　あと朝のこと聞けた？』

説明する必要があるが、『市之瀬《いちのせ》がオタクなだけだったよ！』なんて言ったら市之瀬《いちのせ》にぶん殴《なぐ》られる。

俺は上手《うま》いこと誤魔化《ごまか》すために『結局聞けなかった！　すまん！』と失敗した体《てい》で返信した。

『海山《みやま》：そっかー、優里亜《ゆりあ》が諒太《りょうた》に言ったことの意味が気になったけど、きっと大したことじゃないよー！　忘れよ忘れよ～』

海山《みやま》は軽いノリで俺をフォローしてくれる。実際はめちゃくちゃ大したことだったんだけどな。

『海山《みやま》：ねえそれより諒太《りょうた》～、優里亜《ゆりあ》のこと教えたんだから、そのお礼で今度はスタバの新作フラペチーノ飲みたいな～？』

何かと理由を付けておねだりしてくる海山《みやま》。

さては海山《みやま》のやつ、カツカレー奢《おご》ってもらって味をしめたな？　まあいいけど。

俺は『今週、出費デカかったから来週なら』と返事する。

あの海山愛莉《みやまあいり》とスタバに居るのがバレたら海山《みやま》ファンの輩《やから》に袋叩《ふくろだた》きに遭《あ》いそうなんだが……。

「ん？　またＬＩＮＥの通知だ……？」

今度は市之瀬優里亜《いちのせゆりあ》からＬＩＮＥが送られてきた。

『市之瀬《いちのせ》：今日はあんがと。フィギュアのお礼しなきゃと思ったんだけど、良かったら今度映画とかどう？　あたし奢《おご》るから』

「映画……だと」

女子と二人で映画……こんなイベントが万年陰《いん》キャオタクの俺の人生で起こるなんて……。

『市之瀬《いちのせ》：嫌《いや》なら別のにするけど』

市之瀬《いちのせ》は続け様に聞いてくる。

こ、こんなの……行くに決まってんだろ！

すぐにそう返事をして、俺は『海山《みやま》とスターバックスで新作のフラペチーノ』『市之瀬《いちのせ》と二人で映画』という美少女たちとのデートスケジュールを作り上げる。

「前までラノベの発売日しか書いてなかったカレンダーに、陽キャさながらのイベント……」

これが、恋愛脳《リア充》ってやつか……。

認めたくないが、市之瀬優里亜《いちのせゆりあ》と海山愛莉《みやまあいり》というクラスカーストトップ2と会話できているという優越感はエグい。なんせ相手は高校で男女問わず憧《あこが》れの的なんだ。

これも全部黒木瑠衣《くろきるい》が行った席替《が》えの『せい』なのか『おかげ』なのか。

あの席替《が》えは仕組まれたのか偶然《ぐうぜん》の賜物《たまもの》なのか、真実は分からない。

ただ、もし仕組まれたのだとしたら、黒木瑠衣《くろきるい》がなぜ俺みたいな陰《いん》キャをあの真ん中の席に置いたのか……黒木《くろき》は俺に何か恨《うら》みでもあったのか……？

同じ中学出身とはいえ黒木《くろき》とは同じクラスになったこともなければ、話したこともなかった。

そもそも俺みたいなミジンコのことなんて気にも留めてなかったはず。

「恨《うら》まれる理由がないし……やっぱり、たまたまだよな」

俺はそう思いながら、今日一日の疲《つか》れで重たくなった瞼《まぶた》をゆっくり閉じた。

三章「黒木瑠衣とは何者か」

ポツポツ、ポツポツ……。

部屋の窓に当たる弱々しい雨音で、俺は目を覚ます。

今日の雨空は朝を感じさせないくらいに灰色の雲で、濁《にご》っていた。

「なんだよ、まだ6時半か」

昨日、市之瀬《いちのせ》優里亜《ゆりあ》が隠《かく》れオタだったという秘密を知ってしまったのだが、その日の夜から市之瀬《いちのせ》のオタク談義に付き合わされ、深夜までアニメの話をしていた。

普段《ふだん》はダウナーなのに、アニメの話になると饒舌《じょうぜつ》なんだよな。

「まだ眠《ねむ》いし、二度寝《ね》でも……」

「おーい諒太《りょうた》ー！　はよ起きろー！　姉ちゃんがお前の朝ご飯全部食べちゃったぞー」

「事後報告かよ！」

そして朝メシは本当になかった。

☆☆

雨空の下、俺は傘《かさ》を差しながら登校した。

今日、梅雨入《つゆい》りしたらしいし、しばらく傘《かさ》が必要な日が増えそうだな。

俺は昇降口《しょうこうこう》の傘《かさ》立てに自分の傘《かさ》を入れる。

俺の傘《かさ》の持ち手にはアニメキャラのマスキングテープが貼《は》ってあるので、そうそう盗《ぬす》まれることはないだろう。

「あっ、おはよう――泉谷《いずみや》くん」

靴箱《くつばこ》の前で俺が靴《くつ》を履《は》き替《か》えていると、後から来た黒木瑠衣《くろきるい》が俺に挨拶《あいさつ》をしてきた。

漆黒《しっこく》のストレートヘアにその小さくて端整《たんせい》な顔立ちと気品のある佇《たたず》まい。

相変わらず隙《すき》が全くない完璧超人《かんぺきちょうじん》オーラが凄《すご》い……。

「お、おはよう」

俺は素っ気なく挨拶《あいさつ》を返す。

「今日は雨だねー？」

「あ、ああ」

席が隣《となり》になったというだけでこの日常会話。急に距離《きょり》を詰《つ》められた感が凄《すご》い。

黒木《くろき》ってこんなに話しかけてくる奴《やつ》だったか？

「あっ、瑠衣《るい》ちゃんおはよー」

「瑠衣《るい》おはよ」

俺たちの後から美少女三人衆の残りの二人が登校してきた。

「二人ともおはよー。なあに優里亜《ゆりあ》、一人だと寂《さび》しいから、愛莉《あいり》と登校したの？」

「違《ちが》うから。愛莉《あいり》が傘壊《かさこわ》れたとかで、仕方なくあたしの傘《かさ》に入れてあげただけ」

「もー、優里亜《ゆりあ》ったら。愛莉《あいり》と登校したいってラブコールしてくれたのにー」

「変な嘘《うそ》つくなし」

市之瀬《いちのせ》は海山《みやま》の頬《ほお》をつんつん突《つつ》きながらも、チラッと俺の方を見てくる。

そうか、昨日のことはバレないようにしないとな。

「どうしたの優里亜《ゆりあ》？」

「いや、なんでも……あたし先に行くから」

黒木《くろき》に聞かれても市之瀬《いちのせ》はポーカーフェイスで受け答えして、そのまま先に教室へ行ってしまった。

「……なるほどね」

「瑠衣《るい》ちゃん？　何がなるほどなの？」

「なんでもないよ？　わたしたちも行こうね、愛莉《あいり》」

黒木《くろき》は海山《みやま》にそう言いながらも、なぜか俺の方を一瞥《いちべつ》すると、小さく笑《え》みをこぼす。

な、何だ、今のは。

☆☆

結局、黒木《くろき》が話しかけてきたのは朝だけで、その後は休み時間や教室の移動中も話しかけてくることは一切《いっさい》なかった。

しかし――それが尚《なお》のこと不気味さを漂《ただよ》わせる。

もしも俺とあの二人の関係に気づいていたとしたら……まずいな。

もちろん海山《みやま》や市之瀬《いちのせ》との関係の変化は一昨日と昨日で起きたばかりの事象であり、バレることはまず有り得ない。

しかし黒木瑠衣《くろきるい》のIQは凡人《ぼんじん》のソレを遥《はる》かに超越《ちょうえつ》しており、定期テストの問題で何が出るのかを教師の思考を読んで全て予見したという伝説も以前耳にしたことがある。

さらに中学時代の陸上ジュニアオリンピックは出た種目の全てを制覇《せいは》し、高校1年時に受けた東大模試は理ⅢがA判定という超《ちょう》天才大和撫子《やまとなでしこ》。

ゆえに彼女に近づいて対等に話せるのは、彼女にない何かを持っているあの二人だけなのだ。

海山愛莉《みやまあいり》は黒木《くろき》が持っていない超《ちょう》高校級の爆乳《ばくにゅう》を持っており、市之瀬優里亜《いちのせゆりあ》も、黒木《くろき》にはない今どきの女子らしいファッションをしているギャルであり、魅惑《みわく》の太ももは黒木《くろき》に勝《まさ》る武器。

海山愛莉《みやまあいり》と市之瀬優里亜《いちのせゆりあ》の二人はそういった絶対的な個性を持っているからこそ、自信を持ってあの黒木瑠衣《くろきるい》と話せているし、シンプルにあの三人は仲が良《い》い。

だからこそ、もし海山《みやま》と市之瀬《いちのせ》の秘密をこんな陰《いん》キャオタクなんかが握《にぎ》っているのが黒木《くろき》にバレたら、黒木《くろき》は間違《まちが》いなく大切な二人の友人を守るために俺を問《と》い詰《つ》めるだろう。

朝のアレが探《さぐ》りを入れたつもりだったなら……嫌《いや》な予感しかない。

また、他に考えられるとしたら、市之瀬《いちのせ》か海山《みやま》のどちらかが俺に秘密を握《にぎ》られていることを黒木《くろき》に相談した説もある。

そのせいで黒木《くろき》にマークされた可能性も……いや、それだと普通《ふつう》に自分の秘密がバレるかもだし、そもそもあの二人がそんなことをやるとは思いたくないな。

「ちょい諒太《りょうた》っ」

４限が終わってからボーッと自分の机で考えに耽《ふけ》っていると、前の席から小声で俺を呼ぶ声がする。

前の席の海山《みやま》が半身で俺の方に手招きをしていた。

昼休みに入っていたからか、両隣《りょうどなり》の市之瀬《いちのせ》や黒木《くろき》はいない。

「早くＬＩＮＥ見て。そこ集合」

俺がスマホを出している間に海山《みやま》は席を立ち、ふらっとどこかへ行ってしまった。

な、なんなんだ？

『海山《みやま》：3階の空き教室でお昼食べよー？　優里亜《ゆりあ》は文化祭実行委員で瑠衣《るい》ちゃんは部活のミーティングでいないから愛莉《あいり》ひまなのー』

さらに『プンプン』と怒《おこ》るタコのスタンプまで送られてきていた。

またランチのお誘《さそ》いか。

でも今度は人目のつかない場所にしてくれたってことは、意外と気を遣《つか》ってくれてるとか？

しかし空き教室って……完全に二人きりになるってことだよな？

まさか海山《みやま》は——俺の中の隠《かく》れた『男としての魅力《みりょく》』に惚《ほ》れたのか？

……………いや、ないだろそんなの。１ミリも。

賢者《けんじゃ》タイム並みに冷静になって考えてみたら、俺の隠《かく》れた魅力《みりょく》なんて皆無《かいむ》だった。

海山《みやま》と二人きりでランチ……はぁ、エロ展開の一つでも起こってあの胸を揉《も》みてぇ……。

俺は下世話なことばかり考えながら購買《こうばい》でおにぎりを買う。

いやいや、今はそんなエロ展開より黒木《くろき》のことだ。

昨日の市之瀬《いちのせ》の問題も、海山《みやま》に相談したらなんだかんだで解決したからな。今回も海山《みやま》に相談してみようか。

☆☆

3階は理科室や家庭科室が集まっているエリアなため、その授業がない限りほとんど人の出入りはない。

あれ、でもこの空き教室っていつもは鍵《かぎ》がかかっているような……。

疑念を抱《いだ》きながらも空き教室の引き戸に手を掛《か》けると、あっさり開いた。

教室の中は前方に6つほど机と椅子《いす》があるだけで、他には何もない。

「諒太《りょうた》遅《おそ》い～」

俺が入ると中では既《すで》に海山《みやま》が一人でランチを食べていた。

「ご、ごめん」

俺は謝りながらも海山《みやま》の隣《となり》の席におにぎりを置く。

「諒太《りょうた》のお昼、またそれだけなの？」

昨日と同様におにぎりだけだからか、海山《みやま》が心配そうに訊《たず》ねてくる。

「ま、まあな」

単に金欠だからという理由もあるが、元々少食なため俺はあまり食べないのだ。

一方で海山《みやま》は、昨日も食べていたカツカレーのテイクアウト版をガツガツと食べていた。

どんだけカツカレー好きなんだよ。

「昨日はちゃんとゲーセンまで行ったんだね？」

「そ、そりゃ、せっかく海山《みやま》から教えてもらったんだし行かないと」

「そうだとしてもさ、マジで嫌《いや》なら普通《ふつう》はバックれるでしょ？」

「え、そう……なのか？」

「やっぱ諒太《りょうた》って真面目だねー」

海山《みやま》はそう言いながら口いっぱいにカツカレーを頬張《ほおば》る。

褒《ほ》められてんだか馬鹿にされてんだか微妙《びみょう》なラインだな。

「諒太《りょうた》ってさ、優里亜《ゆりあ》のこと好きなの？」

「ち、違《ちが》う違《ちが》うっ」

「そうなの？　諒太《りょうた》っていつも優里亜《ゆりあ》の方チラチラ見てるから、優里亜《ゆりあ》のこと好きなのかと思ってた」

ま、マジか……市之瀬《いちのせ》の太ももガン見事件の目撃者《もくげきしゃ》が本人以外にもいたとは。

これからは適度に（太ももと胸を）見るようにしないとな……。

「そっかー。てっきり諒太《りょうた》が優里亜《ゆりあ》のこと好きだと思ったから協力したんだけどなー」

「きょ、協力？」

「うん。本当は昨日、愛莉《あいり》が隣町《となりまち》のゲーセンに確かめに行こうと思ってたから。でも諒太《りょうた》から優里亜《ゆりあ》と色々あった話を聞いて、その仕事を諒太《りょうた》に譲《ゆず》ってあげたの。愛莉《あいり》が恋《こい》のキューピッドになれると思ってー」

何が恋《こい》のキューピッドだよ、脳内お花畑も大概《たいがい》にしておけ。

もし海山《みやま》が俺の代わりにあの場へ行っていたら、美少女三人衆解散の危機だったぞ。

「そもそもの話だが、市之瀬《いちのせ》があのゲーセンにいるって情報は誰《だれ》から聞いたんだ？」

「それは別のクラスにいる友達。隣町《となりまち》から来てる子なんだけど、駅で優里亜《ゆりあ》がゲーセンに入る姿を見かけたらしくて。別の友達も同じ情報くれたからずっと気になってたの」

「へぇ……そんなに友達が。海山《みやま》って顔広いんだな」

「は？　小顔だし！　めっちゃ美顔ローラーやってるもん！　ほら、ほらっ」

海山《みやま》は俺に向かって必死に小顔アピールしてくる。そういう意味じゃねえんだが。

「でも結局優里亜《ゆりあ》はいなかったんだよね？　友達の見間違《みまちが》いだったのかな？」

「さ、さあ……」

「直接優里亜《ゆりあ》にゲーセン行ってること聞いても答えてくれないよね？」

「それは、分からないが」

答えられるわけないだろうな。まさかあの市之瀬優里亜《いちのせゆりあ》が「爆乳《ばくにゅう》美少女のプライズフィギュアを狙《ねら》って通《かよ》ってる」なんて口が裂《さ》けても言えないだろう。

「そういえば諒太《りょうた》さー、朝、愛莉《あいり》と優里亜《ゆりあ》が来る前に瑠衣《るい》ちゃんと何かお話してなかった？」

「え……？」

「愛莉《あいり》それが気になってて。瑠衣《るい》ちゃんと何話してたの？」

もしかして海山《みやま》はそれを聞き出すためにまた俺をランチに誘《さそ》ったのか？

しかも今回は学食ではなく、一対一で話せる空き教室……。

そりゃ海山《みやま》からしたら俺は自分の秘密を知る唯一《ゆいいつ》の人間だ。友人である黒木《くろき》と俺が話しているのを見かけたら気になるのも不思議じゃない。

まだ俺は海山《みやま》に信頼《しんらい》されていないってことか……分かっていたことではあるが。

「別に俺は海山《みやま》との秘密をベラベラ話すほど、口は軽くないぞ？　お前はそのことを疑ってるんだろ？」

「え？　どゆこと？　なんで今その話するの？」

海山《みやま》はポカーンと馬鹿っぽい顔をしながらスプーンをペロリと舐《な》める。

「い、いや、だって俺が秘密を漏《も》らしたかもしれないから、俺に探《さぐ》りを入れてるんじゃ」

「はぁ……諒太《りょうた》って愛莉《あいり》のことぜんぜん分かってなーい！　愛莉《あいり》はそんな小難しいことできないよ？　もし秘密の件で諒太《りょうた》を疑ってるならストレートに聞くし！」

「そう、だったのか？」

「むしろ愛莉《あいり》が聞きたいのは諒太《りょうた》のことじゃなくて、瑠衣《るい》ちゃんがやけにご機嫌だった理由なのっ」

ご、ご機嫌《きげん》……？　どういう意味だ？

俺は黒木《くろき》と話していた時の状況《じょうきょう》を思い出すが、別にご機嫌《きげん》ではなかったような……。

「瑠衣《るい》ちゃんってさー、いつも男子と話してる時だけはチョー真顔なんだよね」

「ま、真顔？」

「なんていうかさ、『アンタの話は興味ねえ』って、話し相手に目で訴《うった》えるみたいな？」

「それって、市之瀬《いちのせ》みたいな男嫌《おとこぎら》いってことか？」

「うーん、別に優里亜《ゆりあ》みたいな男嫌《おとこぎら》いではないけど、どこか男子を下に、下に見てる、的な？」

男を下に見てる……？

「それなのに諒太《りょうた》と話してる時の瑠衣《るい》ちゃん、なんか楽しそうだった……」

「そ、そうか？」

「席替《が》えした日も思ったけど、瑠衣《るい》ちゃんが諒太《りょうた》のこと紹介《しょうかい》してくれた時も機嫌《きげん》良かった」

そう言われると、俺が同じ中学だと二人に説明している時の黒木《くろき》は明るかったな。

「そうだ！　きっと瑠衣《るい》ちゃんは諒太《りょうた》のこと好きなんだよ！」

何を言っているんだこの爆乳脳内《ばくにゅうのうない》お花畑。

「だから諒太《りょうた》と話してる時だけ表情が柔《やわ》らかかったんだよ！　絶対そう！」

「短絡的《たんらくてき》すぎる……俺と黒木《くろき》は席替《が》えまで接点0だったんだぞ？」

「でも同じ中学だったんでしょ⁉　きっと諒太《りょうた》の知らないところで瑠衣《るい》ちゃんが惚《ほ》れちゃっ

たんだよ！　きゃー！」

爆乳脳内《ばくにゅうのうない》お花畑は、両手で頬《ほお》を押さえながら黄色い声を上げる。

「あっ！　愛莉《あいり》いいこと考えちゃった～」

嫌《いや》な予感しかしない……。

☆☆

「じゃあ諒太《りょうた》っ、愛莉《あいり》は先に教室に戻《もど》るから！　鍵《かぎ》は職員室に返しといて～」

海山《みやま》は昼メシを食べ終わると、爆乳《ばくにゅう》を縦に揺《ゆ》らしながら、すぐにどこかへ走っていってしまった。

海山《みやま》は〝いいこと〟を思いついたとかなんとか言ってたけど、いいことってなんだろう。

海山《みやま》は思っていた以上に〝アホの子〟っぽいし、市之瀬《いちのせ》の時みたいな爆弾を持ってこなければいいけど。

それにしてもあの黒木瑠衣《くろきるい》が俺のことを好きとか……天地がひっくり返ってしまうくらいあり得ない。

だが、黒木《くろき》が俺の時だけ態度が違《ちが》うというのは……確かに気になる点だ。

同じ中学出身のよしみだからか？　うーん、分からん。

俺の通うこの県立夏浜中央高校《けんりつなつはまちゆうおうこうこう》は、俺の母校の中学からは少し離《はな》れた場所にあるため、同じ中学の出身者は俺と黒木《くろき》と、隣《となり》のクラスのオタ友である田中《たなか》くらいしかいない。

それにこの高校は県内トップクラスの公立進学校であり、ここを受けた同じ中学の同級生は多くいたのだがほとんどが落ちている。

そんな進学校になぜ海山《みやま》のような爆乳脳内《ばくにゆうのうない》お花畑が受かっているのか、という疑問は置いておいて、黒木《くろき》はきっと同じ中学出身者が珍《めずら》しいから俺だけ対応が違《ちが》うのだと思う。

だから海山《みやま》が考えているようなことは絶対にないな。

「ふっ……俺の陰《いん》キャ経験を舐《な》めてもらっちゃ困る。その辺の勘違《かんちが》い陰《いん》キャじゃないんだよ俺は」

俺は空き教室の鍵《かぎ》を閉めると、そのまま職員室へ向かった。

☆☆

今日は午後の授業が終わるまで市之瀬《いちのせ》の太ももを一度も見ることなく過ごした俺は、ダルい授業を比較的《ひかくてき》真面目に受けてやっと放課後を迎《むか》えた。

さてと、今日の放課後は何をするか。

一昨日は『おぱ吸い』をツタヤで購入《こうにゆう》し、昨日は隣町《となりまち》のゲーセンに行ったりと、最近は忙《せわ》しない放課後を過ごしていたからなぁ……。

今日は雨だし真《ま》っ直《す》ぐ家へ帰るか。金もないしな。

俺は帰《かえ》り支度《じたく》を済ませるとバッグを片手に昇降口《しょうこう》へ向かう。

結局あの後も海山《みやま》の思いついた〝いいこと〟の意味が分からなかったが……何だったんだ？

「……あっ、やっと来た」

俺が昇降口《しょうこう》まで来ると、そこには黒木《くろき》が……って、なんで彼女が。

黒木《くろき》の手元をよく見ると、傘《かさ》の持ち手にアニメキャラのマスキングテープが巻かれていた。

「それは……お、俺のっ」

理由は分からない。

それでも黒木瑠衣《くろきるい》は間違《まち》いなく、俺の傘《かさ》である紺色《こんいろ》の傘《かさ》を持って俺を待っていたのだ。

「……く、ろき？」

どうして彼女が俺の傘を持ってそこに立っているんだ？

目の前の状況《じょうきょう》が全く飲み込めないまま、俺はとりあえず革靴《かわぐつ》を履《は》く。

落ち着け、これは何かの間違《まち》いだ。きっと黒木《くろき》は俺と誰《だれ》かを間違《まち》えて――。

「泉谷《いずみや》くん、わたし待ってたんだよ？」

うん。どうやら人違《ひとちが》いじゃないようだ。

俺の傘《かさ》を持ってる時点でそうだとは思っていたが。

「愛莉《あいり》がね、彼氏《かれし》との待ち合わせまで、もう時間がないから傘《かさ》を貸して欲《ほ》しいって言うから、わたしが傘《かさ》を貸してあげたの」

まだ何も聞いていないのに、黒木《くろき》は独り言のように理由を呟《つぶや》く。

全部はあの爆乳脳内お花畑《ばくにゆうのうない》がやったのか……許せないなあの爆乳《ばくにゆう》……とりあえず揉《も》ませろ。

「でも傘《かさ》を愛莉《あいり》に貸しちゃったら今度は瑠衣《るい》ちゃんが帰れないから一って、愛莉《あいり》が泉谷《いずみや》くんにお願いしてくれたんだよね？　同じ中学出身で帰り道もほとんど同じだから」

そんなお願いまっっったく存じ上げないのですが。

「巻き込んじゃってごめんね、泉谷《いずみや》くん」

巻き込まれたにも程《ほど》がある。

海山《みやま》は黒木《くろき》が俺のことを好きだと勘違《かんちが》いしてるので、俺たちが同じ傘《かさ》で帰るという（トンデモ）恋愛《れんあい》イベントを故意に作ったようだ。

まぁ百歩譲《ゆず》って海山《みやま》のせいなのは理解した……が、その話を聞いても俺には納得《なつとく》のいかない点がある。

「もう愛莉《あいり》ったら困った子だよね。彼氏《かれし》にお熱なんだから……カレの写真の一つでも見たいくらい」

そもそも黒木《くろき》はなぜ……その紺色《こんいろ》の傘《かさ》が俺のものだと知っている……？

「ね、そろそろ行こっか」

「………あ、ああ」

とても拒否《きょひ》できる空気ではない。

もしここで断ったら……黒木《くろき》と険悪な関係になってしまうからだ。

いくら苦手な相手だとしても、あと半年以上も同じクラスで、ずっと右隣《みぎどなり》に座るのが決まっている黒木《くろき》と気まずい関係になるのは避《さ》けたい。

ていうか、黒木《くろき》なら別の友達の傘《かさ》に入れてもらうことができるはず……それなのに俺に拘《こだわ》る理由が分からない。

黒木《くろき》の家は俺の近所にある和風建築のかなり大きな家だ。

確かに俺と帰れば家まで傘《かさ》に入れてもらえるという海山《みやま》の考え方は意外と正しいのだが……

そうだとしても、普通《ふつう》はクラスの最底辺陰《いん》キャの俺と帰りたくないだろ……？

「ねえこの傘《かさ》、差してもいい？」

昇降口《しょうこうぐち》を出る前に、黒木《くろき》は俺の傘《かさ》を開こうとする。

「この傘《かさ》、中学の時から使ってるよね？」

「え、お、おう」

「ふふっ……だよね」

だからなんで知ってんだよッッッ！！！

「よっと……この傘《かさ》、結構広いね」

「か、傘《かさ》は、俺が持つから」

「ふーん、優《やさ》しいね」

俺は黒木《くろき》が開いた傘《かさ》を受け取り、傘《かさ》の中に黒木《くろき》を迎《むか》え入《い》れる。

「お邪魔《じゃま》しまーす」

「………」

俺は緊張《きんちょう》で言葉を失っていた。

席替《が》えするまでは一度も話したことがなかったのに、何でこんな急に距離《きょり》が。

「ねえ、泉谷《いずみや》くん」

歩き始めてすぐ、左隣《ひだりどなり》で歩く黒木《くろき》は俺の方を上目遣《うわめづか》いで見ながら声をかけてきた。

「最近、彼女できたでしょ？」

唖然《あぜん》としてしまう。

あまりに突飛《とっぴ》すぎる質問で、俺は足が止まってしまった。

「もしかして彼女って……優里亜《ゆりあ》か愛莉《あいり》？」

「な、ないないない！　おっ、俺みたいなクラスカースト最底辺の陰《いん》キャが海山《みやま》や市之瀬《いちのせ》みたいな美少女と付き合えるわけっ！」

「明らかな動揺《どうよう》、普段《ふだん》は口数が少ないのに早口で否定、傘《かさ》を握《にぎ》る手がやけに震《ふる》えている……結論、間違《まちが》いなく嘘《うそ》」

無駄《むだ》に鋭《するど》い洞察《どうさつ》力。探偵《たんてい》かよ……こいつ。

「ねえ、なんでわたしに嘘《うそ》つくの？　わたしたちって同じ中学出身だよね？　ね？」

黒木《くろき》は俺の方へグイッと自分の顔を近づけてくる。

同じ中学出身ってだけでそれ以上でもそれ以下でもないんだが!?

雨のせいで離《はな》れることもできず、俺は顔を熱くしながらもグッと堪《こら》える。

「嘘《うそ》じゃない！　俺は、誰《だれ》とも付き合ってない！」

「なら、愛莉《あいり》と仲良くしていた理由は？」

「海山《みやま》？」

「昨日、愛莉《あいり》と学食でランチしてたんだよね？　陸上部の友達から聞いたの。なんで仲良くなったの？」

海山《みやま》とランチしたのはもう周知の事実になっているのか？

「ねえ、答えて」

もしかして黒木《くろき》はそれが気がかりで……。

そりゃ親友がクラスの陰《いん》キャと仲良くしてたら心配にもなるか。

「あれは……海山《みやま》にお礼をしただけなんだよ。一昨日たまたまとある店で会って、俺が欲《ほ》しかったものを譲《ゆず》ってもらったから」

嘘《うそ》は言ってない。

たまたま店で（働いてる海山《みやま》と）会って、俺が欲《ほ》しかったもの（おぱ吸い1巻）を譲《ゆず》って（キープして）もらったからな。

「本当なの？　愛莉《あいり》とは何にもないの？」

「当たり前だ。そもそも海山《みやま》みたいな美少女が俺みたいな陰《いん》キャのこと、好きにならないと思うし」

「……ふふっ、そうなんだ。それなら良かったー」

黒木《くろき》はホッと胸を撫《な》で下《お》ろす。

親友の海山《みやま》が俺みたいな便所虫と付き合ってなくてよっぽど安心したのだろう。

その清々《すがすが》しい顔は、絵にしたら賞を取れそうなほど美しかった。

圧倒的《あっとうてき》美少女……マジで俺の隣《となり》にいるのが信じられないくらい別次元の存在に思える。

黒木《くろき》は胸も太ももないが、顔だけはこれまで会ったどの女子よりも美人で整っていて、見れば見るほど引き込まれる魅力《みりょく》があった。

「こんなこと言うと恥《は》ずかしいんだけど、わたしね、昔から完璧《かんぺき》主義なの」

落ち着いたからか急に語り出す黒木《くろき》。

「勉強も完璧《かんぺき》、運動も完璧《かんぺき》、親や教師や周りからの人望も完璧《かんぺき》じゃないと、気が済まない性格だから」

ああ、つまり「親友の海山《みやま》が俺みたいなヤツと付き合っていたらわたしまで完璧《かんぺき》じゃなくなる」ってことだな？

なら安心しろ黒木《くろき》、俺は市之瀬《いちのせ》とも海山《みやま》ともそんな関係にはなってな──。

「だから泉谷くんが愛莉のモノになってなくて安心したぁ……」

雨脚《あまあし》が強くなる。

誰《だれ》もいない校門の前で同じ傘《かさ》の下、俺と黒木《くろき》は足を止めて見つめ合っていた。

「おい、それって、どういう意味だよ──？」

俺が聞き返すと、黒木《くろき》は笑顔《えがお》になる。

「あのね、中学の同級生男子でわたしに告白してこなかったのは、泉谷くんだけだったの」

俺……だけ……？

じゃあ、俺以外の同級生男子は、黒木《くろき》に一度は告白していたってことか？

なぜ黒木《くろき》がこんなことを言ったのか、それは分からない。

でもまるで、俺だけが告白をしなかったせいで『完璧《かんぺき》』ではなかったと言っているようだった。

そもそも黒木《くろき》が言っていることは真実なのか？

中学時代の俺以外の男子が黒木《くろき》に告白していたなんて、普通《ふつう》に考えられない。

何より現実的じゃない。

ただ——あの黒木瑠衣《くろきるい》が言うなら嘘《うそ》ではない、と思えてしまうのが不思議だ。

「あー、もしかして疑ってる？」

「そ、そんなこと……」

「言っておくけど本当だよ？　中学時代の同級生男子はみんな、わたしに一度は告白してる。告白してこなかったのは泉谷くん、だ、け、だったんだから」

そう言うと黒木《くろき》はあざとく口角を上げる。

この雨の日には似合わない太陽のように温かい笑《え》み。

「ひ、一つ聞くけど、他の女子と付き合っていた同級生たちはどうなんだよ？」

「それはわたしに振《ふ》られたから他の女子を選んだってだけでしょ？　ふふっ、みんな本当はシャトーブリアンを食べたかったのに、カルビやロースで我慢《がまん》してしまう……恋《こい》って残酷《ざんこく》だね」

残酷《ざんこく》なのはお前の表現だ……‼

突《つ》っ込みたい気持ちをグッと抑《おさ》える。

「でも——泉谷《いずみや》くんは違《ちが》ったよね？　あなたの場合は、そもそも肉にすら目を向けなかった。言うなれば草食動物……そういう所が他の肉食動物《男子》たちとは違《ちが》ったの」

俺が草食……だと？

俺ほどの肉食（爆乳《ばくにゅう》デカもも好き）はいないと思うんだが……。

「ねっ、泉谷《いずみや》くんも本当はわたしのこと好きなんだよね？　きっと恥《は》ずかしくて告白できなかったとかだよね？」

「……わ、悪いが、俺にそんな気持ちは」

「本当は好きなんでしょ？　ね？」

黒木《くろき》は渾身《こんしん》のスマイルでグイグイ来る。

こいつ……自分の完璧《かんぺき》主義のために半ば強引《ごういん》に俺の気持ちを動かそうとしてやがる。

黒木《くろき》の顔が死ぬほど美人で良《い》いことは認めよう。さっきから自慢《じまん》の黒髪《くろかみ》からなんか良《い》い匂《にお》いがしてドキドキが止まらないのも正直な感想だ。

「ね、好きって言って？」

「だから俺は」

急接近されて後退《あとずさ》りしようとしたが、雨のせいで逃《に》げ場《ば》が……ない。

「ふふっ、今さら気づいたの？」

「まさかお前」

同じ傘《かさ》の下にいる以上、片方が足を止めたら動けない。つまり今は拘束《こうそく》されているのと同じ。

「じゃあ今からちょっとしたゲームを始めまーす」

黒木《くろき》は今日一番のニンマリ顔になりながら俺に向かって言い放つ。

「ルールは簡単。泉谷《いずみや》くんがここで『わたしのこと好き』って言ってくれるまで、わたしは

この場所から動きません。どうしても言いたくないなら、ずっとここで朝までコースでも大《だい》丈夫《じょうぶ》だよ？」

「ば、バカ言うなよ！　お、俺は帰らせてもらうからな！」

「また雨が強くなってきた……こんなに強い雨の下に女の子を置いていっちゃうなんて……泉谷《いずみや》くん、酷《ひど》いよっ」

こ、この女……っ！　そこまでして俺に告白させたいのかよっ……！

「泉谷《いずみや》くんどうするの？　わたしをこのまま校門の前に置いていくのか、告白してスッキリしちゃうのか」

ど、どうするも何も……いくら黒木《くろき》が才色兼備《さいしよくけんび》の超絶《ちようぜつ》美少女だとしても、こんな言わされて告白するのは違《ちが》う。

「もう揶揄《からか》うのはやめてくれ。俺はお前に好きだなんて絶対言わないし、お前だってそんな無理やり言わされた告白を聞いても嬉《うれ》しくないだろ？」

苦《くる》し紛《まぎ》れに俺はど正論をぶつけた……のだが。

「……嬉《うれ》しいって、言ったら？」

「は？　そ、そんなわけっ！」

「本当だよ。だってわたし、あ、あの日からずっと――」

その時――だった。

背後から黒木《くろき》の肩《かた》に、水色のネイルをした綺麗《きれい》な手が伸《の》びてくる。

「ちょっと瑠衣《るい》？　やっと見つけた……って」

振《ふ》り向《む》くと、そこにはスカートから垣間見《かいまみ》えるムチッとした太ももがあった。

この太ももは……市之瀬《いちのせ》っ！

今日の授業中はあえて見なかったものの、俺の脳裏にはその太ももは嫌《いや》というほど焼きついている。

「なんで瑠衣《るい》と泉谷《いずみや》が一緒《いっしょ》に帰ってんの？　瑠衣《るい》はあたしと帰る約束してる。ナンパなら別の奴《やつ》でやれよ」

「い、市之瀬《いちのせ》と黒木《くろき》が帰る約束……？」

「愛莉《あいり》が彼氏《かれし》とデートとかで瑠衣《るい》の傘《かさ》を借りてったから、瑠衣《るい》はあたしと一緒《いっしょ》に帰る約束したんだよ。あたしは文化祭実行委員の仕事があるから少し待ってろって言ったのに……なんで泉谷《いずみや》の傘《かさ》に入ってんの？」

おかしい。

黒木《くろき》は昇降口《しょうこうこう》を出る前に「海山《みやま》から俺と一緒《いっしょ》に帰るように言われた」と言っていたはず。

「ほら瑠衣《るい》……行くよ」

市之瀬《いちのせ》は俺の傘《かさ》の中にいた黒木《くろき》を自分の傘《かさ》の中へと迎《むか》えて歩き出した。

市之瀬《いちのせ》のおかげで黒木《くろき》との勝負を有耶無耶《うやむや》にできたからな……素直《すなお》に感謝しよう。

そう思って俺も歩き出すと、ポケットの中にあるスマホがバイブした。

どうやらＬＩＮＥ通知みたいだ。

『市之瀬《いちのせ》：瑠衣《るい》の前だったから冷たく当たった。ごめん泉谷《いずみや》』

なるほど、だからやけに冷たい感じだったのか。市之瀬《いちのせ》も板挟《いたばさ》みで色々と大変だな。

そのままスマホを閉じようとすると、今度は『友達になっていないユーザーからＬＩＮＥが届きました』という通知が入る。

「友達じゃない……っ？」

目に飛び込んで来たのは『黒木《くろき》』というアカウントの名前。

『黒木《くろき》：ふふっ、仲良くなれたから友達追加しちゃった♡　さっきのこと、みんなに秘密にしてね？　もしバラしたら……どうなっちゃうか分からないよ♡』

『黒木《くろき》：それと、泉谷《いずみや》くんのことはわたしが絶対に堕《お》としてあげるから♡　安心して待っててね？』

ホラー映画くらいホラーなＬＩＮＥが２連続で送られてくる。

安心どころか恐怖《きょうふ》しかない。

どうして俺みたいな陰《いん》キャオタクが世代最強の美少女に狙《ねら》われなきゃならないんだよ……！

俺の平穏《へいおん》……間違《まち》いなくぶっ壊《こわ》れる。

こうして俺は（不本意ながらも）クラスカーストトップの美少女グループ三人の秘密を握《にぎ》っ

てしまった。
席替《が》えにより、近くに座っている彼女たちの誰《だれ》も知らない秘密を……。
そして俺の高校生活は、さらにとんでもないことになっていく予感がしていた。

四章「モテ期到来は破滅への一歩？」

やあみんな。俺は陰《いん》キャオタクの諒《りょう》太だ。

陰《いん》キャオタクの放課後なんて、アニメイトに行くか部屋にこもってゲームしながらアニメを観《み》るだけだよな？

俺もつい最近まではそんな生活をしていたんだが……まぁ、色々あって今は……。

「やっべえ、LINEの返信……考えないと」

LINEの返信作業をしている。

高校から家に帰るなり自室のゲーミングチェアに座ってダラダラとスマホをいじっていた俺だが、いつの間にかLINEのメッセージが溜《た》まっていた。

普段《ふだん》は親や姉からしかLINEが来ないのでスルーしているが、今回はその相手が……。

『市之瀬《いちのせ》：ねえ、今度行く映画の話したいんだけど』

『海山《みやま》：諒太《りょうた》見てー！　バイト帰りにダンゴムシ見つけたー！』

『黒木《くろき》から画像が送られてきました』

クラスカーストトップの美少女グループ三人から、ＬＩＮＥが立て続けに送られてくるのだ。

こんなの無視《スルー》できるわけない。

『市之瀬《いちのせ》：乳《ちち》きゅんの劇場版、一人だと恥《は》ずかしくて行けなかったんだけど……泉谷《いずみや》なら付き合ってくれるよね？』

『海山《みやま》：あー！　今度はオタマジャクシー！　キモ可愛《かわい》いー！』

『黒木《くろき》から画像が送られてきました』

美少女三人衆からのＬＩＮＥが一向に止まらない。

３日前までオタク友達の田中《たなか》としかＬＩＮＥを交《か》わしていなかった俺だが、たった３日で女子三人からＬＩＮＥが送られてくるという、ナンパ男みたいな状況《じょうきょう》。

男子、３日会わざれば刮目《かつもく》して見よ、とはまさにこのことだな。

あー、返信するのめんどくせぇ……。

というよりも、陰《いん》キャすぎてキモい返信をしないかシンプルに心配なのだ。

とりあえず絵文字は少なめの方がいいかな？　スタンプも市之瀬《いちのせ》以外の二人にはアニメ系のヤツを使わないように……。

こんなＬＩＮＥすらまともに使えない陰《いん》キャに、トップクラスの美少女三人が構ってちゃんの如《ごと》くＬＩＮＥを送ってくるのだから人生分からないものだ。

『市之瀬《いちのせ》：映画の後はアニメイト行きたいな。あそこも一人だと入りづらかったからさ』

『海山《みやま》：わぁ～！　見てー！　虹《にじ》だよ虹《にじ》！　諒太《りょうた》も窓から見えるかな？　雨止《や》んだから空に虹《にじ》がかかってるー!!』

『黒木《くろき》から画像が送られてきました』

えーっと？　市之瀬《いちのせ》は今度行く映画の話をしていて、海山《みやま》は小学生《ガキ》みたいな日常会話。そんで最後に黒木《くろき》は……な、なんだ？

さっきから謎《なぞ》に画像だけ送りつけてくる黒木瑠衣《くろきるい》。

ただでさえこいつだけは不穏《ふおん》な空気感があるというのに、なんでまたこんなＬＩＮＥを……。

これって見たらヤバい画像とかじゃないよな？

とりあえず既読《きどく》が付かないように長押《ながお》しで確認《かくにん》………って、ん!?

黒木《くろき》とのチャットルームを長押《ながお》しした瞬間《しゅんかん》、俺は目が飛び出そうになる。

「なっ、なんだこりゃ……っ！」

黒木《くろき》から送られてきたのは——黒木《くろき》本人が陸上部のユニフォームを着て自撮《じど》りした写真だった。

大会の後に撮《と》ったのだろうか、普段《ふだん》は流している黒髪《くろかみ》をポニーテールに纏《まと》めており、肌《はだ》の露出《ろしゅつ》度も普段《ふだん》より高い。

ピチッとした緑色のユニフォームに身を包んだ黒木瑠衣《くろきるい》のスレンダーな身体《からだ》。

ユニフォームの構造上、腹部には布がないので、完璧《かんぺき》美少女・黒木瑠衣《くろきるい》の腰《こし》回りの細さと美しすぎるくびれが露《あら》わになっている。

陸上部なら日焼けするはずなのにやけに真っ白なその引《ひ》き締《し》まった腹部。

そして何より——チラッと見える〝ヘソ〟。

俺はどうしようもなくそのヘソに目が行ってしまった。

ただの陸上部の写真なら別に興味はない俺だが、この〝ヘソチラ〟には生唾《なまつば》を飲む。

なぜなら、その縦長に伸《の》びた黒木《くろき》のヘソには指でなぞりたくなるほどのエロさがあったからだ。

普段《ふだん》は見られないのに、チラッと見えてしまうという点においては、ヘソも乳頭も同じなのだからそこにエロさを覚えてしまうのも無理はない。

な、なんちゅうエロさだ……。

これまで黒木瑠衣《くろきるい》のことは性的に見てなかった俺だが、この写真を見て黒木《くろき》のヘソに変な感情を抱《いだ》いてしまった。

俺の癖《へき》をくすぐる、その美しいヘソのラインを見せつけられ、俺は歯を食いしばる。

「だ、だめだ、こんな自撮《じど》りで興奮したら、俺の負けだ……っ！」

俺は長押《ながお》ししていた指でもう一度タップしてしまい、チャットルームを開いてしまう。

ヤバい既読《きどく》がっ！

時すでに遅《おそ》し……黒木《くろき》からＬＩＮＥのメッセージが、送られてくる。

『黒木《くろき》：あっ、既読《きどく》ついた♡　陸上部のユニフォームを着たわたし、どうかな？　可愛《かわい》いかな？』

黒木《くろき》は上機嫌《じょうきげん》な様子で訊《たず》ねてくる。

くそっ……既読《きどく》を付けたら黒木《くろき》の思惑《おもわく》通りになっちまうのに……ミスった。

黒木瑠衣《くろきるい》は自分の完璧《かんぺき》主義のため、唯一《ゆいいつ》中学の同級生男子で告ってこなかった俺を、堕《お》として告らせようとしている。

つまり、俺がこの写真のヘソで興奮したことだけは悟《さと》られてはならない。

『黒木《くろき》：その3枚の写真、特別に保存しても構わないよ？　それを泉谷《いずみや》くんがどう使おうと、わたしには分からないからご安心を♡』

つまりこれは俗《ぞく》に言う『エロ自撮《じど》り』のつもりなのか？

……この写真の用途《ようと》はさておき、とりあえず黒木《くろき》のLINEはしばらくミュートにしよう。

「それにしても……まさかあの黒木瑠衣《くろきるい》がこんな積極的に俺を堕《お》としに来るなんてな」

そもそもあの黒木瑠衣《くろきるい》と相合傘《がさ》をしたというだけでも、他人からしたらもの凄《すご》い価値のあるイベントだったに違《ちが》いない。

もしあの時市之瀬《いちのせ》に声をかけられなかったら、俺たちはどうなってたんだろう。

あれ、そういえば市之瀬《いちのせ》が声をかけてくる前に黒木《くろき》は何か言いかけてたような……。

「あの日からずっと……？　とか、なんとか」

黒木《くろき》の言う『あの日』ってなんだ？

中学時代に何かあったか……？

「皆目《かいもく》見当もつかないが……そうだ。田中《たなか》なら、何か知ってるかもしれない」

明日、田中《たなか》に聞いてみるか。

☆☆

――翌日の早朝。

どんよりした曇《くも》り空《ぞら》の下を歩きながら、早めに高校へ登校した俺は、〝ヤツ〟がいる場所へ足を向かわせる。

俺の目的は、オタク友達で同じ中学出身の田中奏《たなかかなで》に会うことだ。

「田中《たなか》はいつも朝早くに登校して、ＨＲの前はあそこにいるんだよな……？」

田中奏《たなかかなで》は俺と同じ陰《いん》キャのオタクだ。背は低くてその長い前髪《まえがみ》で目を隠《かく》し、陽キャの前ではボソボソした小声で喋《しゃべ》る大の内弁慶《うちべんけい》。

まあ、俺とオタ話をしている時は、漫談《まんだん》師かってくらいベラベラ喋《しゃべ》るのだが。

田中《たなか》は黒木《くろき》と同様に、数少ない俺と同じ中学出身者で、尚且《なおか》つ学力だけなら黒木瑠衣《くろきるい》に匹敵《ひってき》するほど優秀《ゆうしゅう》な生徒なのである。

田中《たなか》と俺は同じ陰《いん》キャとして中学3年間、同じクラスで気楽に趣味《しゅみ》について話せる仲だった。

しかし高校に入ってからは2年連続で違《ちが》うクラスになり、会話も必然的に減っている。

「よし、着いた」

金網《かなあみ》に囲まれた高校の屋上。

昼休みは人気のスポットだが、朝イチだと誰《だれ》もいないので陰《いん》キャにとっては絶好のスポットなのだ。

俺は屋上の塔屋《とうや》の上へとハシゴで上る。

塔屋《とうや》の上には——小柄《こがら》な女子生徒が座ってスマホをいじっていた。

「オホォ～っ、諒太くんじゃないですか！　おひさですねっ！」

「開口一番でオホ声出すな田中《たなか》」

「おっ、オホ声って！　べ、別に私はそんなつもりはなかったのですが……！」

前髪《まえがみ》に隠《かく》れた赤縁《あかぶち》メガネ。

身体《からだ》が小さいのに、成長するのを見込んで（見栄《みえ》を張って）大きめの制服を買ったらしいが、
2年生になっても萌《も》え袖《そで》みたいに袖《そで》がダボダボしている。

見た目はロリっ子。中身はオタク……救いようのない工藤《くどう》新●である。

「お久しぶりです、諒太《りょうた》くん」

田中奏《たなかかなで》——彼女こそ、俺の唯一《ゆいいつ》のオタク友達なのだ。

「それにしても今日は曇《くも》りですねえー」

「ああ。この様子だと午後から雨かな」

「ですかねー」

まだ7時半。朝のHRまで1時間あるし、このままのんびり田中《たなか》と——って！

「ちげーよっっ!!」

「ひゃっ！　急に叫《さけ》んでなんです？　情緒不安定《じょうちょ》なんです？」

「そうじゃない！　俺はお前と熟年夫婦《ふうふ》の会話をしに来たんじゃない！」

「じゅ、熟年夫婦《ふうふ》？　オタク陰《いん》キャの諒太《りょうた》くんと結婚《けっこん》するとか……いやー、キツいでしょー」

「お前もオタク陰《いん》キャだろ！」

田中《たなか》はペロッと舌を出す。

「ならおふざけはこの辺にしておいて。何の用です？」

田中《たなか》は俺にとって話しやすい相手なので、つい緊張《きんちょう》感がなくなってしまう。

さすがにそろそろ本題に入らないとな。

「それが、だな……」

「はい？」

田中《たなか》は前髪《まえがみ》を整えながら小首を傾《かし》げる。

「い、今から話すことは全部嘘《うそ》じゃないからな」

「やけに勿体《もったい》ぶりますねぇ」

別に俺は勿体《もったい》ぶっているのではない。

この1週間で美少女グループ全員とお近づきになったなんて、到底《とうてい》信じてもらえるとは思えないから、念を押して言っているのだ。

「俺のクラスに市之瀬《いちのせ》、海山《みやま》、黒木《くろき》っていう女子グループがいるだろ？　ほら、昨年はお前と同じクラスだった」

「ああー、私とは無縁《むえん》の美少女三人衆ですね。そういえば今年は諒太《りょうた》くんと同じクラスでしたっけ？」

「そ、そうなんだよ」

「へぇ、でもあの三人と我ら陰《いん》キャオタクは絶対交わることがないですもんねー？　さてはその三人衆に暴言を吐《は》かれたとかですか？」

普通《ふつう》、そう思うのが自然だよな。でも、違《ちが》うんだよ田中《たなか》。

「じ、実はさ……その三人と仲良くなっちまったというか」

「…………は？」

思った通りすぎるリアクションをする田中《たなか》。

赤縁《あかぶち》のメガネを外すと、制服でゴシゴシしてからまた掛《か》け直す。

「美少女三人衆と？　仲良く？　諒太《りょうた》くんが？」

「ああ、嘘《うそ》だと思ってくれても構わない。きっかけは席替《が》えでそいつらに囲まれちまって、なんか色々あって仲良くなっちまったんだ」

「へ、へへぇー？」

田中《たなか》は変なモノを口に入れた時のように口をモゴモゴさせながら、不思議そうな顔をする。

「あのぉ、つかぬことをお尋《たず》ねしますが、諒太《りようた》くんって以前より妄想癖《もうそうへき》酷《ひど》くなりました？」

「やっぱ信じてないだろお前！」

「だって信じられないですよ！　何がどうなったら、陰《いん》キャオタクで生涯童貞《しようがいどうてい》コース＆ニート魔法使《まほうつか》い確定だった諒太《りようた》くんが、あんな華《はな》やか美少女たちと仲良くなるんですか！」

こいつの中の俺の印象悪すぎるだろ……赤の他人の方がマシなレベルだ。

「もっ！　もしかして諒太《りようた》くん、あの三人から脅《おど》されてたりします？　奢《おご》らされたり、モノ取られたり、変なモノ送られてきたりします⁉」

海山《みやま》にカツカレー奢《おご》らされたり、市之瀬《いちのせ》にUFOキャッチャーの景品取られたり（あげた）、黒木《くろき》から変なモノ送られてきたりはしてるんだよなぁ。

「と、とにかくだ！　細かい話はできないが、仲良くなっちまったのは本当なんだ！　それだけは俺とお前の仲なんだから信じてくれ！」

「私と諒太《りようた》くんの……わ、分かりました。とりあえず信じるので話を続けてください」

田中《たなか》は半信半疑の表情のまま小さく頷《うなず》く。

そもそも横道に逸《そ》らしたのはお前なんだが。

「それで美少女グループの中には同じ中学の黒木《くろき》もいるだろ？　その黒木《くろき》が、中学の同級生男子全員から告白されてたみたいでさ」

「ああ、その話ですか？　確か当時諒太くんだけ告ってない、って軽く噂《うわさ》になってましたね」

「う、噂《うわさ》⁉　なんで俺だけ告ってないことを知ってる奴《やつ》がいるんだよ！　同級生の男子一人一人に黒木《くろき》に告白したかどうか聞きまわってんのか？」

「実はですね、中学の時に女子の間で〝とある〟ルールがあったんですよ」

「る、ルール？」

「当時、黒木瑠衣《くろきるい》と同い年の女子の間には『黒木瑠衣《くろきるい》に告白した男子リスト』なんてものがありました。中学の時は同級生の男子がみんな黒木《くろき》さんにメロメロだったので、他の女子たちにとっては何かと不都合なことが多かったらしいんですよ。同級生の男子が全員黒木《くろき》さんに惚《ほ》れてしまうという現象は異常でしたから」

「それは確かにそう、だよな……」

男の俺からしてもその異常さはよく分かる。

「不都合っていうのはどういうことなんだ？」

「黒木《くろき》さんがモテるということは、他の女子からしたらお目当ての男子がなかなか振《ふ》り向《む》いてくれないことになりますよね？」

「それは、そうだな?」

「だからお目当ての男子が既《すで》に黒木《くろき》さんに振《ふ》られているのか知るために、女子は各々《おのおの》で見聞きした情報をLINEのグループに書き込んでリスト化してたらしいです。基本的に女子はそのリストを確認《かくにん》してからお目当ての男子にアタックしていたようですよ?」

「ま、マジかよ……っ!」

あまりにも中学生がやることとは思えない衝撃《しょうげき》的な内容に、俺は驚《おどろ》きを隠《かく》せなかった。

女子ってそこまですんの!? こ、怖《こわ》すぎんだろ……。

しかしながら黒木瑠衣《くろきるい》という存在自体が、あまりにも稀有《けう》であり、イレギュラーな存在だったからこそ、他の女子たちは頭を使ってこんなことをしていたのかもしれない。

「まぁ~? ぼっちだった私はたまたま体育の授業の際にリストの噂《うわさ》を聞いただけですけどね。諒太《りょうた》くんだけ告ってないって噂《うわさ》もたまたま小耳に挟《はさ》んだというか……諒太《りょうた》くんは陰《いん》キャオタクだったので、そんな噂《うわさ》は誰《だれ》の興味も引かずにすぐ消えましたが」

男としての尊厳を傷つけられて悔《くや》しいが、否定はできねえ……。

「てか噂《うわさ》を聞いたってことは、田中《たなか》自身はその告白リストを見たことはないのか?」

「へ? わ、私?」

「陰《いん》キャオタクのお前でも、中学時代は思春期真《ま》っ只中《ただなか》だったろ? 好きな男子の一人や二人いただろうし、そいつらの情報とか知りたくなかったのかよ?」

「い、いや……私は……その……」

田中《たなか》はメガネを外すとまた拭《ふ》きながら俺の方をジッと見てくる。

田中《たなか》は昔から驚《おどろ》いたり焦《あせ》ったりするとすぐにメガネを拭《ふ》く癖《くせ》があるので、何か俺に隠《かく》し事《ごと》をしていたみたいだ。

「わ、私は……そもそも聞く必要がなかったと言いますか。聞かなくても知ってたと言いますか」

「は？」

「つまりー、そのー、そうっ！　わ、私は二次元の推《お》し一筋ですので！　昔は乙女《おとめ》ゲーのキャラでしたが、今はVの子を推《お》してますし！　もちろん諒太《りょうた》くんもそうですもんね！」

「あ、ああ。そうだな」

なんだ、田中《たなか》もずっと二次元推《お》しだったのか。

よく考えたら、田中《たなか》とこんな恋《こい》バナみたいな会話するの初めてかもしれない。

意外とクラスの陽キャ男子とか好きなんじゃないかと思っていたが……そりゃ二次元のイケメン見てたら三次元の男には戻《もど》れないか。

「やっぱ俺もお前も変わらないよなぁ？」

「………」

「ん？　田中《たなか》？」

「……むぅ」

「なっ、なんだよ頬《ほ》っぺた膨《ふく》らませて。俺、怒《おこ》らせるようなこと言ったか？」

「何でもないですっ。それより話を戻《もど》しますが、黒木《くろき》さんのことで何か私に聞きたいことがあったのでは？」

「やべ、そうだった」

今は他のことを考えてる場合じゃない。

「実は黒木《くろき》のやつ、俺が中学の時から告白してこないから、ずっと目をつけていたらしいんだ。黒木《くろき》は完璧《かんぺき》主義すぎて俺だけ告白してこなかったのが気に食わなかったらしい。それでその話をされた時に黒木《くろき》から『あの日からずっと』って言われたんだが、『あの日』っていうのかどうも気になってて……何か心当たりとかないか？」

「私が知るわけないじゃないですか！　そもそも私と黒木《くろき》さんの関係って、テストの1位2位で掲示板《けいじばん》に名前が並ぶか、放送委員だった時に生徒会長の挨拶《あいさつ》ですれ違《ちが》うくらいしかなかったですし！」

「だ、だよな」

「諒太《りようた》くんは『あの日』っていうのが、そんなに気になるんです？」

「ああ。黒木《あっち》が知ってるのに、俺だけ知らないのはなんか気味悪くて。言っておくが黒木《くろき》と俺の間にラブコメの波動を感じさせるイベントは中学の時一切《いっさい》なかったはずだ。そもそも俺は人生で美少女を救ったりしたことがない」

「やっぱそうですよねぇ……諒太《りょうた》くんが黒木《くろき》さんを救うなんて……ん？」

「どうした田中《たなか》？」

「あ、いえ……なんか、ちょっと思い出しそうなことがあって、あれは、確か……そう……」

田中《たなか》はブツブツ呟《つぶや》きながら何かを思い出そうとしている。

何か知っていることがあるのだろうか。俺には皆目《かいもく》見当がつかないが……。

「諒太《りょうた》くん。私一つだけ心当たりがあるかもしれません」

「は？　マジで？」

「私って中学の時は放送委員だったじゃないですか。放送委員ってイベントのたびに司会進行とか舞台袖《ぶたいそで》の機材準備とかするんです。だから全校集会とかの時はいつも舞台袖《ぶたいそで》にいるんですけど……私たちが2年生の時の卒業式でとあるトラブルが起きまして」

「と、トラブル？」

「はい。卒業式の送辞の前に、在校生代表だった黒木《くろき》さんが、生徒会室に送辞で読み上げる内容が書いてあった紙を忘れちゃったんです」

「なんだって……？　あの黒木《くろき》がか？」

「ええ。いくらあの黒木《くろき》さんとはいえ、まだ2年の時は陸上もあって何かと多忙《たぼう》でしたから、送辞を紙なしでは難しかったようで……舞台袖《ぶたいそで》では大騒《おおさわ》ぎになっていました」

そんなことがあったとは……。

確かに中学2年時の黒木瑠衣《くろきるい》は生徒会長と陸上部部長の両方を務めていたので、見るからに忙《いそが》しそうではあったが、完璧超人《かんぺきちょうじん》にしては意外な凡《ぼん》ミスだな。

「ここで話は変わりますが、私たちが2年生の時の卒業式って言ったらもう一つトラブルがありましたよね？　諒太《りょうた》くん」

「あ、ああ……そっちはさすがに覚えてるよ」

あれは——俺が中学2年の時に先輩《せんぱい》たちを見送った卒業式で起きた事件。

俺たち2年生は特にやることもなく座っているだけだったので、俺はパイプ椅子《いす》に座りながらつい寝落《ねお》ちしてしまった。

寝《ね》てるだけなら大丈夫《だいじょうぶ》なのだが、俺が寝《ね》落ちした瞬間《しゅんかん》——なぜかスルッと身体《からだ》がひっくり返る感覚があり、咄嗟《とっさ》に目を開けると、俺はいつの間にか座っていた椅子《いす》から落ちていた。

ちょうど卒業生の呼名が終わり静寂《せいじゃく》に包まれた瞬間《しゅんかん》の出来事だったこともあり、俺は周囲の視線を一気に集めてしまったのだ。

間違《まちが》いなく悪目立ちしてしまったと思った俺だったが、その後に駆《か》けつけた担任教師によってなぜか体調不良だと思われてしまい、そのまま救急搬送《はんそう》され、異常はないがとりあえず軽度の脱水症状《だっすいしょうじょう》だろうと診断《しんだん》されたのだった。

ただの寝《ね》落ちなのに体調不良と勘違《かんちが》いされ、周りに心配をかけてしまったこの事件の真相は田中《たなか》にしか話していない。

「てか、俺の寝《ね》落ち救急搬送《はんそう》事件と黒木《くろき》の事件に何の関係があるんだ？」

「諒太《りようた》くんの寝《ね》落ち救急搬送《はんそう》事件と黒木《くろき》さんの送辞の紙事件。一見、二つは違《ちが》う事件に見えますが、実は繋《つな》がっていて、諒太《りようた》くんが寝《ね》落ちしたことで黒木《くろき》さんの事件は未然に解決してたんですよ」

「……なん、だと」

「諒太《りようた》くんが倒《たお》れたのは呼名が終わった後ですよね？　あそこで諒太《りようた》くんが倒《たお》れたおかげで数分卒業式が止まった。その間に生徒会室に置いてあった送辞の紙を持ってこられたんです」

つまり……間接的とはいえ、俺が黒木《くろき》を救ってたってことなのか？

「じゃあ……〝あの日〟っていうのは」

「あくまで私の憶測《おくそく》ですが、あの卒業式のことなんじゃないですかね？」

黒木《くろき》は卒業式で俺に助けられたと思い込んで、俺のことを知り、さらに俺にだけ告白されていないことに気づいたのか……？

……って待て待て。その卒業式があったのは2年の最後だ。その時から狙《ねら》われたとなると、そこから2年間もずっと俺は黒木《くろき》にマークされてたってことか？

「あっ！　そろそろ教室に戻《もど》らないといけない時間ですね。諒太《りようた》くん、下りましょうか」

「あ、ああ」

俺は胸の中でモヤモヤしながらも、田中《たなか》と一緒《いっしょ》に屋上を後にする。

2年の教室がある階まで来たら、田中《たなか》は自分の教室に戻《もど》る前に「ちょっといいですか？」と俺を呼び止めた。

「色々話しましたけど、結局のところ諒太《りょうた》くんは黒木《くろき》さんに告白しませんよね？」

「は？　す、するわけないだろ！」

「で、ですよね！　諒太《りょうた》くんに告白なんて、無理ですもんね！」

なんかバカにされた感が凄《すご》いが……言ってることは正しい。

俺みたいな陰《いん》キャは、そもそも告白なんぞ不可能だからな。

「じゃあ私は戻《もど》りますので」

「お、おう。ありがとうな、田中《たなか》」

そう交《か》わして、俺は田中《たなか》と別れた。

田中《たなか》のおかげでかなりスッキリしたな。

果たしてあの卒業式が関係あるのかは分からないが、少し頭の中の靄《もや》が晴れた感じがする。

今度田中《たなか》にはお礼をしないと。

スッキリした俺は、清々《すがすが》しい顔で教室まで戻《もど》ってきた、のだが……。

「ねえ古文のテスト、愛莉《あいり》と瑠衣《るい》は勉強してきた？」

「わたしはしてきたよ？　愛莉《あいり》は？」

「してなーい。瑠衣《るい》ちゃんカンニングさせてー」

「だーめ」

教室では美少女三人衆が席に横並びで話しており、俺の席は海山《みやま》に座られていた。

おいおい、陰《いん》キャが一番気まずくなる『そこ俺の席なんですが……』現象じゃないか！

ここはどこかで時間を潰《つぶ》すか？

でも朝のHRまであと2分だし、さっさと座っておかないと……。

海山《みやま》なら俺が来れば退《ど》いてくれるはずだ。

俺がゆっくりと自分の席へ向かっていると、不意に海山《みやま》と目が合った。

ど、退《ど》いてくれ海山《みやま》……っ！

そう念じながら俺が席の前まで来た時、海山《みやま》は俺の気持ちを察したように、目をぱっちりと開ける。

「ああそっか！　この席って諒太の席だったねー！　ごめんごめん〜」

海山《みやま》は席から立ちあがろうと……って、諒太《りょうた》!?

ば、バカっ！　っと、つい声に出そうなほどに俺は焦《あせ》る。

市之瀬《いちのせ》と黒木《くろき》の前で諒太《りょうた》呼びはマズイだろ！

「——諒太《りょうた》？　あれれ？　愛莉《あいり》って泉谷《いずみや》くんのことを下の名前で呼んでるの……？」

「「っ！」」

黒木《くろき》の反応はまさに神速で、その指摘《してき》で場の空気が凍《こお》りつく。

単なる言い間違《まちが》いだったら、なんとなくスルーされて上手《うま》いこと有耶無耶《うやむや》にできたかもしれないが、その場にいたのは頭脳明晰《めいせき》・黒木瑠衣《くろきるい》。

「——ねぇ、どうして？　愛莉《あいり》？」

爆乳《ばくにゅう》とデカもも以外の才能は、全て天から与《あた》えられたあの黒木瑠衣《くろきるい》が、そのミスを見逃《みのが》してくれるはずもなかった。

それに黒木《くろき》は、陸上部の部員から聞いて、俺と海山《みやま》が学食でメシを食っていたことを知っている。

そりゃ関係を怪《あや》しむだろうな……。

黒木瑠衣《くろきるい》はいつも以上に疑いの目を向けており、その目はまるで今日の曇《くも》り空《ぞら》のように、暗く、淀《よど》んで、濁《にご》っていた。

「あっ！　愛莉《あいり》はいつも！　男子のこと下の名前で呼んでるし！　これは彼氏《かれし》の名前を呼ぶ時の名残《なごり》っていうか！」

海山《みやま》は咄嗟《とっさ》に機転を利《き》かせて言い訳をする。

な、ナイス！　海山《みやま》！　海山《みやま》にしてはかなり賢《かしこ》い切り返しだ。

これでなんとか——。

「ふーん。じゃあ愛莉《あいり》って彼氏《かれし》くんのことはなんて呼んでるの？」

「えっ？　えと……」

さっきはなかなかキレのある返しをした海山《みやま》だったが、一転して口籠《くちご》ってしまう。

「よっ、ヨウタ、だよー？」

おい！　どうしてよりにもよって、俺（諒太《りょうた》）寄りの名前なんだ！

「諒太《りょうた》とヨウタ……なんか、ちょっと似てるね？」

黒木《くろき》の視線が俺の方に向けられる。

ち、違《ちが》う！　俺じゃない！　変な勘繰《かんぐ》りするな！

俺はそう言わんばかりに、首を横に振《ふ》った。

するとさっきから静観していた市之瀬《いちのせ》も俺の方を睨《にら》んでいた。

い、市之瀬《いちのせ》まで……。

「愛莉《あいり》があたしらに彼氏《かれし》の名前教えてくれるなんてね」

「だって、優里亜《ゆりあ》はあんまりそういう話に興味ないのかなぁと思って」

「……ま、いいけど。ほら愛莉《あいり》、さっさと自分の席座んないと担任にドヤされるよ」

「う、うんっ！」

市之瀬《いちのせ》のおかげでやっと話が途切《とぎ》れた。

ふぅ……市之瀬《いちのせ》はこの美少女グループの潤滑油《じゅんかつゆ》みたいなものだな。

頭が良すぎるゆえに、何でも気になってしまう黒木《くろき》とうっかり屋で適当な海山《みやま》。

この二人だといつもこんな感じで問答が始まりそうだし、市之瀬《いちのせ》の存在は不可欠だな。

俺は安堵《あんど》の息を漏《も》らしながら自分の席に座る。

さっきまで海山《みやま》が座っていたからか、海山《みやま》の甘い香水《こうすい》の残り香があり、さらに椅子《いす》には温《ぬく》もりがあった。

海山《みやま》って胸だけじゃなくしっかりデカ尻《じり》だからか、椅子《いす》があったけぇ……。

「…………」

不純なことを考えていたら、右隣《みぎどなり》の黒木《くろき》から鋭《するど》い視線が飛んでくる。

ま、まさか、海山《みやま》のデカ尻《じり》のことを考えていたのがバレたのか……っ！

焦《あせ》っていると、今度は左隣《ひだりどなり》からも視線を感じた。

「……ったく、あんた調子乗りすぎ。なんで愛莉《あいり》とも仲良いんだか」

市之瀬《いちのせ》は小声でため息交じりに言った。

市之瀬《いちのせ》まで……いや、今回ばかりは俺の自業自得《じごうじとく》、なのか？

この三人のそれぞれの秘密を抱《かか》えることの重大さを思い知らされたのだった。

☆☆

——放課後。

一日中、左右の席から鋭《するど》い視線を感じたが……特に何もなく一日が終わった。

今日は金曜。

日曜日には市之瀬《いちのせ》との映画デート（だと勝手に思い込んでる）があるので、今日は帰りに服を買おうと思っている。

さすがにいつものダサパーカー&ダボダボジーンズで行くわけにもいかないしな。

いくら俺が陰《いん》キャとはいえ、学校一のギャルである市之瀬優里亜《いちのせゆりあ》の隣《となり》を歩くなら、身だしなみはしっかりしなければならない。

とりあえず、服なら駅前のデパートにでも寄って……。

「──おっ、諒太《りようた》やっと来た～」

俺が校門の前まで来た瞬間《しゆんかん》、門の外にいた海山《みやま》がひょっこりと顔を出した（胸元《むなもと》の爆乳《ばくにゆう》もたゆんと揺《ゆ》れる）。

「み、海山《みやま》？　なんで」

「諒太《りようた》を待ってたのっ。スターバックスの新作フラペチーノ飲みたいからっ！」

「新作フラペチーノ？」

「ほらー、前に約束したじゃんっ。わたしと放課後スタバデートするって！　もちろん諒太《りようた》の奢《おご》りっ♡」

そういえばこの前何かと理由をつけられて、また奢《おご》れって言われたんだっけか？

やはり味をしめているな。カツカレーで。

だが可愛《かわい》いは正義だし爆乳《ばくにゅう》も正義。

海山《みやま》の境遇《きょうぐう》を知っている以上、俺がメシを奢《おご》ることで、海山《みやま》の爆乳《ばくにゅう》の成長を手助けできるなら、それは俺の本望《ほんもう》なのでは……！

それに今日は服を買うつもりで、財布《さいふ》には多めに入れているので大丈夫《だいじょうぶ》。

よし！　俺が奢《おご》ることでその爆乳《ばくにゅう》をもっとでっかくしてやるぜェ!!

「なあに諒太《りょうた》？　ボーッとしちゃって。もしかして愛莉《あいり》とスタバ行くの嫌《いや》？」

「ぜひお供させてもらいやす！」

「ぷっ……あははっ！　なんで下《した》っ端《ぱ》さんみたいな口調なのっ」

海山《みやま》は腹を抱《かか》えてケラケラと笑う。

「いやぁー、やっぱ諒太《りょうた》はノリ良くていいね。面白《おもしろ》いし」

「そ、そうか？」

俺なんてただの陰《いん》キャだぞ。

「奢《おご》って♡　なんて言ったけど、この前はカツカレー奢《おご》ってもらっちゃったし、やっぱ今日は愛莉《あいり》が奢《おご》ろっか？」

「いや絶対に俺が奢《おご》る！　俺が育てる！」

「そ、育てる⁇　どゆこと？」

しまった。海山《みやま》の爆乳《ばくにゅう》を『超爆乳《ちょうばくにゅう》』にしたいという俺の本音が！

「え、えと、そこまで言うなら諒太《りょうた》に奢《おご》ってもらおっと……あんがとねっ」

海山《みやま》は引き気味に苦笑いを浮《う》かべながらお礼を言うと、先を歩き出した。

スターバックスに行くとしたら、高校の近くにあるあそこか……。

あそこは同じ高校の生徒が集まるし、また良からぬ噂《うわさ》が立ちそうだが……。

高校に一番近いスタバは女子生徒を中心として、いつも大人気である。

落ち着いたスタバの店構えと、店内には華《はな》やかな見た目のＪＫたち。

俺のような陰《いん》キャは一人もいないし、田中《たなか》みたいなコラボカフェにしか行かない根暗オタク女子もいない。

こんなところに俺みたいな陰《いん》キャオタクが来てもいいのか？

あ、明らかに場違《ばちが》いだろ。

「愛莉《あいり》は抹茶《まっちゃ》とモモのでー、諒太《りょうた》は？」

「え、えっ？」

「抹茶《まっちゃ》とメロンのでいい？」

「え、あ、お、おお、おお！」

「もお、なんで緊張《きんちょう》してるの？」

入店時から挙動不審《ふしん》だった俺は、オーダーの時も海山《みやま》の隣《となり》でガチガチになっていた。

「抹茶《まっちゃ》とモモのフラペチーノと、抹茶《まっちゃ》とメロンのフラペチーノでよろしいでしょうか？」

「はーい。お願いしまーす」

俺はガチガチだが海山《みやま》のおかげでなんとかオーダーは済ませ、支払《しはら》いは俺が済ませる。

やはり陰《いん》キャにとってのスタバは完全にアウェー、ビジター、敵陣《てきじん》。

「ったく諒太《りょうた》ったら。スタバで緊張《きんちょう》してんのー？」

「み、海山《みやま》は陰《いん》キャのことを知らなすぎだ！　ここには陽キャしかいない完全アウェーな環《かん》境《きょう》なんだぞ」

「はあ？　陰《いん》キャとか陽キャとか愛莉《あいり》にはよく分かんないんだけど」

はぁ……これだから美少女グループのお嬢《じょう》さんは。

「仮に愛莉《あいり》が陽キャなら諒太《りょうた》も陽キャじゃん！　諒太《りょうた》は愛莉《あいり》と仲良しなんだしっ」

「いや、陰《いん》キャだ」

「なんでよ！」

そんな会話をしていたら、受け取り口に俺たちのフラペチーノがトレーに載って出てきた。

俺はそのトレーを持ちながら、海山《みやま》と席を探す。

俺たちが席を探していると、周りにいた同じ高校の女子たちから必然的に視線が集まる。

頼《たの》むから、俺を彼氏《かれし》と思わないで欲《ほ》しい。

「ここにしよ、諒太《りょうた》？」

「え、お、おう」

海山《みやま》は窓際《まどぎわ》にある二人席を選んで座った。

俺はトレーをテーブルに置いて、海山《みやま》と差し向かいで座る。

「いただきまーす」

海山《みやま》は両手でフラペチーノのカップを持つと、幸せそうにチュルチュル吸っている。

そんなにこれが美味《おい》しいのだろうか。

ホイップクリームが溢《あふ》れそうなくらい載ってるし、メロンの果肉と抹茶《まっちゃ》でエグいほど緑だし

……見るからにヤバそうなんだよなぁ……。

「ね、周りの子たちは諒太《りょうた》のことを愛莉《あいり》の彼氏《かれし》だと思ってるみたいだよ？」

「ああ、そうみたいだな」

「彼氏《かれし》とかいたことないから分かんないけど、愛莉《あいり》と諒太《りょうた》みたいな距離《きょり》感でも、付き合ってるように見えるのかなぁ？」

見えないだろ普通《ふつう》……と言いたいところだが、野次馬はいつだって騒《さわ》ぎたい生き物。

とどのつまり、周りの奴《やつ》らはキャッキャと騒《さわ》ぎたいから、俺みたいな陰《いん》キャでも彼氏《かれし》という体《てい》にして噂話《うわさばなし》をしたいだけなのだ。

どうせ俺がもっとブサ男で海山《みやま》に不釣《ふつ》り合《あ》いな男だったとしても、奴《やつ》らは俺を彼氏《かれし》だと思うだろう。

「そういや海山《みやま》って本当に彼氏《かれし》いなかったんだな」

「当たり前じゃん！　彼氏《かれし》の設定はバイトのことを隠《かく》すための設定！」

海山《みやま》のスペックからして、本当に彼氏《かれし》がいてもおかしくないので、これまで本当に嘘《うそ》かどうか判断しようがなかった。

こんな真っ赤な嘘《うそ》をつくくらい、バイトのことを知られたくないのか……。

「今朝黒木《くろき》の前でヨウタって言った時は肝《きも》が冷えたぞ」

「ああ、あれ？　あの時は瑠衣《るい》ちゃんに彼氏《かれし》の名前聞かれてめっちゃビビって、咄嗟《とっさ》に浮《う》かんだ名前が『ヨウタ』だったっていうか」

「な、なんじゃそりゃ」

「愛莉《あいり》にも分かんない！　てかさ！　今日の目的はフラペチーノだけじゃないんだった！」

「え？　他にも食べたいものがあるのか？」

「ちがーう！　そうじゃなくて！　この前、空き教室で一緒《いっしょ》にお昼した時に思いついた『いいこと』の話！」

いいこと……あ、そういえば。

てっきり海山《みやま》の言ってた『いいこと』は、黒木《くろき》と俺が相合傘《がさ》をするように仕向けることだと思ったが、あれは黒木《くろき》に仕組まれた相合傘《がさ》だったんだっけ？

つまり海山《みやま》が言ってた『いいこと』は別にあるってことだよな？

海山《みやま》はフラペチーノを一旦《いったん》置くと、スクールバッグからスマホを取り出す。

「愛莉《あいり》ね、瑠衣《るい》ちゃんにも諒太《りようた》と仲良くなって欲《ほ》しいなって！」

「は、はあ」

「それに瑠衣《るい》ちゃんにもその気があるなら、まずは諒太《りようた》とコミニケーションを取ることが大切だと思う！」

「コミュニケーションな」

「ああ、それそれ」

なんかバカっぽい空気がプンプンしてきたな。

そもそもコミュニケーション？　どういうことだ。

「そこで！　愛莉《あいり》が考えついた『いいこと』っていうのはー、じゃんっ！　『LINEでコミニケーション大作戦！』です！」

「だからコミニケーションじゃなくて、コミュニケーション……つな!?」

海山《みやま》はスマホでLINEのアプリを開きながら発表する。

い、今、LINEでコミュニケーション大作戦とか言ったか!?

「LINEなら諒太《りようた》も瑠衣《るい》ちゃんも話しやすいと思うんだー？　まずはLINEで仲良くなって、徐々《じよじよ》にリアルでも仲良くなれば最高じゃん！」

「お……おお」

絶対に無理だし、何よりも問題は……。

「ってことで、まずはLINEを交換《こうかん》してみよー！」

既《すで》に黒木《くろき》とアカウントを交換《こうかん》してしまっているのもある意味で問題だが……それよりも問題なのは、俺と黒木のトーク欄。

LINE交換《こうかん》済みの事実はまだしも、俺と黒木《くろき》のトーク欄《らん》には——黒木のエロ自撮りがあるッツ！

「さ、諒太《りょうた》もスマホ出してー」

あの画像を海山《みやま》に見られたら……間違《まち》いなく俺は……終わるっ！

「瑠衣《るい》ちゃんのLINEのID送ったよー？　友達追加して、さっそく話してみてよーっ」

海山《みやま》は完全に勘違《かんち》いをしている。

黒木《くろき》が俺に対して向けているのは断じて好意とかではなく、完璧《かんぺき》主義を貫《つらぬ》くという己《おのれ》の欲望でしかない。

その根拠《こんきょ》として黒木《くろき》は、自分のヘソチラ自撮《じど》りを俺なんかに送ってきて、何が何でも自分に興味を持たせようとしていた。

そしてあのヘソチラ自撮《じど》りは海山《みやま》に見られたら一巻《いっかん》の終わり……今はなんとかこの話を逸《そ》らさないと。

「諒太《りょうた》どしたの？　ほらLINEで瑠衣《るい》ちゃんと会話してみなよー？」

海山愛莉《みやまあいり》はシンプルにアホの子なのだ。

バイトの件もそう。

彼氏《かれし》がいるなんていつかバレそうな短絡的《たんらく》な嘘《うそ》をついてしまうし、その嘘《うそ》を誤魔化《ごまか》すのも下手。

そもそもＬＩＮＥでコミュニケーションを取ったところで、男女の仲が進展するわけがない！

もうこうなったら……！

「分かったよ海山《みやま》。また今度、、、また今度黒木《くろき》とコミュニケーションは取る！」

『また今度』……これは日常生活だけでなく、オタク界隈《かいわい》においてよく使われる言い回し。

他のオタクに推《お》されたアニメやキャラについて『また今度観《み》ておくねー』と言って未来永劫《えいごう》見ることはない……というオタクに限らずもよくあるパターン。

よし、このまま話を有耶無耶《うやむや》にして上手《うま》いこと——。

「えー！　今してよー！」

今日の海山《みやま》は無駄《むだ》にしつこい。

め、面倒《めんどう》だな……。

どうする？　このままだと海山《みやま》に俺と黒木《くろき》のトーク欄《らん》を見せることになるぞ！

もしもそんなことになったら……。

『──え？　諒太《りょうた》なに、これ』

『ち、違《ちが》うんだ海山《みやま》！』

『これって……もしかして瑠衣《るい》ちゃんから写真貰《もら》って、その写真で毎晩シ●ってたの？　キモッ。二度と近寄らないで変態！　陰《いん》キャオタク！』

って、ことになっちまう！

純粋無垢《じゅんすいむく》な海山《みやま》からそんなこと言われたら……ショックで引きこもり生活不可避《ふかひ》だ。

そうならないためにも今は考えろ俺。海山《みやま》に黒木《くろき》のヘソ自撮《じど》りを見られないようにこの場をなんとか乗り切る方法を……っ。

「そっ、そうか……！　そもそも黒木《くろき》は部活中じゃないか」

「あー、確かに。瑠衣《るい》ちゃん部活中かもね」

「ぶ、部活中にＬＩＮＥなんてしても、すぐに返事貰《もら》えないし、また今度ＬＩＮＥしてみるよ」

「えー、でも」

「安心しろ！　会話した証拠《しょうこ》はまた送る！　だからまた今度にしないか？」

「うーん、まぁ……それもそうだね。瑠衣《るい》ちゃん大会も近いって言ってたし、そうしよっか」

海山《みやま》はやっと理解してくれた。

黒木《くろき》が陸上部じゃなかったら完全にゲームオーバーだった。

俺は安堵《あんど》のフラペチーノを一口飲むのだった。

「愛莉《あいり》はリアルタイムで二人の会話見たかったのにー、残念だなー」

「海山《みやま》はどうして俺を自分の友達とくっつけたがるんだ？　市之瀬《いちのせ》の件もそうだったが」

「それは……今回に関しては瑠衣《るい》ちゃんが諒太《りょうた》のこと好きそうだったってのもあるけど」

「けど？」

「愛莉《あいり》はみんなで仲良くしたいっていうか」

み、みんなで仲良くだと？

「諒太《りょうた》がさ、優里亜《ゆりあ》や瑠衣《るい》ちゃんとも仲良くなれば、みんなで楽しい学校生活を送れると思って。高校にいる時の諒太《りょうた》って、いつもラノベ読んでてあんまり楽しそうに見えないし、せっかく席も近くなんだから、諒太《りょうた》も愛莉《あいり》たちと一緒《いっしょ》に楽しんで欲《ほ》しいなって」

海山《みやま》は照れくさそうに言うと、再びフラペチーノを飲み始める。

先ほど思ったことを訂正《ていせい》するなら、海山《みやま》は単にアホの子なのではなく、実は結構優《やさ》しい子なんだと思った。優《やさ》しいからこそ変に気遣《きづか》ってしまうのだと。

「心配するな海山《みやま》。市之瀬《いちのせ》や黒木《くろき》と無理に仲良くならなくても、俺は海山《みやま》と話してるだけで楽しいから」

「ほんと？　愛莉《あいり》と仲良くしてて楽しい？」

「あ、ああ。具体的には説明できないが……楽しいぞ」

海山《みやま》の想像してる「楽しい」ではないかもしれないが、海山《みやま》の爆乳《ばくにゅう》が揺《ゆ》れるのを隣《となり》で見られるのは確かに楽しい（意味深）。

「そっか……ならさ、やっぱりさっきの話はナシにしよっか」

「え？」

「LINEのこと。諒太《りょうた》は無理して瑠衣《るい》ちゃんと話すこともないし、瑠衣《るい》ちゃんの気持ちは分からず終《じま》いだけど、諒太《りょうた》はこれからも愛莉《あいり》と仲良くすればいいかなって！　諒太《りょうた》は愛莉《あいり》といると楽しいんでしょ？」

「それはそう、だが」

「だからこれからは愛莉《あいり》が諒太《りょうた》の高校生活楽しくしてあげる！」

海山《みやま》は太陽みたいに明るい笑顔《えがお》でそう言う。

何の恥《は》じらいもなくこんなにも真《ま》っ直《す》ぐなことを言えるのは、素直《すなお》に凄《すご》いと思った。

「てか愛莉《あいり》たちは秘密を共有する〝特別な関係〟なんだし、仲良くして当たり前だよねっ」

「え、お……おお」

しかしながら、おそらく海山《みやま》の中には恋愛《れんあい》感情はない。

俺みたいに冷静に考えられる捻《ひね》くれ陰《いん》キャオタクじゃなかったら、間違《まちが》いなく海山《みやま》の素直《すなお》さにゾッコンだっただろう。

「諒太《りょうた》は愛莉《あいり》の秘密を守って、愛莉《あいり》は諒太《りょうた》を楽しませる。めっちゃウィンウィンじゃん」

どう考えても俺しか得してないんだが……ま、いいか。

「ね、諒太《りょうた》のメロンも飲ませてー」

「俺の？　ちょっ」

海山《みやま》は俺がチビチビ飲んでいた抹茶《まっちゃ》とメロンのフラペチーノを奪《うば》うと何の躊躇《ちゅうちょ》もなく飲んだ。

おっ！　おいおい！　それ間接キスだろ！

「んんー！　メロンも美味《おい》し～。諒太《りょうた》も愛莉《あいり》のモモと抹茶《まっちゃ》の飲む？」

「い、いやっ！　それより間接キスっ！」

「あ、諒太《りょうた》ってこういうの気にするタイプだった？」

「普通《ふつう》に嫌《いや》だろ！　俺のストローなんて！」

「別に気にしないけど……？」

海山愛莉《みやまあいり》は良くも悪くも天然であり、一度友達になった相手に対しては、警戒心《けいかいしん》や不快感が全くなくなるタイプだった。

いやいや、仮にそうだとしても異性との間接キスは警戒《けいかい》するだろ！　普通《ふつう》！

「優里亜《ゆりあ》とか瑠衣《るい》ちゃんと交換《こうかん》する時も全然気にしないからつい。諒太《りょうた》が気になるなら交換《こうかん》してもらうけど？」

「いいえ大丈夫《だいじょうぶ》ですので。どうぞそのままで」

「なんで敬語？」

メロンと抹茶《まっちゃ》のフラペチーノが海山《みやま》から戻《もど》ってくる。

み、海山《みやま》の使ったストロー……しかも俺が使った後に海山《みやま》が使った……間接キス済みストロー！

海山《みやま》の柔《やわ》らかそうな唇《くちびる》が触《ふ》れていたストローに俺の唇《くちびる》が重なったらどうなってしまうのか。

生まれてこの方十数年。

ファーストキスすらまだの俺に、こんな爆乳《ばくにゅう》美少女との間接キスチャンスが舞《ま》い降《お》りるとは。

俺は生唾《なまつば》を飲み込んで、そのままメロンと抹茶《まっちゃ》のフラペチーノを飲もうとした……のだが。

「ちょい、あんたら何してんの」

背後から聞き覚えのあるギャルボイス……。

振《ふ》り向《む》かずとも分かる、その太ももの存在感。

な、なんで……市之瀬《いちのせ》優里亜《ゆりあ》がここに。

「あっ、優里亜《ゆりあ》じゃん！　どしたの？」

海山《みやま》は少し焦《あせ》りながらも変わらない態度で話しかける。

「どうしたって……なんか外から愛莉《あいり》が飲んだのを受け取るこいつが見えたから来たんだけど……」

市之瀬《いちのせ》のギロッと鋭《するど》い眼差《まなざ》しが俺に突《つ》き刺《さ》さる。

「これは没収《ぼっしゅう》！　あたしが飲むから」

「ああっ……」

市之瀬《いちのせ》が俺のフラペチーノを手に取ると、そのままグビッと飲み干した。

俺の……キス童貞《どうてい》……卒業ならず。

「ていうかなんで二人が仲良さげにスタバにいんの？　今朝の諒太《りょうた》呼びといい、あんたらまさか付き合ってる？」

「違《ちが》う違《ちが》う～、諒太《りょうた》はちょっとしたお礼で、愛莉《あいり》にフラペチーノ奢《おご》ってくれただけ～」

「お、お礼？　本当なの諒太？」

「え、ああ。一応……ん？」

りょ、諒太《りょうた》⁉　ど、どういうことだ市之瀬《いちのせ》⁉

最初は気づかなかったが、ナチュラルに市之瀬《いちのせ》も俺のことを諒太《りょうた》と呼ぶようになっていたのだ。

「ならいい……愛莉《あいり》、もう帰るよ」

「う、うんっ」

市之瀬《いちのせ》はそう言って踵《きびす》を返《かえ》すとそのままスターバックスから出ていく。

「諒太《りょうた》、色々ありがとう！　またねっ」

「お、おお……」

海山《みやま》は困惑《こんわく》した様子だったが、市之瀬《いちのせ》を追ってそのまま帰ってしまった。

人生初の女子との放課後デート……あっさり終わっちまった……。

スタバに残された俺は居《い》た堪《たま》れない気持ちになりながら物思いに耽《ふけ》る。

すると突然《とつぜん》、スマホにＬＩＮＥの通知が入った。

『市之瀬《いちのせ》：なんか愛莉《あいり》が奢《おご》らせたみたいでごめん。あと、あたしも諒太《りょうた》って呼ぶから。諒太《りょうた》はあたしのこと優里亜《ゆりあ》って呼んでいいし』

どうやら市之瀬《いちのせ》は、海山《みやま》が俺に奢《おご》らせたと思っているようで、わざわざ謝ってきたのだ。

その誤解は俺からしたら都合が良《い》いからまだしも、市之瀬《いちのせ》まで「諒太《りょうた》呼び」するのはなんで⁉

その上、自分のことを優里亜《ゆりあ》って呼んでいい……って。

「これで明後日《あさって》映画行くとか……マジどうなるんだよ」

☆☆

そして、ついに緊張《きんちょう》の日曜日を迎《むか》えた。

今日俺は……女子と、い、い、い、休日デートをするんだ。

待ち合わせの時刻は10時。あの市之瀬《いちのせ》とデートをするので、俺は普段よりも身だしなみに気を遣いながら早めに準備して家を出た。

市之瀬《いちのせ》と待ち合わせしているのは隣町《となりまち》の駅。

隣町《となりまち》といえば、市之瀬《いちのせ》にとっては俺に秘密を知られてしまったトラウマレベルの場所なのだが……それでも市之瀬《いちのせ》は隣町《となりまち》の映画館を提案してきた。

市之瀬《いちのせ》ほどのギャルが地元の映画館で『乳《ちち》きゅん』なんて（破廉恥《はれんち》な）作品を観《み》てたのが誰《だれ》かに知られたら普通《ふつう》にヤバいし、これぱっかりは仕方ないのだろう。

あれこれ考えながら最寄《もよ》りの駅から電車に乗って隣町《となりまち》へ移動した俺は、駅前で市之瀬《いちのせ》を待つ。

すると数分後に、駅から見覚えのあるギャルが現れた。

「ごめん諒太《りようた》、待った？」

今日の市之瀬《いちのせ》は、透《す》け感のある真っ白なショート丈《たけ》のカットソーに、白と黒のモノトーンなカーディガンを羽織っている。

あとハイウエストのデニムショートパンツは、たまらなくムッチリした太ももを遠慮《えんりよ》なく露《ろ》出《しゆつ》していて、最高にエロい。

完璧《かんぺき》なギャルファッション……というよりも、これほどまでに完璧《かんぺき》でエロい太ももを堂々と露《ろ》出《しゆつ》してるなんて……こんなのほぼ裸《はだか》同然だろ。

「だから！　見すぎだっての。この前もやめろって言ったのに」

市之瀬《いちのせ》は俺の頬《ほお》を両手で包み込むと、グイッと俺の顔を持ち上げた。

すると自然に俺の視線は市之瀬《いちのせ》の顔に向く。

「太ももじゃなくてあたしの顔見て話せっての」

「ご、ごめんなさい」

「そもそもなんで太ももなんか見んの？　そういう性癖《せいへき》？」

「はい」

「即答《そくとう》キモっ」

もちろん罵倒《ばとう》も癖《くせ》なので、俺はついニヤけてしまう。我ながらキモすぎるな。

「はぁ……まぁ、そういうのはあたしだけにしときな。瑠衣《るい》とか愛莉《あいり》にそんな性癖《せいへき》知られたらあんた居場所なくなるよ」

「お、おう……」

「だからすぐ見るな！」

俺の視線が下に行くたびに市之瀬《いちのせ》は俺の頬《ほお》を両手で包んで持ち上げてくれる。

市之瀬《いちのせ》の手はサラサラしてて綺麗《きれい》なので、案外こっちも悪くない。

「映画の時もあたしの太ももばっか見てたら、目突《つ》くから」

「は、はあ……」

市之瀬《いちのせ》が理解のあるギャルで良かった。

「さ、もう映画館行くよ。諒太《りょうた》」

午前10時に駅前で待ち合わせした俺たちは映画館へ向かう。

駅前から最寄《もよ》りの映画館までは少し歩くので、俺は市之瀬《いちのせ》と並んで歩いていたのだが……。

街を歩いていると色んな女性とすれ違《ちが》うが、市之瀬《いちのせ》はどの女性よりも顔が小さく、腰《こし》回りも細い。

こう見ると市之瀬《いちのせ》って……やっぱ段違《だんち が》いで可愛《かわい》いんだな。

それも市之瀬《いちのせ》の場合は『オタク』という属性持ちで、オタクに優《やさ》しいギャルの条件を100％以上満たしている稀有《けう》な存在なのだ。

「なに諒太《りょうた》？　こっち見て。また太もも？」

「ち、違《ちが》うっ！　俺を何だと思って」

「太ももチラ見変態オタク」

「お……おっしゃる通りです」

「いや、そこは否定するでしょ普通《ふつう》」

これまでの行いからして否定はできないんだよなぁ……。

「諒太《りょうた》ちょっといい？」

「な、なんだ？」

「今日の諒太《りょうた》って、さ……なんていうか、ちょっと……カッコいいじゃん？」

俺がカッコいい、だと？

カッコいいだなんて、母親以外の女性からは人生で初めて言われたかもしれない。

それこそ最後に言われたのは……そう、小学校の入学式。

『りょうくーん、校門の前でお写真撮《と》りましょ～？』

母さんに促《うなが》されて入学式の記念写真を撮《と》った時のこと。

『うんっ。りょうくんすごいカッコいいよー。はいチーズ』

小学校低学年の頃《ころ》は、まだ母さんが俺の子育てに必死だった頃《ころ》だ。

今こそママ友とのセパタクローにお熱な母さんだが、昔は優《やさ》しい母親だった。

でも喜べ母さん。こんな俺でも学校一のギャルからカッコいいって言ってもらえたぞ。

俺は嬉《うれ》しくて目に涙《なみだ》が込《こ》み上げる。

「ちょっ？　あんたなんで涙目《なみだめ》になってんの」

「だって……俺……」

「あーあーもう、ほらハンカチ。これで涙拭《なみだふ》いて」

市之瀬《いちのせ》は手提《てさ》げバッグから白いハンカチを取り出すと俺に手渡《てわた》した。

「愛莉《あいり》並みに世話焼ける。男なんだからしっかりして。ったく、赤ちゃんじゃないんだから」

「赤ちゃんプレイ……？」

「違《ちが》うっ！　なんでそう聞こえるんの。ちゃんと耳かきしてきた？」

「耳かきASMR⁉」

「はぁ……やっぱダメだこのオタク」

市之瀬《いちのせ》は大きなため息と一緒《いっしょ》に肩《かた》を落とす。

「ま、あたしもオタクだから似たようなもんだけどさ」

「市之瀬《いちのせ》も耳かきASMR好きなのか？」

「そういう意味じゃないっての！」

なんだよ、市之瀬《いちのせ》は耳かきASMR聴《き》かないのか……。

「つーか今さらだけどさ。あたしがオタクって分かった時、諒太《りょうた》はあたしのことキモいとか思わなかったの？」

「市之瀬《いちのせ》がキモい？　なんで？」

「だって……諒太《りょうた》からしたら、あたしって普段《ふだん》はギャルなのに自分と同類っていう、相反する存在っていうか、なんか嫌みなヤツじゃん」

嫌《いや》みだなんて一度も思ったことがないんだが……。

「だから改めて考えてみると、諒太《りょうた》があたしのことどう思ってんのかなって……気になるっつうか」

市之瀬《いちのせ》は過去に友達と何かあったのを引きずっている発言をしていた。

だからその辺の人間関係で発生する蟠《わだかま》りが気になるのだろうか。

それなら包《つつ》み隠《かく》さず、素直《すなお》な気持ちを伝えないと。

「俺は、ありがたいと思ってるよ」

「ありがたい？　あたしが？」

「だって俺みたいなキモオタの文化を理解できる女子なんてそうそう居ないし……市之瀬《いちのせ》が理解のあるギャルってだけで俺は超嬉《ちょううれ》しいというか」

「そういうものなの？」

「あ、ああ」

俺が伝えると、市之瀬《いちのせ》は唇《くちびる》を尖《とが》らせて「ふーん」と溢《こぼ》した。

「それよりもさ、優里亜《ゆりあ》って呼べって言ったのに、また『市之瀬《いちのせ》』呼びになってるし」

「あ。ごめん、市之《いちの》」

「優里亜《ゆりあ》っ」

「ゆ、優里亜《ゆりあ》…………ちゃん」

「ちゃん付けすんな。キモいし」

注文が多いな……でもなんとなく市之瀬《いちのせ》との距離《きょり》感はかなり近くなった気もする。

雰囲気《ふんいき》は良さげなんだが……これから観《み》に行く映画がよりにもよって爆乳《ばくにゅう》バトルアクションの『乳《ちち》きゅん』なんだよなぁ。

「こんなデカいスクリーンでミルクたんの母乳拝めるのマジで嬉《うれ》しいんだけど」

映画館に着くなり感動を口にする市之瀬《いちのせ》。

推《お》しの母乳でテンション上がるギャルは世界で彼女くらいだろう。

俺たちは予約していた席に並んで座る。

周りに座るのはいかにもな見た目のオタクたちなだけに、俺と市之瀬《いちのせ》は明らかに浮《う》いている。

「なんていうか、あたしら浮《う》いてる？」

「ま、まぁ」

「諒太《りょうた》ってさ、いつもはあんな感じなん？」

市之瀬《いちのせ》は一番前のスクリーンに座る巨体《きょたい》で萌《も》えTの「はあはあ」おじさんの方を見ながら言う。

この手のアニメオタクの典型……と言ったら偏見《へんけん》でしかないが、実際問題、映画館内は萌《も》えTおじさんばかりである。

「俺はあそこまでではないが……まぁ、偶《たま》には萌《も》えT着るかもしれない」

「マジ？　ならなんで今日は着てこなかったの？」

「そ、それは……」

俺は回答に困る。

女子と出かけるのが初めてだから、テンション上がってデート気分だった、なんてことを言ったら間違《まちが》いなくキモがられるよなぁ……。

思い返すと、ここに来る前までかなり俺は浮《う》かれていた。

「ね、なんでよ？」

「え、えっと！　それは……市之瀬《いちのせ》の隣《となり》を歩くから、とか」

「あたしの隣《となり》を歩くから？　どゆこと？」

「い……市之瀬《いちのせ》みたいな美女の隣《となり》をオタクが着る萌《も》えT姿で歩くわけにはいかないだろ。あと髪《かみ》とかもボサボサだと市之瀬《いちのせ》に悪いって思ったから」

「…………っ」

市之瀬《いちのせ》は急に黙《だま》りこくってスクリーンの方を向いた。

え、もしかして俺、怒《おこ》らせた……？

「あ、あのー？　市之瀬《いちのせ》ー？」

「諒太《りようた》ってさ、あたしのこと美女とか思ってんの？」

「思ってるけど、まさか自覚ないのか⁉」

「あ、あるし！　あたしが周りより可愛《かわい》いってのは当たり前っつうか。そりゃ自覚もあるけどさ……でも」

「で、でも？」

「諒太《りようた》も、そう思ってるんだなって」

な、なんだよそれ。

まさか俺が市之瀬《いちのせ》のことを可愛《かわい》いって思ってたら、キモいってことなのか？

「てか！　また市之瀬《いちのせ》呼びに戻《もど》ってるし！」

「あ、ごめっ……ゆ、優里亜《ゆりあ》」

「うん、それでよし」

市之瀬《いちのせ》は何か誤魔化《ごまか》しながらも満足げに頷《うなず》く。

なんていうか……市之瀬《いちのせ》も海山《みやま》みたいに少し面倒《めんどう》なところあるよな。

☆☆

120分の映画が終わると、謎《なぞ》の余韻《よいん》があった。

中身はエロだけだと思いきや、圧巻のストーリーで、ヒロインたちが爆乳《ばくにゅう》でバトルをする理由やそれぞれが爆乳《ばくにゅう》になった理由など、深いストーリー性もありただ乳繰《ちちく》り合っているだけじゃないのだと思い知らされる。

また、あれだけ色んなキャラの爆乳《ばくにゅう》を見せられていると脳がバグってしまい、隣《となり》に座ってる市之瀬《いちのせ》はなぜ服を着ているのだろう……と考えてしまうほどに頭がおかしくなっていた。

「もうほんと最高だった。あんなにえちちなミルクたんが爆乳《ばくにゅう》になった理由とか、母乳が武器になるまでのすっごい伏線《ふくせん》回収あってマジ泣ける」

「お、おう……」

そして映画の後は乳《ちち》きゅんグッズを買うために、駅の商業施設《しせつ》にあるアニメイトへ寄ることに。

映画デートの前から、アニメイトに行くのは約束してたもんな。

隣町《となりまち》の駅内の商業施設《しせつ》には、市之瀬《いちのせ》と出会ったゲーセンはもちろん、様々な店が混在しており、アニメイトもその一つだ。

商業施設《しせつ》の6階まで上がって、見慣れたアニメイトの看板を見つけると、市之瀬《いちのせ》はテーマパークに入る子供みたいに目を輝《かがや》かせて入店した。

「うっわぁ……まじ天国」

「アニメイトに来るのは初めてなんだっけ？」

「一応。これまではさすがに一人だとハードル高かったっつうか」

その気持ち……めっちゃ分かる。

市之瀬《いちのせ》の場合はギャルな見た目で入ると変に目立つから、入りづらかったのもあるかもしれないが、今はこんなキモオタの俺だって、初めてアニメイトに入る時はどうしてもオタクの領域みたいな感じがあって、入りづらかった。

ま、慣れてしまえばファストフード店感覚で入れるんだが。

「今日は諒太《りようた》がいるからめっちゃ安心」

「そ、そうか？」

やばい……今まで人生を通して他人から頼《たよ》られ慣れてない弊害《へいがい》もあり、急に頼《たよ》られると嬉《うれ》しすぎて嬉《うれ》ションしそう……。

「あっ、乳《ちち》きゅんの特設コーナー」

店の隅《すみ》にある、乳《ちち》きゅんのグッズが集まった特設コーナーを見つけた市之瀬《いちのせ》は、食い入るように前のめりでグッズを見ていた。

最近のアニメイトは女性向けが多い印象だが、その中でも特設コーナーがあるくらい乳《ちち》きゅんは人気上昇《じようしよう》中なのだ。

「ミルクたんのおっぱいマウスパッドにミルクたんの爆乳《ばくにゆう》がモデルの哺乳瓶《ほにゆうびん》もある」

「おいおい、乳《ちち》きゅんってそんなグッズ展開もしてるのかよ」

そこまでは知らなかったので、普通《ふつう》に驚《おどろ》いている。

てかなんだよ爆乳《ばくにゆう》キャラモデルの哺乳瓶《ほにゆうびん》って！　買う方も売る方もおかしいだろ。

「諒太《りようた》、ちょいあたしここで買うもの考えてもいい？」

「あ、ああ。好きなだけ選んで大丈夫《だいじようぶ》だぞ」

なんか長くなりそうだな……よし。

市之瀬《いちのせ》が乳《ちち》きゅんのグッズを選んでいる間、俺はその特設コーナーの向かいにあるラノベコーナーを見ることにした。

この前買った『おぱ吸い』はもう読んじゃったし、そろそろ新しいラノベでも買うとするか。

俺は適当にイラスト買いでラノベを1冊購入《こうにゅう》することにして、市之瀬《いちのせ》が買うものを吟味《ぎんみ》している乳《ちち》きゅん特設コーナーの方に振《ふ》り向《む》く。

「どうだ？　買うもの決まったか？」

「うーん。諒太《りようた》は哺《ほ》乳《にゆう》瓶《びん》とおっぱいマウスパッド、どっちがいいと思う？」

普通《ふつう》、女子とのデートっていったら服屋で『どっちの服が可愛《かわい》いかな？』みたいなイチャイチャイベントが起こるものだが……俺たちの場合は哺《ほ》乳《にゆう》瓶《びん》とおっぱいマウスパッドとか……どんな2択《たく》だよ。

「えと、おっぱいマウスパッドの方が使い勝手が良さそうじゃないか？」

「そうなんだけどさ、やっぱミルクたんの母乳スプラッシュを堪能《たんのう》したいというか」

俺は乳《ちち》きゅんのアニメを知ってるオタクだから市之瀬《いちのせ》の発言を理解できるが、もし市之瀬《いちのせ》がこんなことを言ってるのを海山《みやま》や黒木《くろき》が聞いたら、驚《おどろ》きで顎《あご》が外れるだろう。

最終的に市之瀬《いちのせ》はおっぱいマウスパッドと哺《ほ》乳《にゆう》瓶《びん》の両方を購入《こうにゆう》。

「ふー、なかなか良《い》い買い物した」

ご機嫌《きげん》でアニメイトから出る市之瀬《いちのせ》。

もう完全にギャルの皮を被《かぶ》ったオタクである。

このお馴染《なじ》みの青い袋《ふくろ》を巨乳《きよにゆう》デカ太もものギャルが持っている光景は実に新鮮《しんせん》だな。

「……てか、なんかこの袋《ふくろ》」

「ん？　どした？　穴でも開いてたのか？」

「あー違《ちが》う違《ちが》う。やっぱなんでもない」

ん？　なんなんだ？

「次どうする？　あたし、もう一つ行きたいとこあんだけど」

「行きたいところ？」

市之瀬《いちのせ》はうんうんと頷《うなず》いて歩き出す。

「もち、あのゲーセンっしょ」

☆☆

市之瀬《いちのせ》の提案で、俺たちはあの日と同じゲーセンに寄ることに。

「諒太《りようた》、またUFOキャッチャーやってよ」

「いいけど。欲《ほ》しいプライズのフィギュアがあるのか？」

「もち」

市之瀬《いちのせ》はお目当ての筐体《きようたい》まで来ると、景品のフィギュアを指差す。

お目当てはまたしてもアニメの美少女フィギュアだった。

俺はいつも通りの慣れた手順でフィギュアを狙《ねら》う。

「ねえ諒太《りょうた》」

「なんだ？　市之瀬《いちのせ》」

「だから優里亜《ゆりあ》って呼べって言ってんじゃん。さっきからちょくちょく戻《もど》ってる」

「だって……女子のこと名前で呼ぶの慣れてないんだから仕方ないだろ」

「ならあたしで慣れればいい。あたしは優里亜《ゆりあ》って呼ばれた方がしっくりくるし」

「そう、なのか？」

優里亜《ゆりあ》、優里亜《ゆりあ》……。

女子を名前で呼ぶのはやはり緊張《きんちょう》してしまう。

だが、市之瀬《いちのせ》本人がそこまで優里亜《ゆりあ》と呼んで欲《ほ》しいなら……仕方ない。

「ゆ、優里亜《ゆりあ》……これで、いいか？」

「いいよ。てか、この前ここに来た時はあたしらマジで赤の他人だったのに、数日後には友達になってここに来てる。不思議なものだよね」

「確かに。俺も……優里亜《ゆりあ》とこんなにフランクに話せるとは思ってなかった」

というか優里亜《ゆりあ》だけじゃなく、海山《みやま》や黒木《くろき》ともこんな関係になるとは思ってもみなかった。

「優里亜《ゆりあ》はさ……どうしてオタクになったんだ？」

「あたしがオタクになった理由？」

「ああ。優里亜《ゆりあ》がなんでアニメとか好きになったのか、少し気になって」

優里亜《ゆりあ》はなんとなく暗い過去がありそうだったから過去のことはあまり聞かないつもりだったが、今日は少しだけ踏《ふ》み入《い》ったことを聞いてみる。

「オタクになった理由なんて話したことないけど……子供の頃《ころ》の話だからうろ覚えっていうか」

優里亜《ゆりあ》は恥《は》ずかしそうにはにかみながら、話を続ける。

「小学校低学年の頃《ころ》の話なんだけど」

「そんなに前なのか⁉」

「うん。その頃《ころ》、毎日のように遊んでた近所の公園でとある漫画《まんが》を貰《もら》ったのがきっかけなの」

「とある漫画《まんが》の本？」

「少年誌の漫画《まんが》で、ちょっとエロいやつ。それを読んでからというもの漫画《まんが》にどハマりしちゃって。あとその漫画《まんが》に出てくるギャルのヒロインに憧《あこが》れて今のあたしがあるっていうか」

つ、つまり校内Ｎｏ・１ギャルの市之瀬《いちのせ》優里亜《ゆりあ》は漫画《まんが》が原点だったのか……⁉　あまりにも意外すぎる。

「じゃあ、その漫画《まんが》のおかげでギャルの優里亜《ゆりあ》とオタクの優里亜《ゆりあ》の両方が生まれたってことか」

「うーん、そう考えるとそうなんかな？」

市之瀬優里亜《いちのせゆりあ》という顔・胸・太ももの三拍子《さんぴょうし》が揃《そろ》った美少女の中に、『ギャル』と『オタク』の属性を与《あた》えてくれたヤツには感謝しかないが……。

「公園で小学生相手にお色気系の漫画《まんが》を渡《わた》してくる大人とか……どんな不審者《ふしん》なんだ？」

「いやいや。漫画《まんが》を渡《わた》してきたのはあたしと同い年くらいの小学生で」

「小学生⁉」

「その子がね、ずっと一人で公園のベンチに座って漫画《まんが》読んでたから『遊ぼっ』て誘《さそ》ったの。それで結局一緒《いっしょ》に遊んだんだけど、その子が帰る時に漫画《まんが》をくれて」

「そう、だったのか……」

小学生でお色気系の漫画《まんが》とか……そんなマセた小学生《ガキ》がこの世に俺以外にもいるとは。

俺も小学生の時は家でお色気系の漫画《まんが》を読めないから、よく外で読んでたなぁ……きっとその小学生も同じなのだろう。

優里亜《ゆりあ》のエピソードを聞いて、俺もなんとなく懐《なつ》かしんでしまう。

「逆に諒太《りょうた》はなんでオタクになったん？」

「お、俺？　俺は……まぁ、なんていうか……」

「ん？」

「そ、それより優里亜《ゆりあ》！　もうそろそろこのフィギュア落とせそうだ」

「え、マジ？　まだ４００円なのにすご」

俺は上手《うま》いことＵＦＯキャッチャーの方に話を戻《もど》す。

俺がオタクになったきっかけは、さすがに話せないよな……。

なぜなら俺がオタクになった理由は、優里亜《ゆりあ》の比にならないくらい話せるものではない。

幼稚園《ようちえん》児の頃《ころ》に親戚《しんせき》の爆乳《ばくにゅう》デカ太ももお姉ちゃんの膝《ひざ》の上に乗ってから爆乳《ばくにゅう》デカ太ももが好物になってしまい、最終的に二次元に走った……なんて激ヤバエピソード語れるわけねぇ。

俺も昔から立派なマセガキでエロガキだったのだ。

☆☆

乳《ちち》きゅんグッズに美少女フィギュア。優里亜《ゆりあ》は両手にそれらを抱《かか》えながら、駅のホームまでやってきた。

「今日はマジで最高だった。ありがとね諒太《りようた》」

「た、楽しんでもらえたなら何よりだ」

初めてのデートだったが……優里亜《ゆりあ》が満足そうなら上手《うま》くやれた方なのか？

「愛莉《あいり》や瑠衣《るい》の前じゃ、優里亜《ゆりあ》って呼んだらダメだから」

「呼べって言ったり呼ぶなって言ったり……面倒《めんどう》くさいな」

「別にあたしは優里亜《ゆりあ》って呼んでもらってもいいけど？　それで愛莉《あいり》や瑠衣《るい》に誤解されたら大変だと思うけどねー」

「市之瀬《いちのせ》って呼ばせてください」

「ふっ、だよね」

この前の海山《みやま》の『諒太事件《りょうたじけん》』だけでも黒木《くろき》にかなり探《さぐ》りを入れられたのに、俺が優里亜《ゆりあ》だなんて呼んでたらもっとヤバいことになるのは必然である。

「来週から文化祭準備とかで忙《いそが》しくなるけどさ、またあたしと遊んでよ、諒太《りょうた》」

優里亜《ゆりあ》はそう言って柔《やわ》らかい笑顔《えがお》を見せる。

前までの優里亜《ゆりあ》とは違《ちが》い、このデートを通してかなり柔《やわ》らかい表情を見せるようになった気がする。

こうして俺の人生初デートが幕を閉じた。

一緒《いっしょ》に電車に乗ったが、優里亜《ゆりあ》は俺より一つ手前の駅で降りるため、電車内で俺たちは別れる。

優里亜《ゆりあ》が降りて、やっと俺は一人になる。

「はぁ……緊張《きんちょう》した……」

でも、シンプルに楽しかったよなぁ……デート。

今日一日の充実感《じゅうじつかん》を胸に、俺は次の駅で降りた。……のだが。

電車が俺の降りる駅で止まった際、駅のホームのベンチには、文庫本を読みながら座る長いまつ毛の美少女の姿があった。

電車が到着《とうちゃく》すると駅のホームに強い風が吹《ふ》き抜《ぬ》ける。

ベンチに座るその大和撫子《やまとなでしこ》の、美しくも繊細《せんさい》な黒髪《くろかみ》は風で激しく揺《ゆ》れ、彼女の手にある文庫本のページも風に吹《ふ》かれてパラパラと捲《めく》れた。

彼女は手元の本を見下ろすようにして目を細めていたが、徐々《じょじょ》にその眼差《まなざ》しが上を向き、最後には電車のドアから出てきた俺の方を向いていた。

陸上部のジャージにハーフパンツ。

言わずもがな、そこに座っていた大和撫子《やまとなでしこ》は黒木瑠衣《くろきるい》だった。

「あら……ふふっ」

陸上部の練習帰りと思われる黒木《くろき》がいたのは、俺が降りた車両の目の前にあるベンチ。

彼女は俺を見つけると、本を閉じてゆっくり立ち上がった。

「奇遇《きぐう》だね。諒太《りょうた》くん?」

プシューという音がして、背後の電車のドアが閉まる。

なんで、黒木《くろき》が……ここに!

「そんなにおめかしして。諒太《りょうた》くんは誰《だれ》かとデートしてたのかなー?」

「……で、デートなんてしてない!」

「ほんとに？　でも少し女の子の匂《にお》いがするんだけど……」

「め、メイド喫茶《きつさ》だよ」

「メイド喫茶《きつさ》？」

「お、オタクは日曜日にメイド喫茶《きつさ》に行く生き物なんだよ！　普段《ふだん》は女子に構ってもらえないからメイドさんのご奉仕《ほうし》を欲《ほっ》する悲しい生き物なんだ！　分かったか！」

俺は必死に自分を卑下《ひげ》することで、黒木《くろき》の俺に対する興味を失わせようとする。

こ、これだけキモオタアピールすれば、さすがの黒木《くろき》だって。

「あら……可哀想《かわいそう》な諒太《りょうた》くん」

「そ、そうだろ？　そう思うならもうこんなキモオタに構わないで――」

「ふふっ。それならちょっとこの後、わたしとデ、デートしない？」

「でっ、デート？」

メイド喫茶《きつさ》帰り（という体《てい》）の俺に対してデートをしないかと提案してきた黒木《くろき》。

メイド喫茶《きつさ》に行くしか、女子と戯《たわむ》れられない（という体《てい》の）俺のことを哀《あわ》れに思ったことにして、本意ではないけど「それなら仕方なくデートしてあげる」みたいな空気に変えながら、逆にデートしようと誘《さそ》ってきたのだ。

もしかして黒木《くろき》は、全部狙《ねら》ってやってるんじゃ……。

「もう諒太《りょうた》くん。そんなに身構えなくていいよ？　デートっていっても、もう夕方だし、駅前を一緒《いっしょ》に歩くだけだから」

「く……黒木《くろき》は、どうしてそこまでするんだよ」

「そこまで？」

「お、俺なんてクラスの最底辺にいる陰《いん》キャだぞ？　いくらお前が完璧《かんぺき》主義って言っても、やりすぎじゃないか」

「嬉《うれ》しかった？」

「は、は？」

「わたしがベンチにいた時、諒太《りょうた》くんは嬉《うれ》しかったかな？」

黒木《くろき》はまたベンチに座り直すと、ニコリと笑《え》みを浮《う》かべた。

やっぱり黒木《くろき》は、狙《ねら》ってやっているのかもしれない。

「だからしましょ？　お散歩デート」

そこまでして、黒木《くろき》が俺に執着《しゅうちゃく》する理由の全貌《ぜんぼう》は見えてこないが……理由はどうであれ、女子から誘《さそ》われているのに、「ほなさよなら」とできるほど、俺は冷たい人間ではない。

というかむしろ、そこまでされるとどうしても断れないというか……。

「分かったよ。デートかどうかは知らないけど、どうせ駅からの帰り道も一緒《いっしょ》だから……」

「ふふっ」

「なんで笑うんだよ」

「ううんなんでもっ。じゃあ行こっか」

☆☆

駅の改札を抜《ぬ》けて、駅前の大通りを黒木《くろき》と並んで歩く。

隣《となり》を歩く黒木《くろき》からはいつもの甘い香水《こうすい》の匂《にお》いではなく、制汗剤《せいかんざい》のようなスッキリとした香りがした。

相変わらず横顔も美しくて、鼻も高くてまつ毛も長い。

隣《となり》から黒木《くろき》を見ていると、彼女が絶世の美少女と謳《うた》われる理由が痛いほど分かる。

若干完璧《じゃっかんかんぺき》主義で少しズレてる部分はあるが、やはり黒木《くろき》ってスペックが半端《はんぱ》ない。

「あ、猫《ねこ》さん」

大通りにある公園の横を通り過ぎようとした時、黒木《くろき》は公園に入っていく野良猫《のらねこ》を見つけて、それを追うように足を公園へと向かわせる。

「お、おい黒木《くろき》っ」

猫《ねこ》を追う黒木《くろき》を追いかけて、俺も公園へ。

黒木《くろき》はしゃがみ込みながら慣れたように舌を「ちゅちゅっ」と鳴らし、猫《ねこ》を誘《おび》き寄《よ》せていた。

デブッとしてまんまるな三毛猫《ねこ》。

見た目からしてお世辞にも可愛《かわい》いとは言えない。

そんなデブ猫《ねこ》でも黒木《くろき》は手玉に取って、モフモフしていた。

「黒木《くろき》って、猫《ねこ》好きなのか？」

俺は猫《ねこ》と戯《たわむ》れる黒木《くろき》の隣《となり》にしゃがみ込むとそう訊《たず》ねた。

「うーん……諒太《りょうた》くんか猫《ねこ》なら、猫《ねこ》の方が好きかなっ」

ね、猫《ねこ》に負けただとっ⁉

「あ、残念そうな顔してる」

「してない！　断じて！」

「猫《ねこ》に嫉妬《しっと》するなんて諒太《りょうた》くん可愛《かわい》いね？　あ、諒太《りょうた》くんもわたしにお腹撫《なかな》でられたいとか？」

「断じてない」

むしろ俺はお前のヘソを見たい……という邪《よこしま》な考えは心に留《とど》めながら反論する。

「ふふっ、でもわたしにとって猫は……特別だから」

「猫《ねこ》が特別？」

「うん……昔、飼ってたことがあったの。今はもう死んじゃったけど」

きゅ、急に激重な話が来たな……もしかして地雷踏《じらいふ》んだか？

「でもその猫《ねこ》のおかげで……もう一つの特別が生まれたから。わたしは猫《ねこ》に感謝してるし、猫《ねこ》が大好きなの」

もう一つの、特別？　よ、よく分からないが……また一つ黒木《くろき》の謎《なぞ》が増えたな。

「なあ黒木《くろき》。好きなのは分かるけど、もう猫《ねこ》はいいだろ？　そろそろ帰らないか？」

黒木《くろき》がいつまでも猫《ねこ》の腹を撫《な》でているので、帰路に就《つ》くよう促《うなが》す。

「諒太《りようた》くんったら。わたしが猫《ねこ》にばかり構ってるから嫉妬《しっと》してる？」

「違《ちが》うっての！　今日は色々あって疲《つか》れてるっていうか……黒木《くろき》も陸上の練習の後で疲《つか》れてるだろ？」

「それは、確かにそうかな」

俺が諭《さと》すと、黒木《くろき》はやっと重い腰《こし》を上げる。

「じゃあね、猫《ねこ》ちゃん」

名残惜《なごりお》しそうに最後にひと撫《な》でして、黒木《くろき》は歩き出した。

黒木《くろき》って、やっぱり変わってる。

普段《ふだん》は明るすぎず暗すぎず、穏《おだ》やかでお淑《しと》やかなイメージがあるが、こうして俺といる時は柔《やわ》らかい笑顔《えがお》を見せる。

完璧《かんぺき》主義ゆえに俺を振《ふ》り向《む》かせたいだけなのかもしれないが……どうなのか。

「さっき話してた猫《ねこ》の話だけどさ、もう一つの特別が生まれたってどういうことだ？」

「……それ、聞きたい？」

「あ、ああ。少し気になったから」

黒木《くろき》は意味ありげに話し始めておきながら、話を途中で終わらせる癖《くせ》（のようなもの）があるので、ここで聞いておかないと、これも謎《なぞ》のままになってしまうと思ったのだ。

黒木《くろき》はこくりと頷《うなず》くと、徐《おもむろ》に話し出す。

「小学生の頃《ころ》にね、飼っていた猫《ねこ》が急な病で具合を悪くして。隣町《となりまち》にいる腕《うで》の良《い》い獣医《じゆうい》へ診《み》せに行ったことがあったんだけど」

ああ、飼っていた猫《ねこ》っていうのは、さっき言ってたもう死んじゃった猫《ねこ》のことか。

「結局その獣医《じゆうい》のおかげで、猫《ねこ》はすぐに良くなって病気の件は解決した。でも……問題はその帰りに起きたの」

「帰り？」

「隣町《となりまち》の駅前に大きな立体駐車場《ちゆうしや》があるでしょ？　そこでお母さんが車を動かしている時、すっかり元気になった猫《ねこ》が車の窓から逃《に》げ出《だ》しちゃったの」

「お、おいおい、やばいなそれ」

「うん。だから本気で焦《あせ》ったわたしは、泣きながらお母さんと一緒《いつしよ》に猫《ねこ》を捜した。立体駐車《ちゆうしや》場は上から下から車が行き来するし、どこかで轢《ひ》かれてるんじゃないかって……でも」

黒木《くろき》は俺の方をジッと見つめてくる。

な、なんだよ急に……。

「一人の男の子が、わたしとお母さんの前に現れたの」

「男の……子？」

「その男の子は肩《かた》にわたしの飼っていた猫《ねこ》を乗せて、右手に持ったウエハースを食べながら左手には青い袋《ふくろ》を持ってた」

「や、やけに器用だなそいつ」

「ふふっ、だよね。でもわたしは凄《すご》いカッコよく見えたよ」

黒木《くろき》は口元に手を当てながら思い出し笑いをするように小さく笑う。

い、いや、別にカッコよくないだろ……！

「その子はお母さんの用事で隣町《となりまち》まで来てたらしくて……猫《ねこ》を返してもらったら、すぐにどこかへ行っちゃったから名前は教えてもらわなかったけど、多くを語らないところがクールでカッコよかった」

そんなのがクール？　黒木《くろき》の感性は少しズレているような気もするが……。

「だからわたしのもう一つの特別っていうのはその男の子のことなの。どう？　これでスッキリした？」

「ああ。話してくれてありがとな」

「……それだけ？」

「え？　う、うん」

話しながら歩いていたら、黒木《くろき》家の豪邸《ごうてい》が見えてきた。

「……諒太《りょうた》くん、わ、わ、わたしのことは逃したら後悔《こうかい》するかもよ？」

「それってどういう」

「送ってくれてありがとね。お散歩デート、色々と話せて楽しかった」

黒木《くろき》は豪邸《ごうてい》に続く門を開くと、中へ入っていった。

「今日もこの後、写真送ってあげるから♡」

振《ふ》り向き様にシャフ度でウインクしながら言う黒木《くろき》は、豪邸《ごうてい》の中へ帰っていった。

ここで『いらない』とは言えない俺はやはりただの変態なのかもしれない……今さらだが。

五章「お家デートは波乱の連続」

——月曜日。

いつも通り早めに高校へ登校した俺は、自分の席でライトノベルを読んでいた……のだが。

「諒太《りょうた》諒太《りょうた》～文化祭の投票。何にするー？」

「文化祭の投票？」

知らない単語が出てきて、俺はつい聞き返してしまう。

「文化祭実行委員の優里亜《ゆりあ》が、月曜日に文化祭で何をするか決めるって言ってたじゃん」

そういえば金曜のHRでそんなこと言っていたな。

「喫茶店《きっさてん》にするか演劇にするか、多数決取るんだよねー？　愛莉《あいり》は喫茶店《きっさてん》がいいなぁ」

「き、喫茶店《きっさてん》……」

海山《みやま》が……メイド服で……。

メイド服の胸元《むなもと》から垣間見《かいまみ》える海山《みやま》のデカパイを想像すると、海山《みやま》にご奉仕《ほうし》されたすぎてついニヤけてしまう。

「もぉ、諒太《りょうた》？ なんでニヤけてるの？」

「……デカパイ喫茶《きっさ》もありだな」

「は？」

海山《みやま》が困惑《こんわく》したのと同時に、優里亜《ゆりあ》と黒木《くろき》が一緒《いっしょ》に教室へ入ってきた。

すると海山《みやま》はすぐ前を向き、二人と話し始める。

「優里亜《ゆりあ》と瑠衣《るい》ちゃん、おはよー」

「おはよう愛莉《あいり》……ねぇ、なんか泉谷《いずみや》と話してなかった？」

「えっと、諒太《りょうた》には文化祭の投票で喫茶店《きっさてん》に投票してってお願いしてただけだよー？」

「……まっ、そうだよね」

優里亜《ゆりあ》は俺の方を一瞥《いちべつ》してから、俺の左隣《ひだりどなり》にある自分の席に座る。

やっぱこの二人の前では優里亜《ゆりあ》は素っ気ないよなぁ……昨日は俺と楽しく映画デートしてたくせに。

俺が優里亜《ゆりあ》の方を横目で見ていたら、黒木《くろき》が俺の席の前で足を止めた。

「ふふっ、それで結局諒太くんは演劇と喫茶店《きっさてん》のどっちに投票するの？」

「「りょっ、諒太《りょうた》くん!?」」

黒木《くろき》の『諒太《りょうた》くん』呼びに海山《みやま》と優里亜《ゆりあ》が同時に反応する。

同時に不敵な笑《え》みを浮《う》かべながら舌で唇《くちびる》を湿《しめ》らせる黒木瑠衣《くろきるい》。

く……黒木《くろき》のやろっ！　面倒《めんどう》なことになるだろうがぁ!!

「「……」」

黒木《くろき》の『諒太《りょうた》くん』呼びによって、前の席から海山《みやま》、左の席から優里亜《ゆりあ》の冷たい視線が俺に突《つ》き刺《さ》さる。

二人の視線が痛くなるのは必然。

俺はこの美少女グループ三人それぞれの秘密を知っていることで三人全員と接点を持ってしまったわけだが、それぞれの秘密を他二人に打ち明けることは許されない。

だから三人は俺が他の二人と『秘密の共有』をしていて、多少親密になっていることを知らないのだ。

それなのに黒木《くろき》が俺のことをフランクに下の名前で呼んでしまったこの状況《じょうきょう》は、他二人からしたら謎《なぞ》すぎる現象。

以前、海山《みやま》がミスって俺を「諒太《りょうた》」と呼んでしまった時も同じくこの空気になった。

怪《あや》しまれるのは当たり前……この状況《じょうきょう》は、非常にまずい。

「ねえ、なんで瑠衣《るい》ちゃんも諒太《りょうた》って呼んでるの？　瑠衣《るい》ちゃんと諒太《りょうた》って中学の時は一度も話したことなかったんだよね？」

「それはそうだけど、愛莉《あいり》も諒太《りようた》って呼んでるからなんとなく呼んでみたの。それに近くの席にいるみんなが別々の呼び方してると、諒太《りようた》くんも頭がこんがらがっちゃうし、その方が良《い》いかなって」

さすが才色兼備《さいしよくけんび》の天才……間髪《かんはつ》を容《い》れずに流れるように言い訳が出てくる。

ここまで表情に動揺《どうよう》の色がないと、本当にそうだと思ってしまうが……ただ一人、俺だけにはそれが〝わざと〟呼んだのだと分かってしまう。

きっと黒木《くろき》は俺のことを、みんなの前でも下の名前で呼びたいから手を打ったのだろう。

この辺の賢《かしこ》さが黒木《くろき》の凄《すご》みというかなんというか……完璧《かんぺき》主義者だけに、抜《ぬ》かりない。

「そうだ。優里亜《ゆりあ》も諒太《りようた》くんのこと『諒太《りようた》』って呼びなよ」

「えっ、あ、あたし？」

「ほらほら」

黒木《くろき》に促《うなが》されて優里亜《ゆりあ》が俺の方を向く。

「じゃあ……りょ、諒太《りようた》」

優里亜《ゆりあ》は唇《くちびる》を少し尖《とが》らせながら俺を呼ぶ。

わざとらしく呼び慣れていない感じを醸《かも》し出《だ》しているところからして、優里亜《ゆりあ》もズルいなぁ、と思ってしまう。

だがこうして、俺は（プライベートだけでなく）普段《ふだん》から三人に『諒太《りようた》』と呼ばれることになってしまったのだ。

「それで話を戻《もど》すけど、諒太《りょうた》くんはどっちに投票するの？　演劇？　喫茶店《きっさてん》？」

「え？　お……俺は」

黒木《くろき》はナチュラルに、クラスカーストトップの美少女グループの会話に俺を入れようとしてくる。

「一応、海山《みやま》に頼《たの》まれたから喫茶店《きっさてん》にしようかなと」

「へぇ、喫茶店《きっさてん》。本当にさっき文化祭の話をしてたんだね愛莉《あいり》」

「し、してたよ！　もぉー、瑠衣《るい》ちゃんったら疑わないでよー」

どうやら黒木《くろき》は俺たちの関係を疑っているようだ。

まあ確かに、海山《みやま》と俺は学食のみならずスタバでも二人でいた所を周りに見られてるし、色々と疑われてもおかしくないもんなぁ……。

「愛莉《あいり》も諒太《りょうた》くんも喫茶店《きっさてん》かぁ。優里亜《ゆりあ》は実行委員だけど前に劇がいいって言ってたよね？」

「ま、まあ……だって喫茶店《きっさてん》にすると、飲食系の手続きとかがめんどいし……何より検査が、キモいっつうか」

検査……って、そういうことだよな？

さすがにこれで変なことを考えるのはNGなので控《ひか》えるが、確かにアレを集めるのは実行委員の仕事だし、優里亜《ゆりあ》からしたら嫌《いや》だよな……。

「てか、瑠衣《るい》はどうなん？」

「わたし？　うーん、悩《なや》んでるんだよね」

黒木《くろき》はそう言いながら横目で俺を見てきた。

な、なんだよ……その目は。

俺が睨《にら》み返すとニコッと笑みを浮《う》かべ、また優里亜《ゆりあ》の方を見る。

「わたしは優里亜《ゆりあ》のために劇に投票しよっかな」

「えー！　瑠衣《るい》ちゃんも喫茶店《きっさてん》にしてよー、一緒《いっしょ》にメイドさんやろー？」

「えー？　でもわたし、優里亜《ゆりあ》や愛莉《あいり》みたいに可愛《かわい》くないからなぁ～」

じっと俺の方を見ながら言う黒木《くろき》。

まさか黒木《くろき》には俺が海山《みやま》の爆乳《ばくにゅう》と優里亜《ゆりあ》の太ももでよからぬことを考えているのがバレているのか……？

てか黒木《くろき》ほどの美貌《びぼう》を持つ女子が、自分が可愛《かわい》くないって言うのは皮肉にしか聞こえないが……。

「いやいや、瑠衣《るい》が可愛《かわい》くなかったらあたしら女子全員モブ以下になるから」

「ふふっ、なあに優里亜《ゆりあ》？　わたしのこと褒《ほ》めてくれるの？」

黒木《くろき》は優里亜《ゆりあ》に近づくと、その綺麗《きれい》な左手を優里亜《ゆりあ》の顔に伸《の》ばし顎《あご》クイをした。

「優里亜《ゆりあ》みたいなおしゃれギャルに褒《ほ》められると照れちゃうなぁ」

「いや、あたしは事実を述べただけっつうか」

「ねえ諒太《りょうた》諒太《りょうた》ー？　やっぱり劇にしない？」

「なんだよ海山《みやま》。爆乳喫《ばくにゅうきつ》……じゃなくて喫茶店《きっさてん》じゃなくていいのか？」

「うーん。実行委員の優里亜《ゆりあ》が劇の方が楽って言うなら劇に入れてあげよっかなって。愛莉《あいり》はどっちでもいいし」

「……そう、だな。俺もそうするよ」

劇……か。

どうせヒロインは黒木《くろき》になるだろうし、ぼっち陰《いん》キャの俺は雑用係をこなすだけだからな。

ヒロインが黒木《くろき》……か。

なんか嫌《いや》な予感がするのだが……考えすぎか？

☆☆

2限目の現代社会が自習になったので、文化祭でクラスが何をやるのか話し合うことに。

女子の実行委員は校内No・1ギャルの市之瀬優里亜《いちのせゆりあ》。

片や男子の実行委員は、ガッツリ陽キャのイケメン男子で性格がいかにもリーダー向きの火《ひ》野大和《のやまと》。

「じゃあ今日も文化祭の話するぞー！　前回の話し合いで、劇か喫茶店《きっさてん》の2択《たく》にまで絞《しぼ》ったんだったな。みんな、土日でどっちにするか考えてきたよな？」

火野《ひの》は持ち前のトーク力で円滑《えんかつ》に話を進めていく。

男子と話すのが嫌《いや》な優里亜《ゆりあ》は、火野《ひの》が発言すると無言で黒板に色々と書いていくサポート役に徹《てっ》していた。

あの火野《ひの》にさえ、優里亜《ゆりあ》は心を開いていないのか。

そう考えると、俺って凄《すご》いのかもなぁ……。

顔も身長もコミュ力も、陽キャの火野《ひの》には遠く及《およ》ばないし、火野《ひの》に唯一《ゆいいつ》勝てるのは勉強くらいだった。

しかし勉強だけでは『ただのガリ勉くん』と化してしまうので、群れなす陽キャたちよりクラスカーストが上になることはほぼない。

ぼっちオタクの陰《いん》キャで、ずっとクラスカーストの底辺にいた俺だが……間違《まちが》いなく今の俺は、陽キャどもより上のステージにいると思う。

これも優里亜《ゆりあ》、海山《みやま》、黒木《くろき》と近い席になった席替《が》えのおかげか。

ついこの間までは三人にも苦手意識を持っていたが、秘密を共有したことですっかり仲良くなった。

最初は席替《が》えを憎《にく》んでいたが、これも不幸中の幸いということだろう。

「じゃあ、紙配るからみんなどっちがいいか書けよー」

俺が優越感《ゆうえつ》に浸《ひた》りながらニヤニヤしていると、いつの間にか投票が始まろうとしていた。

「はい諒太《りょうた》、紙」

前の席に座る海山《みやま》から手のひらサイズの白紙を受け取ると、俺はすぐに『劇』と書いた。

用紙の回収が終わると、しばらくして集計結果が出る。

「えー、では発表します。我らが2年B組が文化祭でやるのは……演劇になりました！」

火野《ひの》の発表を聞いて、クラス中から拍手《はくしゅ》が起きた。

おお、やっぱり劇になったか。

海山《みやま》と黒木《くろき》はお互《たが》いに顔を見合わせて笑っている。

実行委員の優里亜《ゆりあ》が演劇の方が楽だって言ってたから、二人も演劇になったのが嬉《うれ》しいのだろう。

なんだかんだでこの三人の友情は側から見ても気持ちが良《い》いな。

「劇に決まったことだし、ついでにやる演目とか出して決めてこうぜ。誰《だれ》か提案をしてくれ——」

火野《ひの》の発言を遮《さえぎ》るように、俺の右隣《みぎどなり》からスッと手が上がる。

く、黒木《くろき》……？

「オリジナルだと準備が大変だし、定番が良《い》いと思うの。そう、例えば『白雪姫《しらゆきひめ》』とか……どうかな？」

し、白雪姫《しらゆきひめ》……だと？

白雪姫《しらゆきひめ》ってあれか？　リンゴ食ってたら眠《ねむ》くなってイケメン王子のキスがないと絶対に起きないとかいう、理想の高いワガママニート女の末路みたいな話か？

ったく、なんでよりによってキスシーンがある作品なんて、勧《すす》めるんだよ……クラスの演劇なんてどうせ誰《だれ》も来ないんだから、桃太郎《ももたろう》とかでいいだろうに。

「おお！　いいね白雪姫《しらゆきひめ》！　妙案《みょうあん》！　最高！　みんなはどうだ？」

火野《ひの》は黒木《くろき》をヨイショしながらみんなに問いかける。

「うん、黒木《くろき》ちゃんが言うなら私もそれでー！」

「私も私もー！」

「俺もいいぜ！」

「俺っ！　黒木《くろき》さんのキスで目覚めたい！」

「「「俺も！」」」

多少キモい集団がいたものの、クラスのほぼ全員が首を縦に振《ふ》る。

これが……黒木瑠衣《くろきるい》という絶対的存在の強制力、なのか？

黒木瑠衣《くろきるい》が右と言えば右、左と言えば左。

学級委員長で学校一の人気者である黒木瑠衣《くろきるい》が発言したらそれはもう総意に変わるのだ。

「じゃあ白雪姫《しらゆきひめ》に決定で！」

またしてもクラス中から拍手《はくしゅ》が起こる。

せっかくこのクラスには１０００年に一度くらいの爆乳《ばくにゅう》美少女・海山愛莉《みやまあいり》がいるのだから、海山《みやま》を主人公とした爆乳《ばくにゅう》ヒロインのちょいエロな劇にすればいいのに……。

通るはずもないことを願っていると、前の席の爆乳《ばくにゅう》がこちらに「コンニチワ」していた。

「ねえねえ諒太《りょうた》っ、白雪姫《しらゆきひめ》なら一緒《いっしょ》にこびとの役やろうよっ」

「こびと？　お前みたいなこびとがいてたまるか」

「何で？　可愛《かわい》いじゃんこびと」

お前は……誰《だれ》がどう見ても爆乳人《デカ》だろ。

「それと――ただ演劇をやるのもつまらないから、一つ提案があって」

また、提案？

完璧《かんぺき》主義の黒木《くろき》のことだ。

どうせ自分が白雪姫《しらゆきひめ》をやりたいとか――。

「白雪姫《しらゆきひめ》は男子がやって、女子が王子役をやるの！　どうかなっ」

……は？　それってつまり、男女の役を入《い》れ替《か》えるってことか？

「男女の役を逆転させた白雪姫《しらゆきひめ》か……それいいね！」

「私も賛成！」

「おもしろそー！」

クラスの全肯定《こうてい》ｂｏｔたちによって、例のように黒木《くろき》の『男女逆転白雪姫《しらゆきひめ》』の案が通ってしまう。

こうなると次に決めるのは配役。

白雪姫《しらゆきひめ》（男）と王子（女）の配役を決めるため、男女それぞれで集まって話し合いをすることに。

王子役を決める女子は廊下《ろうか》側へ、白雪姫《しらゆきひめ》役を決める男子は窓際《まどぎわ》の席にそれぞれ集まった。

男女逆転って……女子側はまだしも、男子側は恥《はじ》でしかないだろ。

だがそれでも黒木《くろき》の意見に賛成したわけだから、お調子者の陽キャたちの誰《だれ》かが白雪姫《しらゆきひめ》をやりたがる……そう、思っていたのだが。

「い、いくら黒木《くろき》さんでも、さっきのは男子にとってはキツイよな……」

「ああ。だって俺たちの誰《だれ》かが白雪姫《しらゆきひめ》をやるんだろ？」

「女装はさすがにキツイって」

集まってすぐにマイナスな意見が男子の間で飛《と》び交《か》う。

どうやら陽キャ男子のグループを中心として、男子は黒木《くろき》の提案を疑問に思っていたようだ。

同調圧力に負け、あの場では文句を言えなかったのだろう。

全肯定《こうてい》botが裏目に出たってとこか。まぁ男子は黒木《くろき》の前では良い《い》顔したいもんな……。

だが、黒木瑠衣《くろきるい》という女はそんな下心を持つ男ですらも手玉に取り、自分の意見をねじ込む策士なのだ。

黒木《くろき》が何を考えてるか理解不能だが、今さら反対することは不可能……一杯《いっぱい》食わされたってわけだ。

「今回の劇を提案してくれたのは黒木《くろき》さんだが、そもそもの話をすると黒木《くろき》さんが主役の王子をやる可能性は少ないんじゃないか？」

火野《ひの》がそう言うと、「どうしてだ？」と周りの陽キャが首を傾《かし》げる。

黒木《くろき》が主役の王子をやらない？　俺はてっきり黒木《くろき》が主役をやるものだと思っていたが……。

「だって黒木《くろき》さんインハイが近いじゃん。中学の頃《ころ》から数えて全国大会5連覇《れんぱ》がかかってるんだぞ？　文化祭の劇なんかで主役をやってる暇《ひま》ないだろ？」

それは一理ある。

黒木瑠衣《くろきるい》は日々多忙《たぼう》であり、いくら黒木《くろき》とはいえ劇の主役をやれるほどの余裕《よゆう》はないと思われる。

つまり黒木《くろき》は、自分は劇に関係ないから好き放題言ったってことか？

火野《ひの》が言いたいのはそういう意味も孕《はら》んでいそうだが……果たして黒木《くろき》がそんなことで人望

を利用したり、権力を行使したりするだろうか。

「仮に黒木《くろき》が主役をやらないなら、主役は彼氏《かれし》持ちの海山《みやま》か、他校に彼氏《かれし》がいるって噂《うわさ》の市之《いちの》瀬《せ》かぁ」

陽キャグループの男子が苦い顔をしながらボソッと呟《つぶや》く。

海山《みやま》は彼氏《かれし》（大嘘《うそ》）がいると公言していたが、どうやら優里亜《ゆりあ》も彼氏《かれし》持ちだと思われているらしい。

まぁ優里亜《ゆりあ》は俺以外の男子に対しては素っ気ないし、あれだけ顔が可愛《かわい》いギャルなら他校とか年上の彼氏《かれし》がいると思うのが自然だろう。

「俺はパスかなぁ」

「お、俺も」

「黒木《くろき》さんが主役なら、女装くらい買って出たが」

「拙者《せつしゃ》も愛莉《あいり》たんが王子なら、喜んでやりたいですが……もし違《ちが》った場合、愛莉《あいり》たんへの裏切りになってしまいますので」

クラスの陽キャたちと厄介《やっかい》オタクが次々に断り、続け様にクラスの男子は首を横に振《ふ》る。

誰一人《だれひとり》として『平等にくじ引きにしよう』と言い出さないところに、本気でやりたくないのがよく伝わってくるな。

でもこいつらの気持ちは分かる。

もし火野《ひの》の読み通り黒木《くろき》が主役をやらないなら、黒木《くろき》のことが好きな男どもはやる意味がないし、海山《みやま》や優里亜《ゆりあ》のことが好きな奴《やつ》らにとっても、海山《みやま》や優里亜《ゆりあ》が王子をやる確証がないので、ハイリスクハイリターンなのだ。

誰《だれ》も手を上げないということは、俺にとってもヤバい。

こうなった以上、矛先《ほこさき》が向けられるのは必然的に……。

「なぁ、泉谷《いずみや》が白雪姫《しらゆきひめ》ってどうよ?」

無党派層である陰《いん》キャオタク。つまり俺だ。

「泉谷《いずみや》ってクラスの男子の中じゃ一番成績良《い》いし、セリフとかの暗記も得意そうじゃん!」

「そうだよな! 頭良《い》いし! なあ頼《たの》むよ泉谷《いずみや》〜」

おいおい。成績とか今関係ないだろ……!

死ぬほど反論したいし、白雪姫《しらゆきひめ》なんてやりたくないに決まってる。

だが、ぼっちオタクの俺がそんな反抗的《はんこう》態度を取ったら……どうなるかなんて語るまでもない。

「そうだなぁ……泉谷《いずみや》は、どうかな?」

火野《ひの》が俺に問いかける。

クラス男子のリーダー的存在である火野《ひの》にまで言われたら……尚《なお》のこと断り辛《づら》い。

火野《ひの》の野郎《やろう》……いつもは善人面《ぜんにんづら》してるが、結局はこういう奴《やつ》なのかよ。

「お、俺は……」

待て待て！　白雪姫《しらゆきひめ》だぞ！

さすがに劇の主役なんて、俺には荷が重すぎる！

ここは断れ！　流されるな！

と、脳内では、火野《ひの》に向かってスパッと断るイメージができていたのだが……。

「や、やれば」

「え？」

「やればいいんだろ！　俺が！」

「「「「おおおおおおお！！！」」」」

結局俺は、周りの圧に負けた。

バカか俺は！　断れよぉ……！

周りの男子たちから次々と称賛《しょうさん》の声と拍手《はくしゅ》が起こった。

最悪だ。これほどまでに嬉《うれ》しくない称賛《しょうさん》は初めてかもしれない。

こうして俺は、よりにもよって白雪姫《しらゆきひめ》をやることに。

その後、女子も主役（王子）の配役が決まったので、男子と女子で主役を発表することに。

黒板の前に優里亜《ゆりあ》と火野《ひの》が立つ。

「えーっと、男子の白雪姫《しらゆきひめ》は……泉谷《いずみや》くんになりました！」

クラス中の視線が一挙に俺へ集まる。

あー、もう誰《だれ》か殺してくれ。

「諒太《りょうた》すごーい！　おめでとおめでとー！　主役いいなぁー！」

前の席のアホ爆乳《ばくにゅう》が俺の気も知らないで笑っていた。

ん？　その言い方だと、海山《みやま》は主役じゃない？

ってことは。つまり。

「女子の王子は……あたし――」

やっぱり優里亜《ゆりあ》か……っ？

黒板の前にいる優里亜《ゆりあ》は、俺の方を見ながら言――。

「と、瑠衣の二人。ダブルキャストになったから」


「「「「はぁぁぁぁ⁉」」」」

クラス中の男子の開いた口が塞《ふさ》がらなかった。

「ま、マジか……」

もちろん俺も。

☆☆

優里亜《ゆりあ》の口から王子の役がダブルキャストになったのが発表され、周りは驚愕《きょうがく》と困惑《こんわく》の渦《うず》に飲み込まれていたのだが……意外にも男子たちの中に文句を言う輩《やから》は一人もいなかった。

男女逆転白雪姫《しらゆきひめ》になったのと同様に、下手に何か文句を言えば、それは黒木《くろき》に逆らうことになるかもしれないから当然かもしれない。

だがもちろん、こんな結果になるとは思ってもいなかったので、周りの男子の視線は徐々《じょじょ》に俺の方へと集まった。

また羨望《せんぼう》と嫉妬《しっと》の眼差《まなざ》し……自分がやれば良かったのに。

クラスの陽キャたちからしたら、せっかく美少女二人の相手役としてイチャイチャできそうなチャンスが転がってきたのに、俺みたいな陰《いん》キャに手放したってことだもんな。

もし俺の人生がザマァ系の作品なら、ここがきっと最大のザマァポイントなのかもしれない……が、このザマァは俺にとっても嬉《うれ》しいかと言われたら微妙《びみょう》だ。

相手役が話したこともない女子よりも、知り合いになったことは嬉《うれ》しい。だが優里亜《ゆりあ》と黒木《くろき》だなんて……。

俺がふと右隣《みぎどなり》を横目で見ると、黒木《くろき》はずっと真顔で黒板の方を見ていた。てっきり黒木《くろき》は主役を摑《つか》んでニッコリ……かと思いきや、意外にもお気に召《め》していないご様子だ。

役決めの時、何かあったのか？

優里亜《ゆりあ》と黒木《くろき》の間で何か一悶着《ひともんちゃく》があったのだとしたら……き、気になる。

「じゃ、じゃあ白雪姫《しらゆきひめ》は泉谷《いずみや》で、王子の役は黒木《くろき》さんと市之瀬《いちのせ》さんの二人ってことで。時間もないし他の役はここでパパッと決めよう。じゃあ他の役は——」

その後、火野《ひの》の進行で役決めが進み、首尾《しゅび》よく残りの役が決まっていった。

あれから休み時間や昼休みがあったものの、俺は放課後になるまで美少女三人衆と会話を交《か》わすことはなかった。

彼女たちだけの会話でも劇の話は出なかったこともあり、やはり優里亜《ゆりあ》と黒木《くろき》の間で何かしらあったのではないかと思ってしまう。

放課後。特に予定のない俺は、そのことが少し気になって、いつの間にかとある書店の前まで来ていた。

べ、別に俺は、優里亜《ゆりあ》と黒木《くろき》に何かあったんじゃないかとか気になってるわけじゃないし、ラノベを買いに来たついでに彼女と鉢《はち》合わせて、バイトが終わる時間を教えてもらおうとか思っていたわけじゃないからな！

と、心の中でツンデレ構文を並べながら入店する。

「いらっしゃいま……お！　キミは海山《みやま》ちゃんのっ」

ツタヤに入ると、レジには金髪《きんぱつ》ショートの女性店長がいた。

彼女は以前、俺が海山《みやま》の秘密を知った時に、俺と海山《みやま》を懇《ねんご》ろな関係だと勘違《かんちが》いしていたこのツタヤの店長だ。

「おほぉ、彼女の仕事っぷり見に来たなんて、カレピの鑑《かがみ》じゃーん」

いや否——『勘違《かんちが》いしていた』のではなく、現在も海山《みやま》と俺が懇《ねんご》ろな関係だと勘違《かんちが》いしているらしい。

「あの、別に俺は海山《みやま》に会いに来たのではなく」

「ちょうどいいや！　ここで待ってな」

金髪《きんぱつ》の女性店長は俺にレジ前で待つように言うと、バックヤードから海山《みやま》を連れて戻《もど》ってきた。

「あれ、諒太《りようた》？　なんでここに。てかどゆことなの店長？」

「今日はお客さん少ないし上がっていいよ。もちろんタイムカードは本来の時間で切っておくから」

「え、でも」

「愛莉《あいり》ちゃん頑張《がんば》りすぎだから心配だったの。今日は彼氏《かれし》と息抜《いきぬ》きしてきなー」

どうやら店長は気を利《き》かせてくれたらしい。

この前の時といい、やっぱりこの店長さんいい人だな。

「じゃあ、お言葉に甘えちゃおっと。ありがとうございます店長っ」

海山《みやま》も変に遠慮《えんりょ》することなく、店長の好意に甘えていた。

「諒太《りょうた》、着替《きが》えてくるからちょっとここで待っててね」

「お、おう」

海山《みやま》と2回目の放課後デート（俺は話がしたいだけなんだが）が始まろうとしていた。

☆☆

「おっ待たせー！　さ、行こっか諒太《りょうた》」

「ああ」

俺は頷《うなず》きながら制服姿で戻《もど》ってきた海山《みやま》とツタヤから出て、目的もなく駅の方へ足を進めた。

「てか諒太《りょうた》どしたの？　急に愛莉《あいり》のバイト先に顔を出すなんてビックリだよ」

「ご、ごめん！　海山《みやま》。本当はバイトが終わる時間を聞いて、バイトの後に少し話したいと思ったんだが……店長が」

「いやいや、バイト途中《とちゅう》で終わって給料も出るとか愛莉《あいり》めっちゃ嬉《うれ》しいし！　あと諒太《りょうた》とお出かけできるからもっと嬉《うれ》しい！」

「み、海山《みやま》……」

海山《みやま》は純粋無垢《じゅんすいむく》な笑顔《えがお》と共に無自覚系主人公みたいにスラスラとキュンとするセリフを口にする。

たゆんたゆんと縦に揺《ゆ》れているこの爆乳《ばくにゅう》も魅力《みりょく》的だが、海山《みやま》は常にプラス思考だから話していて元気をもらえるな。

「で、今日はどこ行こっか？　とりま愛莉《あいり》の行きつけの場所向かっちゃう？」

「行きつけ？」

「うん！　小学生の頃《ころ》からよく行く場所がこの近くにあるから。久しぶりに行きたいなって」

「わ、分かった。じゃあそこへ行こう」

とりあえず目的地が決まり、海山《みやま》に案内されながら『行きつけの場所』とやらに向かった。

「それで愛莉《あいり》に話って何かな？　良《い》いこと？　それとも悪いこと？」

「どっちなのかは俺も分からないが……劇のことで聞きたいことがあって」

「劇？」

俺は小さく頷《うなず》いて、本題に入る。

ここではっきりしておかないと、モヤモヤして気が気じゃない。

それに……優里亜《ゆりあ》と黒木《くろき》の間に何があったのか、正直言うとめっちゃ気になるのだ。

「結局王子役は市之瀬《いちのせ》と黒木《くろき》のダブルキャストになったが……決める時、どんな感じだった？」

「どんな感じって……諒太《りょうた》は優里亜《ゆりあ》と瑠衣《るい》ちゃんの二人が王子をやることになったから、気になってるの？」

「そう、だな。でも俺、それを聞ける女友達が海山《みやま》しかいなくて……」

「えへへ、愛莉《あいり》だけかぁ。なんか嬉《うれ》し～」

海山《みやま》はニヤニヤしながら、並んで歩く俺の右肩《みぎかた》に自分の左肩《ひだりかた》をぶつけてくる。

リアクションがいちいち可愛《かわい》いなおい。

「決めた時の話、だよね？」

「お、おう」

「王子を決めた時はー、最初みんなが瑠衣《るい》ちゃんを推《お》しててー」

そりゃそうだわな。

黒木瑠衣《くろきるい》は劇の内容を全て提案した上に、あの美貌《びぼう》を持つ完璧超人《かんぺきちょうじん》だ。

男役とはいえ、彼女以上の適任者はいない。

「でもね、優里亜《ゆりあ》が瑠衣《るい》ちゃんは『大事なインハイが近いから』って、心配して代わりにやるって言いだして……優里亜《ゆりあ》、優《やさ》しいから」

インハイのことは火野《ひの》が言った通り、心配されていたのか……。

「それで、どうして二人がやることになったんだ？　今の話の流れだと優里《ゆり》……じゃなくて市之瀬《いちのせ》になりそうだが」

「うん。実はその後ね、周りが瑠衣《るい》ちゃんにやって欲《ほ》しい派と優里亜《ゆりあ》の意見賛成派の真っ二つに分かれちゃったの」

「は、はあ？」

どうしてそんなことになるんだよ。

優里亜《ゆりあ》の意見は真っ当だし、黒木《くろき》のためを思うなら優里亜《ゆりあ》の意見に賛同するものだと思うが……。

黒木《くろき》をどうしても王子役で見たいという、女子側のガチ恋《こい》勢とかがいたのか？

「それで結局、話がまとまらないからいっそのことダブルキャストにして、瑠衣《るい》ちゃんの負担を減らしつつ、優里亜《ゆりあ》もやることで宣伝にもなるし、それで行こうって話に落ち着いたっていうか」

「めちゃくちゃだな……黒木《くろき》は何も言わなかったのか？」

「瑠衣《るい》ちゃんは『陸上と両立できるから大丈夫《だいじょうぶ》』って優里亜《ゆりあ》に言ってたけど……優里亜《ゆりあ》にやって欲《ほ》しい派も結構いて、あまり強く出られなかったみたい」

一応、このクラスにも黒木《くろき》に逆らう勇敢《ゆうかん》なレジスタンスがいたってことか。

まあ結果的に黒木《くろき》も王子をやるってことになってるんだから、俺にとっては不都合すぎるが。

「とまあこんな感じ。二人の相手役は大変だと思うけど、愛莉《あいり》もこびと役として、お姫様《ひめ》の諒太《りょうた》を支えるからねっ」

「あ、ありがとうな、海山《みやま》」

そういえば、海山《みやま》も海山《みやま》で結局やりたがっていたこびと（爆乳人《デカ》）の役をやるんだったな。

まぁ、海山《みやま》の爆乳《スタイル》だと男の役は厳しそうだが……かといって優里亜《ゆりあ》も胸は大きいからなんとも言えないな。

「おっ、ちょうど着いたね、愛莉《あいり》の行きつけの場所っ」

海山《みやま》は目的の店に到着《とうちゃく》したら、足を止めて店の看板を指差す。

「ここはね、愛莉《あいり》が大好きな駄菓子《だがし》屋なのっ」

だ、駄菓子《だがし》屋……⁉

てっきりスタバみたいなのを想像していたんだが、
海山《みやま》の言う「行きつけの店」というのは、駅の近くにある古びた駄菓子《だがし》屋だった。

「だ、駄菓子《だがし》屋⁉　スタバとかじゃなくて？」

「うん！　駄菓子《だがし》屋ってめっちゃ安いじゃん？　だからいっぱいお菓子《かし》が食べられるし大好きっ」

そ、そっか……海山《みやま》は色々と苦労してるんだもんな。

「愛莉《あいり》、小学生の頃《ころ》からよく駄菓子《だがし》屋に通っててね？　愛莉《あいり》の家の近所にも駄菓子《だがし》屋さんあったんだけど、そこがもう閉店しちゃって。だから駅の近くにあるこの駄菓子屋《だがし》さんが、今の愛莉《あいり》の行きつけなの！」

「へぇ、じゃあバイト終わりとかに来るのか？」

「うん！　うみゃー棒とか棒きなことか、いつも10本くらい買ってから帰るし！」

なるほどな。つまり海山《みやま》の爆乳《ばくにゅう》は駄菓子《だがし》でできているのか……。

なら今すぐ全国の中高生に山ほど駄菓子《だがし》を食わせた方がいい。

超爆乳化社会《ちょうばくにゅう》。これは国をあげてやるべき重要国家戦略だ。

「諒太《りょうた》？　急に難しい顔してどうしたの？」

「あ、いや、ちょっと政治的なことを考えていて……」

「政治⁉　そんな難しいこと考えてるなんて、やっぱ諒太《りょうた》って凄《すご》いね」

「あ、あはは」

あっぶねぇ……碌《ろく》でもないこと考えてるのがバレるところだった。

上手《うま》いこと誤魔化《ごまか》した俺は、そのまま海山《みやま》と駄菓子《だがし》屋の中へ。

引き戸を開くとチリンチリンと風鈴《ふうりん》の音がして、店主と思われる老紳士が、奥の部屋からレジの前までゆっくり歩いてきた。

「ここが……駄菓子《だがし》屋」

昔ながらの水飴《みずあめ》に、手の形をしたグミやカラフルで小さい餅《もち》。さらにくじ引き、ひも引き、ダーツまであって、昔ながらの駄菓子屋《だがし》を想起させるものがそのまま存在していた。

店の窓には色褪《いろあ》せたチラシが貼《は》られ、まだ動くのか怪《あや》しいくらいの筐体《きようたい》まである。

店内の値札を見るとどれも10円から30円のお菓子《かし》ばかりで、物価高騰《こうとう》の現代とは思えないくらいに安い。

全てがノスタルジックというか。こういう空間が今も残っているのは凄《すご》いな。

「諒太《りようた》って駄菓子屋《だがし》に来たの初めて？」

「いや、小学生の頃《ころ》はよく自転車を走らせて少し遠い所にある駄菓子屋《だがし》まで行ってたけど……」

「へぇ！　じゃあ慣れてる感じ？」

「あ、ああ。でも最近は行ってないから」

小学生の頃《ころ》、ウエハースキッズだった俺は、推《お》してるアニメや戦隊モノのウエハースが出たら、近所のスーパーや駄菓子屋《だがし》でそれをかき集めていたな。

俺はあの頃《ころ》を懐古《かいこ》するように、店内の少し高い所にある戦隊モノのウエハースを手に取る。

棚《たな》の高さに比例するように、ウエハースは他の商品より少しお高めの100円。

値段的にもあまり売れていないようだ。

「おっ、諒太《りようた》はウエハースにするの？」

「あーいや、ちょっと見てただけで」

「ウエハース、めっちゃいいよねー」

海山《みやま》はやけにウエハースを気に入っているようだ。

買う奴《やつ》の大半はウエハースがいいというより、そのおまけが目当てだと思うけど。

「愛莉《あいり》ね、ウエハースは思い出深いお菓子《かし》なの」

「お、思い出深い？」

「うん。前にも話したけどさ、愛莉《あいり》って小学生の頃《ころ》からめっちゃ貧乏《びんぼう》だったから、駄菓子屋《だがしや》さんでもたまにしかお菓子《かし》が買えなくて」

海山《みやま》は俺の手にある戦隊モノのウエハースを手に取ると、しみじみと話し始める。

「お菓子《かし》が買えない日は駄菓子屋《だがしや》さんの前にある赤いベンチに座って、みんなが食べてるのいつも見てた。でもある日ね、青い袋《ふくろ》を片手に持った男の子が、急に愛莉《あいり》の隣《となり》に座ってきて、ウエハースをくれたの！」

「あ、青い袋《ふくろ》を持った……男の子」

そういえばどこかで聞いた話にも、そんな感じの似たようなヤツがいたような。

海山《みやま》の話を聞いていたら急にモヤッと訪《おとず》れた既視感《デジャブ》。

最近、どこかで聞いたような気がするが……気のせいか？

「なんかその男の子はシールが欲《ほ》しかったらしくて、ウエハースの方は愛莉《あいり》にくれたの。愛莉《あいり》、その時すっごく嬉《うれ》しくて……」

海山《みやま》はそう話しながら、今にも泣きそうな声で言う。

そんなにウエハースが嬉《うれ》しかったのか。

「愛莉《あいり》さ、ずっと貧乏《びんぼう》ってだけでイジメられてたから同い年くらいの子に優《やさ》しくされたことなくて。その男の子は別の小学校の子だったと思うけど、愛莉《あいり》はあの日からずっと、その男の子のことが大好きだったの。だから愛莉《あいり》は高校まで、他の男子に興味がなかったっていうか。彼《かれ》氏《し》も作れなかったんだよねー」

「そ、そうなんだな」

うっわその男子、死ぬほど羨《うらや》ましいぃ……！

今でも海山《みやま》がそいつに惚《ほ》れてるなら、もし再会したら間違《まちが》いなく付き合えるし、海山《みやま》とズッコンバッコンし放題じゃねえか！

ウエハース一個で爆乳《ばくにゅう》美少女の海山《みやま》の心を射止めるとか……羨《うらや》ましすぎる。

いつまでも姿を見せないなら、俺と代わって欲《ほ》しいくらいだ……（まぁこんな下心丸出しの俺じゃ、その男の子みたいにはなれないのだろう）。

俺は心の中で泣きながら結局そのウエハースと、適当に瓶《びん》ラムネを買った。

一方で海山《みやま》はうみゃー棒10本を買っていた。

「ねえねえ、せっかくだし外のベンチに座って食べようよっ」

「お、おう」

海山《みやま》に言われて、俺は店の前にある横長の赤いベンチに座った。

友達と駄菓子《だがし》屋で菓子《かし》を食べるなんて……小学生の頃《ころ》は味わえなかった経験だ。

「んん～、うみゃー棒、うみゃ～！」

海山《みやま》は口を大きく開けて、サクサクとうみゃー棒を食す。

うみゃー棒の粉がデカすぎる胸元《むなもと》にポロポロ落ちて制服が少し汚《よご》れていた。

粉が下に落ちないほどの爆乳《ばくにゅう》……実に素晴《すば》らしい。

「むふ～、やっぱうみゃー棒だよねー」

うみゃー棒を食べる愛莉《あいり》から目が離《はな》せない。

決して変な意味ではないが……なんかちょっとエロい。いや否——どエロだ。

「諒太《りょうた》？　さっきから何こっち見てんのー？」

「あ、いや、なんでもない！　って！　やべっ」

焦《あせ》った俺は、ついよそ見しながら瓶《びん》ラムネを開けてしまい、瓶《びん》ラムネの泡《あわ》が俺の手の中で噴《ふん》射《しゃ》してきた。

「うっわ、べとべとだ」

「もー、何やってんのー！　諒太《りょうた》まじウケる～」

海山《みやま》はケラケラと笑いつつもバッグからポケットティッシュを取り出し、２枚ほど中から出して俺にくれた。

「これで手拭《てふ》いて。ベトベトのままだと嫌《いや》でしょ？」

「お、おう。ありがとう海山《みやま》」

やっぱり海山《みやま》は優《やさ》しい。

最初の頃《ころ》はオタクの俺に嫌悪《けんお》感があったと思うが、こうして一緒《いっしょ》の時間を重ねると、いつの間にかこんなに海山《みやま》と仲良くなっていた。

でも海山《みやま》にはウエハースの王子様がいるから、きっと俺のことを男としては見てくれないのだろう。

それは優里亜《ゆりあ》や黒木《くろき》だってそうだ。

なんだかんだ仲良くなっても、二人にも過去に惚《ほ》れた男子がいる。

優里亜《ゆりあ》は漫画《まんが》をくれた王子様がいて、黒木《くろき》にも猫《ねこ》を助けた王子様がいた。

誰《だれ》だって高校2年生にもなれば、すでに初恋《はつこい》は済ませているものだし、好きな相手はすでにいるものだ。

今さら俺みたいな弱者男子高校生のことを好きになってくれる女子なんて……なかなかいないよなぁ。

「はぁ……」

「諒太《りょうた》〜、愛莉《あいり》もウエハース食べたいなぁ〜」

「ウエハース？　はいはい。俺は中のシールだけでいいから、ウエハースはあげるよ」

俺はウエハースの袋《ふくろ》を開けると、中身のシールだけ貰《もら》ってウエハースは海山《みやま》に差し出す。

差し出した……のだが、なかなか海山《みやま》は受け取ってくれない。

「ん？」

「…………っ」

「お、おい海山《みやま》？」

「えっと……なんか少し重なったというか、全く同じ言い方だったから」

「は？」

「な、なんでもない！　ウエハースいただきまーす！」

海山《みやま》は俺からウエハースを受け取ると、大きな一口でウエハースを食べた。

「けほっ、けほっ、やばい、粉吸って咽《む》せちゃった」

「あーあー、そんな急いで食うからこうなるんだ。ほら、俺のラムネ飲んでいいから」

「あ、ありがと諒太《りょうた》」

海山《みやま》は俺から受け取ったラムネをグビッと呷《あお》る。

「ぷっ、はぁー！　生き返ったぁ。諒太《りょうた》は命の恩人だねっ」

「おいおい、咽《む》せたくらいで大袈裟《おおげさ》だな」

「ううん。多分だけど諒太《りょうた》は命の恩人……多分、だけどね」

「？」

海山《みやま》はいつもの無邪気《むじゃき》な笑顔《えがお》ではなく、少し大人びた静かな笑《え》みを浮《う》かべ、俺にラムネを返してくれる。

「ありがとう――諒太《りょうた》」

「え、あ、おう」

なんか今の海山《みやま》……ちょっと変だったな。

どこかスッキリしたような顔だった。

それはそうと、この瓶《びん》ラムネ……スタバ以来の間接キスチャンスなのでは？

この前は優里亜《ゆりあ》に邪魔《じゃま》されてしまったが、これを飲めば、あの海山《みやま》と……Ｋｉｓｓ……！

俺は周りを確認《かくにん》しながら思いっきりラムネを呷《あお》る。

ラムネの淡《あわ》い炭酸が喉《のど》を刺激《しげき》し、興奮のあまり唇《くちびる》が震《ふる》える。

やった……やったぞ！

海山《みやま》のファーストキスの相手はウエハースの王子ではない！　この諒太《りょうた》だッ！

「諒太《りょうた》ってさ……」

「ん？」

俺がキモ童貞《どうてい》みたいな思考で一人で興奮していると、海山《みやま》が話しかけてくる。

「その……や、やっぱ、なんでもないっ」

「え？　なんなんだよ」

「とにかくなんでもないっ。それよりも早くラムネ飲んじゃって、一緒《いっしょ》に帰ろ？　家まで送ってー？」

「それは、構わないが……」

「えへへ、やったー」

さっきの海山《みやま》、何か言いたげな様子だったけど、何のことだったんだろう。

間接キスのことじゃなければいい、そんなことばかり考える俺だった。

☆☆

海山《みやま》を家まで送った後、いつもの帰り道が急に静かに思えてなんとなく寂《さび》しさがあった。

海山《みやま》は天然で騒《さわ》がしいけど、マスコットキャラでいつも明るいから、隣《となり》にいるとなんとなく落ち着く。

陰《いん》キャな俺にも優《やさ》しくしてくれるし、マジで良い子だよなー。

そんな感じで海山《みやま》のことばかり考えていたら、いつの間にか家に帰ってきていた。

「ただいまー」

玄関《げんかん》からリビングに行くと、リビングのソファではシャツにパンイチの姉がダラダラと寝《ね》ている。

はぁ……海山《みやま》に比べて貧相《ひんそう》な胸だこと。

「あ、諒太《りょうた》～？　アンタのアイス食べといたから」

「お、おい嘘《うそ》だろ！　限定味のハーデンめっちゃ楽しみにしてたのに。くそ！　このバカ姉が」

「あとさー」

「なんだよ！」

「さっき田中《たなか》ちゃんがウチに来てたんだけどー？」

田中《たなか》がうちに？　一体、何の用だろうか。

そういえば田中《たなか》とはあの屋上で話した時以来、ＬＩＮＥでも会話してないな。

最近はあの美少女三人衆といる時間が多くなり、田中《たなか》とオタ話をする暇《ひま》すらなくなっていた。

「本人は『なんとなく寄った』とか言ってたけどさー、わざわざ来たってことはあんたに用があったんじゃないの？」

「そう、だよな」

「ＬＩＮＥで聞いておきなさいよー？」

「わ、分かってる」

俺は田中《たなか》に『少し電話しないか？』とＬＩＮＥを送ると、部屋に戻《もど》った。

田中《たなか》の返事を待っていると、黒木《くろき》から今日の画像が送られてきた。

「ぬおっ……！　今日はツ、ツ、ツインテだと⁉」

アンダーツインテの髪型《かみがた》をした制服姿の黒木《くろき》が、ベッドに横たわる自撮《じど》り写真が送られてくる。

『黒木《くろき》：劇を頑張《がんば》れるように♡今日も写真送るね？　制服にツインテール、諒太《りょうた》くんはこういうのが好きなんでしょ？』

こいつ……オタクの癖《へき》をよく分かってやがる。

黒木《くろき》の美人顔にツインテールはあまりにも反則的だ。

可愛《かわい》い系の女子がやる1000倍はギャップ萌《も》えの付加価値と破壊《はかい》力がある。

そんなこんなで俺が黒木《くろき》の写真を保存していたら、田中《たなか》から返事が来た。

『田中《たなか》：分かりました。今なら電話できますので』

俺はその返事を見て田中《たなか》に電話をかける。

「田中《たなか》、久しぶり」

『おおー、諒太《りょうた》くんお久しぶりです』

「さっき家に来てくれたみたいだけど、何か用があったのか？」

『えと、特に用があったわけじゃないのですが、文化祭のことで変な噂《うわさ》を耳にしまして』

「変な噂《うわさ》？」

い、嫌《いや》な予感しかしないのだが……。

『なんか、文化祭で諒太《りようた》くんが白雪姫《しらゆきひめ》をやって、美少女三人衆の市之瀬《いちのせ》さんと黒木《くろき》さんが王子をやるとかなんとか』

……田中《たなか》、それ噂《うわさ》やない。事実や。

『性別逆転してる時点でおかしいですし、やっぱりデマですよね？』

「……やる」

『は？』

「俺……白雪姫《しらゆきひめ》をやるんだよ、田中《たなか》」

『……あの、最近の諒太《りようた》くん色々と頭おかしいんじゃないですか』

田中《たなか》のドン引きボイスが鼓膜《こまく》を突《つ》き破《やぶ》って俺のメンタルをグシャグシャにする。

もうやめろ田中《たなか》！　俺のライフは0だっ！

『マジでやるんですか白雪姫《しらゆきひめ》。つまり女装するってことですよね？』

「あーうるせー！　俺がやることになっちまったんだよ！　仕方ないだろ！」

『なるほど、陽キャに押し切られたんですね』

田中《たなか》は陰《いん》キャの気持ちがよく分かるので、俺の状況《じようきよう》も瞬時《しゆんじ》に察していた。

さすが陰《いん》キャ女子。

『まあ、それは良《い》いとしても、そもそも諒太《りようた》くんは白雪姫《しらゆきひめ》のストーリーちゃんと理解してます？』

「あ、当たり前だ。確か部屋の本棚《ほんだな》に絵本があってよく読んでたからな」

『諒太《りようた》くんにしてはメルヘンなエピソードトークですね』

「俺にしてはってどういう意味だよ」

俺は田中《たなか》にツッコミつつ、部屋の本棚《ほんだな》の前へと移動する。

「そういえばあの絵本って今はどこにあるんだろ」

『せっかくですし捜してみたらどうです？　主役をやるんならちゃんと読まないと』

「それも、そうだな」

最近の本棚《ほんだな》は上から下まで漫画《まんが》ばかりで、パッと見では見つからない。

絵本なんてもう何年も読んでないから下の方にあるかな……？

「白雪、白雪……ん？」

下の段を見た時、懐《なつ》かしい漫画《まんが》が出てきた。

俺が小学生の頃《ころ》に読んでた少年誌の漫画《まんが》で、タイトルは『ラッキー&H』。

この漫画《まんが》、少年誌の割にかなりエロいシーンがあるから、よく親に隠《かく》れながら読んだっけ。

あれ、でもこの漫画《まんが》……18巻まであるのに、なぜか最初の1巻だけ、ないな。

「……ま、いいか」

『諒太《りようた》くんどうしました？』

「いや、なんでもない」

その後も結局どれだけ捜しても白雪姫《しらゆきひめ》の絵本は見つからなかったので、最終的に『異世界チート白雪姫《しらゆきひめ》～最強の私をキスで目覚めさせておいて婚約破棄《こんやくはき》するとかマジ？～』という田中《たなか》激推《お》しの女性向けラノベを読んで、ストーリーを補完することに（なんでこんなことに）。

俺は渋々《しぶしぶ》電子書籍《しょせき》で『異世界チート白雪姫《しらゆきひめ》』の1巻を購入《こうにゅう》する。

「お前、これを布教したかっただけだろ」

『まぁそれもありますねぇ。最近界隈《かいわい》では婚約破棄《こんやくはき》が人気ジャンルなので！』

「そりゃ知ってるけどさ……」

女性主人公の視点だと、ヒロインの激エロシーンよりも男の肉体美の描写《びょうしゃ》の方が多いので、思春期ピンク脳の俺にとっては刺激《しげき》が全く足りない。

『それにしても諒太《りょうた》くんが白雪姫《しらゆきひめ》の役をやるんですかぁ……諒太《りょうた》くんって、そっちの気もあったんですね』

「だからそれは陽キャが押し付けてきて。俺は仕方なくやることになっただけだ！」

『ちなみに王子役は黒木《くろき》さんと市之瀬《いちのせ》さんなんですよね？』

「あ、ああ。そうだが？」

俺がそう答えると田中《たなか》は『むぅ……』と長めに唸《うな》った。

『あの二人が王子様役なんて……チートじゃないですか』

「んだよ。あいつらは俺ら陰《いん》キャと違《ちが》って存在自体がチートだろ？」

『それはそうですが……最近、美少女三人衆とはどうなんですか？』

「どうって言われてもな。デートしたり、デートしたり、デートしたりかな」

『めっちゃデートしてるじゃないですか！　え？　むしろデートしかしてないんですか!?」

「そうなるな」

俺は鼻高々で自慢《じまん》げに言う。

美少女三人衆とデートしまくってるとか田中《たなか》くらいにしか自慢《じまん》できないからなぁ。

陽キャ男子どもにも自慢《じまん》したいが、そんなことを言ったら半殺しに遭《あ》うのは必然だもんな。

『諒太《りょうた》くんは変わっちゃいましたね。そのうち30歳まで守ると言っていた童貞《どうてい》も誰《だれ》かで適当に捨てて、陰《いん》キャの私とは話してくれなくなるんですよ』

「なにイジけてんだよ田中《たなか》。俺みたいな陰《いん》キャオタクが童貞《どうてい》捨てられるわけないだろ？」

『でも……』

なんだなんだ？　陰《いん》キャ同盟を裏切った俺に嫉妬《しっと》してんのか？

俺が増長しながら自慢《じまん》したからか、なんか勘違《かんちが》いされてるみたいだ。

「あのさ田中《たなか》。俺はあの三人とデートはしてもそういう関係にはならないぞ？」

『へ？　どゆことです？』

「実はあの三人衆、それぞれに想《おも》い人がいるんだ」

『お、想《おも》い人？』

「なんか三人とも小学生の頃《ころ》に好きになった男子がいるらしくてさ、今もその男子のことが好きらしい。だから俺は美少女三人衆と遊ぶことはあっても、あの三人の誰《だれ》かと付き合えることはねえよ。残念ながら」

『そ、そう、なんですね？　……はぁ』

田中《たなか》はなぜかため息（？）をついていた。

俺が同族だと再確認《かくにん》して安心したのだろうか。

「ていうか、もし仮に数パーの可能性で三人の誰《だれ》かと付き合えたとしても、俺は田中《たなか》をブッチするような人間じゃねえよ。お前は俺の唯一《ゆいいつ》のオタ友なんだからさ」

『諒太《りようた》くん……ふふ、やっぱり諒太《りようた》くんは変わってなかったです』

「は？　変わっただろ！　俺はあの美少女三人衆とイチャラブデートしたんだぞ！」

『でも三人の誰《だれ》とも付き合えないなら、諒太《りようた》くんは一生童貞《どうてい》ですよ？』

正論すぎて、反論もできん……っ！

『まあ、それはそれでいいですけどね』

「どういうことだよ」

『なんでもないですー。私はそろそろ塾《じゆく》があるので電話はこれくらいで』

「あ、ああ。なんか色々とありがとな田中《たなか》。やっぱ付き合いが長いお前と話してると遠慮《えんりよ》なく喋《しゃべ》れて気楽だわ」

『…………っ』

「ん？　田中《たなか》？」

『そ……そういうところですよ、もう』

田中《たなか》は最後にそう呟《つぶや》くと、ポロンとＬＩＮＥ電話が切られてしまう。

「な、なにが〝そういうところ〟なんだ？」

☆☆

そして数日が経《た》ったある日の昼休み。

「みんなー、脚本《きやくほん》できたぞー」

パソコン室のコピー機で印刷をしてきた実行委員の火野《ひの》が、役のあるクラスメイトを黒板の前に呼んで、完成した脚本《きやくほん》を配り始める。

脚本《きやくほん》……やっと完成したのか。

最初はどうなるのかと思ったが、完成したなら良かった。

俺は火野《ひの》から渡《わた》された脚本《きやくほん》を開く。

「見て見て諒太《りようた》っ、愛莉《あいり》のこびと、セリフがいっぱいあるよー」

「あ、ああ……良かったな、海山《みやま》」

こびとを演じる海山《みやま》だが、どうやら海山《みやま》は七人のこびとの中でもリーダー格らしく、結構セリフが多めだった。

海山《みやま》をリーダー格にしているのは、おそらくこの学校中にいる海山《みやま》のファンを呼び込むための策略なのだろう。

「やったー！　愛莉《あいり》いっぱい喋《しゃべ》れる〜」

そんなことなど露《つゆ》知らず、当の本人は嬉《うれ》しそうだ。

実に呑気《のんき》なものだ。俺なんてもっと減らして欲《ほ》しいくらいなのに。

俺は脚本《きゃくほん》をパラパラ読みながらそんなことばかり思っていた。

……てか、今更《いまさら》なんだが、この配役……。

ふと、俺はとあることに気づいてしまう。

役が男女逆になっているため、毒リンゴでお馴染《なじ》みの妃《きさき》（義母）は、火野《ひの》がやるみたいだが、それ以外の役は女子ばかりなのだ。

白雪姫《しらゆきひめ》を森へ逃《のが》してくれた猟師《りょうし》も女子で、海山《みやま》も含《ふく》めたこびと七人も女子たち。

その上、王子役は優里亜《ゆりあ》と黒木《くろき》……。

いや……これもう完全に俺得なハーレム白雪姫《しらゆきひめ》だろ。

「午前の部は市之瀬《いちのせ》さん、午後の部は黒木《くろき》さんに王子の役を演じてもらうことにしたから。よろしくな」

火野《ひの》がそう説明すると、黒木《くろき》と優里亜《ゆりあ》は小さく頷《うなず》く。

そういえばちゃんとダブルキャストなのか。

最初は優里亜《ゆりあ》で最後は黒木《くろき》、か。

なんなら白雪姫《しらゆきひめ》の方もダブルキャストにして欲《ほ》しいんだが……。

「ねえ諒太《りょうた》」

俺が苦い顔をしていると、優里亜《ゆりあ》が声をかけてくる。

「あたし、演劇とか初めてだけど……本気でやるから。諒太《りょうた》も本気でやって」

「お、おお……」

優里亜《ゆりあ》はそう言い残して黒板の前から自分の席へと戻《もど》っていく。

「もう優里亜《ゆりあ》ったら。変なところで真面目なんだから」

黒木《くろき》が優里亜《ゆりあ》の背中を見ながら俺に話しかけてくる。

「諒太《りょうた》くん。わたしたちは運命の相手になるんだから……いっぱい楽しもうね？」

「な、なんだよそれ」

「文字通りだよ？　わたしたちは運命に導かれた王子と白雪姫《しらゆきひめ》なんだから」

いちいち含《ふく》みのある言い方をする黒木《くろき》。

運命の相手ねえ。

☆☆

午後の退屈《たいくつ》な授業を右から左へ聞き流し、俺は脚本《きやくほん》を読んでいた。

演劇なんて保育園のお遊戯《ゆうぎ》会以来出たことがないし、よりにもよってヒロインを演《や》ることになってしまったのだから、人一倍頑張《がんば》らないといけない。

主役だから当たり前だが、結構セリフあるし……本番動揺《どうよう》して、セリフが飛びそうにならないためにも読み込んでおかないとな。

そんな感じで脚本《きやくほん》を読み込んでいたら、いつの間にか午後の授業が終わっていた。

今日の放課後の文化祭準備は、実行委員の火野《ひの》が参加できないこともあり、基本的に自由参加となっている。

連日文化祭の準備に参加させられていたので、今日は家に帰ってセリフを覚える作業に集中するとしよう。

俺が帰《かえ》り支度《じたく》をしていると、前の席に座る海山《みやま》が優里亜《ゆりあ》を連れて黒木《くろき》の席に集まっていた。

「ねえねえ二人とも！　今日は文化祭準備が強制じゃないんだし、みんなで脚本《きやくほん》読もうよー！　瑠衣《るい》ちゃんって今日陸上部お休みでしょー？」

「うん、だから大丈夫《だいじょうぶ》だよ？」

「やったー！　じゃあ～、瑠衣《るい》ちゃんのお家《うち》行ってもいい？」

「わたしの家、かぁ……」

黒木《くろき》は口籠《くちご》もりながら、なぜか左隣《ひだりどなり》に座る俺の方を横目で見てくる。

な、なんだなんだ？

俺は黒木《くろき》の視線を感じ取り、帰《かえ》り支度《じたく》をするフリをして聞き耳を立てた。

「うーん……今日はわたしの家ちょっと厳しいかも。大部屋はお父様が客人用に使うって言ってたし、かと言ってわたしの部屋も……ちょっぴり散らかってるというか」

そう言いながらも、黒木《くろき》は俺の方を横目でずっと見ていた。

い、いやだからなんで俺の方見てんだ！

「そっかー。愛莉《あいり》の家は狭《せま》い上に散らかってるから無理なんだよねえ。じゃあ優里亜《ゆりあ》は？」

「あ、あたしの部屋も……無理」

優里亜《ゆりあ》は苦笑《う》いを浮かべながら言う。

どうせ優里亜《ゆりあ》のことだ。乳《ち》きゅんのグッズとかが部屋中に飾《かざ》ってあるのだろう。

もしミルクたんの哺乳瓶《ほにゆうびん》が見つかったら、校内No・1ギャルじゃなくて母乳ちゅーちゅーギャルになっちまう。

まあ優里亜《ゆりあ》のことを言えないくらい俺の部屋は見られたらヤバいものだらけなんだが……。

「じゃあファミレスにする？」

「えぇー？　この前近くのファミレス行ったら西中のヤンキーたちばっかでうるさかったじゃん。あの時は瑠衣《るい》のおかげで全員、静かになったけど」

「あの時の瑠衣《るい》ちゃんカッコよかったー！　一瞬《いっしゅん》でヤンキー黙《だま》らせちゃうんだもん」

「ふふっ。そんなことないよ、あれくらい普通《ふつう》だから」

お、おいおい、黒木《くろき》がヤンキーたちに何をしたって言うんだよ。

普通《ふつう》に気になるんだが……。

「ファミレスが却下《きやっか》ならスタバにする？」

「でもスタバだとうちの生徒ばかりで席座れないかもだし……それにスタバだと愛莉《あいり》がフラペチーノ3杯《ばい》も飲もうとするから」

「し、しないもん！　そんなに飲んだらお腹壊《なかこわ》しちゃうし！」

海山《みやま》が赤面しながら否定する。

海山《みやま》なら普通《ふつう》に飲みそうな量だよなぁ。

「んじゃ、結局どうする？　今日はせっかく瑠衣《るい》が休みなんだし、あたしは瑠衣《るい》が決めたとこでいいけど？」

「そだね。愛莉《あいり》も瑠衣《るい》ちゃんが行きたいところでいいや。新しくできた駅前のカラオケでもいいし、いつものボウリング場でもいいし。愛莉《あいり》はどこでもおっけー」

「ったく愛莉《あいり》ときたら。今日は出来立ての脚本《きやくほん》をみんなで読むんでしょ？　言っとくけど遊ばないから」

「ぶー、優里亜《ゆりあ》の真面目っ子。でも優里亜《ゆりあ》、真面目っ子の割には今日のパンツちょっと派手だったよねー」

「ちょっ！」

なん……だと⁉

優里亜《ゆりあ》のパンツが……派手⁉

海山《みやま》！　そのまま優里亜《ゆりあ》のパンツについて詳《くわ》しく！

「へ、変なこと言うなこのバカ」

「ぐぎゅううっ！　ぎ、ギブギブ。ごめんて優里亜《ゆりあ》っ」

赤面した優里亜《ゆりあ》にサイドヘッドロックを喰《く》らって、苦しそうな海山《みやま》。

すると、ヘッドロックによって海山《みやま》の爆乳《ばくにゅう》が優里亜《ゆりあ》のデカももに当たっているのが見える。

ぬ、ぬおおおおおお！！！　海山《みやま》の爆乳《ばくにゅう》と優里亜《ゆりあ》のデカももが奇跡《きせき》の合体‼

ま、まさに感動の瞬間《しゅんかん》……っ！

「……って、えっ？」

俺が優里亜《ゆりあ》と海山《みやま》の方をまじまじと見ていたら、いつの間にか俺の席の目の前に黒木《くろき》が立っていた。

「ふふっ……」

やけに不穏《ふおん》な笑《え》みを浮《う》かべた黒木《くろき》は、喧嘩《けんか》している二人の方を向く。

「二人ともケンカはもうやめて？　わたし、行きたい場所が決まったから」

黒木《くろき》がそう言うと、優里亜《ゆりあ》は海山《みやま》を解放した。

「それで結局瑠衣《るい》はどこがいいの？　カラオケ？」

「ううん。わたしはね……せっかくだから、諒太くんのお家に行きたいなぁって」


「「「は……はあ⁉」」」


まさかさっきの黒木《くろき》の笑《え》みは……これを思いついた笑《え》みだったのか……！

どこまでも黒木《こいつ》は……！

☆☆

美少女三人衆が俺の家に来ることになってしまったことで、必然的に俺は美少女三人衆と一緒《いっしょ》に下校することに。

なんでこんなことに……っ。

今から帰ったとして、部屋中にあるキモオタグッズを隠《かく》す時間はない。

普段《ふだん》はラノベにカバーをしないほどオープンな俺だが、さすがに自室というプライベートな空間をこの三人に見られるのは、羞恥心《しゅうちしん》を禁じ得ない。

同級生の女子（しかも美少女）三人を自室に連れ込むという圧倒的《あっとうてき》にラブコメのハーレムシチュエーションなのに、状況《じょうきょう》が状況《じょうきょう》なだけに素直《すなお》に喜べないんだよな……はぁ。

そりゃ百歩譲《ゆず》ってこの三人が個々に来るとかなら、俺も胸襟《きょうきん》を開いて気兼《きが》ねなく対応できるが……三人一気に来るとなると、うっかり秘密のことを話さないか心配だ。

とりあえず優里亜《ゆりあ》には、アニメグッズに反応を示さないように言っておかないとな。

「なんかこの四人で帰るのって新鮮《しんせん》だね―？」

「てかウチら三人で帰るのも久しぶりじゃね？　最近瑠衣《るい》は毎日のように練習だったし」

「いつもごめんね？　わたしが陸上部で忙《いそが》しいから。優里亜《ゆりあ》、寂《さび》しかったよね？」

「べ、別に寂《さび》しくないしっ」

「ふふっ……またまた」

三人は楽しげに会話をしながら、俺の前を歩く。

こうやって一緒《いっしょ》に下校していると、外でもこの三人は周囲の視線を集めているのがよく分かる。

会社帰りのサラリーマンにランニング中のおっさん、犬の散歩ネキに下校中の小学生までも、この三人とすれ違《ちが》うたびに目で彼女たちを追っていた。

それほど三人の見た目は抜《ぬ》きん出《で》ており、そんな三人が集まっているこの空間は他を寄せ付けない特別感があった。

才色兼備《さいしょくけんび》の黒木《くろき》に爆乳《ばくにゅう》美少女の海山《みやま》と校内No・1ギャルの優里亜《ゆりあ》まで揃《そろ》ってれば、こうなるのも必然か。

そんな美少女三人と一緒《いっしょ》に下校している俺は、どうしても気が引けてしまう。

こんなキラキラ陽キャ美少女たちの空間に、俺みたいなヌメヌメ陰《いん》キャが入れるわけがない。

彼女たちと一緒《いっしょ》に下校しているものの、俺は俯《うつむ》きがら、三人の後ろを歩くことで、他人のフリをしていた。

「ねえ諒太《りょうた》っ」

「ひゃ、ひゃいっ!?」

急に海山《みやま》から話しかけられ、驚《おどろ》いた俺はつい声が裏返ってしまう。

「ちょい諒太《りょうた》……なんなんその声」

「諒太《りょうた》くん、もしかして緊張《きんちょう》してるの？」

優里亜《ゆりあ》と黒木《くろき》も俺の方を見てくる。

「き、緊張《きんちょう》なんてしてないが！　ただ……お前ら、本当に脚本《きゃくほん》の読み合わせするだけなんだよな？　読み合わせしたら帰ってくれるんだよな？」

「「「…………」」」

示し合わせたかのように、三人は返答せず無言になる。

こいつら……まさか長居するつもりなんじゃ。

「ねえねえ！　諒太《りょうた》の家ってピコピコあるよね？　愛莉《あいり》ピコピコやりたーい！」

「おい海山《みやま》っ、言ったそばから……」

「諒太《りょうた》怒《おこ》んなし。別にゲームくらいよくね？」

「そうだよ諒太《りょうた》くん。せっかくみんなで遊ぶんだから堅苦《かたくる》しいことは言わないでよ。ね？」

ん？　今、黒木《くろき》のやつ間違《まちが》いなく『遊ぶ』とか言ったよな。

もしかしてこいつら、最初《ハナ》から脚本《きゃくほん》の読み合わせとかやるつもりないんじゃ。

「みんな！　ここのコンビニ寄ってこーよー」

「そうだね。お菓子《かし》と飲み物はここで買って行こうか？」

「りょーかい。ほら諒太《りょうた》、行くよ」

「ええ……」

☆☆

コンビニに寄り道した俺たちは、買い物袋《ぶくろ》を提《さ》げながら俺の家へ到着《とうちゃく》する。

「ねーねー！　諒太《りょうた》の部屋ってどこにあるのー？」

「お、俺の部屋は2階に上がってから右に曲がってすぐのところだ……が」

階段を上る前に、俺は三人の前に立って足止めする。

「頼《たの》む。3分だけ待ってくれ。どうしても部屋を片付けたい」

「ダメ。早く部屋に入れろし」

「そうだよ！　愛莉《あいり》早く座りたいー！」

「諒《りょう》太《た》くん？　別に散らかってても、わたし気にしないから」

「俺は気にするんだよっ！」

さすがに汚《お》部屋みたいに散らかってるわけではないが……シンプルに女子を入れていい状態ではない。

自分には分からないが、臭《くさ》いかもしれないし。

「分かった。じゃあさ、とりあえず諒《りょう》太《た》の部屋の前まで行ってもいい？　そこで待つから」

「え、あ、ああ」

優里亜《ゆりあ》に頼《たの》まれて、とりあえず2階に移動する。

部屋の前まで三人を連れてくると、俺は「待っててくれ」と念を押してから部屋に入る。

どう考えてもフィギュアとかタペストリーを片付けている時間はないし、そもそも片付けられる場所もない。

もう俺がオタクなんてことは分かりきっているんだから、ここはそんなことよりも……。

「いいから消臭《しょうしゅう》スプレーだ!!」

普段《ふだん》、部屋で色々と致《いた》した後に噴射《ふんしゃ》しまくる『消臭《しょうしゅう》スプレー』を手に取り、俺は部屋中に消臭《しょうしゅう》スプレーを吹きつけまくる。

せ、せめて匂《にお》いだけはなんとかしてくれっ!

「はい3分っ! おっ邪魔《じゃま》しまーす!」

「お、おいっ! 海山《みやま》っ」

本当に3分経《た》ったか怪《あや》しいが、海山《みやま》が先陣《せんじん》を切って俺の部屋に入ってくる。

それに続いて優里亜《ゆりあ》と黒木《くろき》も入ってきて、三人とも俺の部屋を見回していた。

「これが諒太《りょうた》くんの、お部屋……」

「てかめちゃグッズだらけじゃん」

部屋の壁《かべ》中に飾《かざ》られた際《きわ》どいイラストのタペストリーに、所狭《せま》しとフィギュアが並べられた3段のスチールラック。

部屋の隅《すみ》には『ラノベの壁《かべ》』と称《しょう》したラノベオンリーで5段もある大きな本棚《ほんだな》もあり、見るからにオタッキーな空間と化している。

そんなプライベートな空間を見られるのは、いくら俺でも恥《は》ずかしさを覚えてしまう。

「諒太《りょうた》の部屋すっごー。わぁ、女の子の掛《か》け軸《じく》がいっぱい垂れ下がってるー」

タペストリーのことを掛《か》け軸《じく》って……あながち間違《まちが》ってはないが。

「ふーん。前々から分かってたけど、諒太《りょうた》ってめっちゃオタクじゃん」

優里亜《ゆりあ》が「あくまで自分は違《ちが》う」みたいな雰囲気《ふんいき》を醸《かも》し出《だ》しながら言う。

そんなこと言いながら、どうせ優里亜《ゆりあ》の部屋もそう大差ないと思われる。

とりあえず今日はこいつが何かの拍子《ひょうし》でボロを出さないことを祈《いの》ろう。

「すんすん……あれ？　なんかめっちゃ消臭《しょうしゅう》スプレーの匂《にお》いするっ！」

「今さっきスプレーしたんだよ。臭《くさ》いかと思って」

「えー？　愛莉《あいり》は諒太《りょうた》の匂《にお》い好きだけどなー」

おっ、俺の匂《にお》いが……好きだと⁉

「ね、優里亜《ゆりあ》？　諒太《りょうた》っていい匂《にお》いするよね？」

「まぁ、そう……だね。あたしも別に諒太《りょうた》の匂《にお》い、嫌《きら》いじゃない」

全くもって理解できない。俺の匂《にお》いって、どんな匂《にお》いなんだよ。

「ねえ、それよりさっき買ったジュース飲まない？　わたし喉渇《のどかわ》いちゃったから」

黒木《くろき》は買い物袋《ぶくろ》から2リットルのペットボトルに入ったリンゴジュースを取り出した。

「あっ、諒太《りょうた》くん。コップをお借りしたいんだけど」

「そっか。じゃあコップを取りに行ってくるけど……」

待てよ。俺が今この部屋から出たら、この部屋にはこいつら三人だけになるんだよな……？

さすがにこいつらに限って、物を漁《あさ》ったりはしないと思うが……。

「どうしたの諒太《りょうた》くん？」

「あ、いや……三人はその辺にあるクッションとか適当に使って座って待っててくれ」

俺は三人を部屋に置いて部屋を後にすると、一人でコップを取りに階段を下りる。

あの三人だけにして大丈夫《だいじょうぶ》なのか……？

しかし……成り行きはどうであれ、一応客人であるあの三人に取りに行かせるわけにもいかないわけで。

まあ、さすがに大丈夫《だいじょうぶ》……だよな。

☆☆

1階の台所でコップ4個と中くらいの皿を1枚、食器棚《だな》から出すとトレーに載せて運ぶ。

今頃《いまごろ》、あの三人が部屋で変なことをしていなければいいが……。

俺の部屋は萌《も》え絵のタペストリーやフィギュアが飾《かざ》ってあるものの、バレたら本当にヤバいエロゲやBlu－ray、おっぱいマウスパッドなどに関しては、使用する時以外は基本的にベッドの下の奥の奥に隠《かく》してある。

昼間に母親が掃除《そうじ》しに来た時、見られたくないからな。

つまりベッドの下を漁られない、い、いなければ……大丈夫《だいじょうぶ》だ、問題ない。

それにしても俺の部屋を見た時の海山《みやま》と黒木《くろき》の反応は意外だったな。

優里亜《ゆりあ》は俺と同じオタクだから大丈夫《だいじょうぶ》だが、海山《みやま》や黒木《くろき》に関してはオタクでも何でもないし、萌《も》え絵のタペストリーとかフィギュアを見たら、普通《ふつう》にドン引きされると思っていた。

二人とも、意外と嫌《いや》そうな顔はしてなかったんだよな。

海山《みやま》なんて俺と仲良くなる前まではオタクのこと毛嫌《けぎら》いしてたのに……俺と話すようになってからはそんな素振《そぶ》りを見せなくなったよな。

俺みたいな陰《いん》キャオタクでも、それだけ海山《みやま》や黒木《くろき》と仲良くなれたということなのだろうか？

「……仲良く、か」

まさかあの美少女たちと俺がこんな関係になるなんて……少し前じゃ考えられないよな。

そんなことをぼんやりと考えながら部屋の前まで来ると、俺は部屋のドアを開ける。

「おーい、コップ持ってきた……ぞ？」

俺が部屋に入った時、三人は各々《おのおの》好きなようにくつろいでいた。

海山《みやま》は部屋のテレビの前にクッションを置いてその上に女の子座りをしており、優里亜《ゆりあ》は俺のゲーミングチェアに座りながらスマホを弄《いじ》っていて、黒木《くろき》はチラチラ部屋を見回しながら俺のベッドに座っていた。

「あ、諒太《りょうた》やっと来たー」

「コップありがとう。諒太くん」

黒木がベッドに座っているものの、ベッドの下にあるブツたちは発見されていないようで、他にも特に何かされた形跡《けいせき》はないみたいだ。

俺はホッと胸を撫《な》で下《お》ろす。

「じゃあわたし、ジュース入れるね？」

「あたしも手伝うよ瑠衣《るい》」

俺からトレーを受け取った黒木《くろき》は、優里亜《ゆりあ》と二人でジュースや菓子《かし》を開けていた。

やけに慣れてる感じだが、三人はこういうのよくやっているのだろうか。

「ねえ諒太《りょうた》ー？　このゲーム機、全然つかないよー」

テレビの前で、家庭用ゲーム機であるSP5のコントローラーをカチカチやっていた海山《みやま》が、そう言って俺に泣きついてくる。

「もうゲームやるのかよ。脚本《きゃくほん》の読み合わせしないのか？」

「うん、ゲームやりたいっ」

「はあ……やっぱこうなるのか」

俺はゲームの主電源を入れるためにSP5の電源プラグを手に取り、コンセントに挿《さ》した。

この調子だと、今日はこのままダラダラして終わりそうだな。

「諒太《りょうた》っていつもどんなゲームやってるの？　銃《じゅう》バンバン撃《う》つやつ？」

「FPSは酔《よ》うからやってない。やるのはRPGとかばっかりで。最近は……」

ん？　待て……最近？

そういえば、最後にSP5を使ったのっていつだっけ？

確か、最後に使ったのは例のBlu-rayが届いた時に、味見を……て、あっ⁉

まっ！　まずい！　今、SP5の中には──『ドキッ！　元グラドルだらけの水泳大会！　ポロリしかないよ？』のBlu-rayディスクが入れっぱなしだ‼‼

緊急《きんきゅう》事態なのでどんな内容なのか説明するのは割愛《かつあい》するが、大変だ、このままでは──。

「あっ、やっとゲームが動いたよー」

「ちょっ！　待て海《み》──」

「ん？　ねえこの『ドキッ！　元グラドルだらけの水泳大会！　ポロリしかないよ？』って、どんなゲーム？　なんか変なタイトルだけど」

「「は⁉」」

海山《みやま》がタイトルを読み上げた瞬間《しゅんかん》、部屋の空気が一気に凍《こお》りついた。

あー、やっぱい。

まさかの事態に俺の思考も停止する。

同級生の女子に、好きな作品（意味深）がバレてしまうだなんて……。

「りょ、諒太《りょうた》……あんた」

優里亜《ゆりあ》が見て分かるほどに赤面しながら唇《くちびる》をプルプルと震《ふる》わせていた。

「ねえ愛莉《あいり》？　やっぱり氷が欲《ほ》しくなったから、わたしたちがお菓子《かし》とジュースの準備をしているうちに、下の台所まで取りに行ってきてくれないかしら？」

「うん！　分かったよ瑠衣《るい》ちゃんっ」

なぜか黒木《くろき》が海山《みやま》をこの場から退出させるように誘導《ゆうどう》したことにより、海山《みやま》はフリスビーを追う犬のように部屋から出ていった。

「さて諒太《りようた》くん？　ちょっと聞きたいんだけど、〝それ〟はなんなのかなぁ？」

海山《みやま》が部屋から出た瞬間《しゆんかん》。黒木《くろき》は満面の笑《え》みを浮《う》かべながら俺に話しかけてくる。

その笑《え》みが笑《え》みであって、笑《え》みでないことは誰《だれ》にでも分かる。

それを察した俺は、咄嗟《とつさ》にテレビの前で正座をし、立っている二人に見下ろされる形になった。

これはもうただのお説教である。

「諒太《りようた》……あんたさ、なんでこんなドスケベなヤツ見てんの！　てか今どきこういうのはネット上で観《み》るでしょ普通《ふつう》！」

「いやその、テレビの大画面で観《み》たい派の人間といいますか……」

「は、はあ!?」

「ふふっ、諒太《りようた》くんらしい」

「ちょい瑠衣《るい》。なんで納得《なっとく》してんの⁉」

優里亜《ゆりあ》が動揺《どうよう》している一方で、黒木《くろき》はやけに落ち着き払《はら》っていた。

あたかも俺の性癖《せいへき》を知《し》り尽《つ》くしているかのような余裕《よゆう》すら感じさせる……いやいや、お前に俺の何が分かるってんだ。

「んで。諒太《りょうた》はさ……これで何すんの？」

「な、何をすると言われましても……ナニしかしてないと言いますか」

「いやアンタね」

「まぁまぁ優里亜《ゆりあ》？　諒太《りょうた》くんだって思春期の男の子なんだし、そういうのを観《み》るのは当たり前なんだって」

「……ねえ、ちょい思ったんだけどさ、なんで瑠《る》衣《い》は諒太《りょうた》の理解者みたいな感じなん？　瑠衣と諒太《りょうた》ってただの同中だったんじゃないの？」

「ええ？　だ、だって諒太《りょうた》くんとわたしは……ねえ？」

黒木《くろき》が俺に思わせぶりな言い方をしながら、しっとりした眼差《まなざ》しで俺に目配せしてくる。

お、おい！　何だよその意味深な関係みたいな匂《にお》わせは！

「な、なんそれ。アンタらもしかして、裏で付き合ってんの？」

「それはない！　俺と黒木《くろき》は、ただ同じ中学出身で」

「だっておかしくない？　瑠衣《るい》って1年の頃《ころ》から男嫌《おとこぎら》いで他の男には素っ気ないのに、諒太《りょうた》だけにはなんか態度違《ちが》うし」

「ふふっ、それを言ったら優里亜《ゆりあ》だって、普段《ふだん》は男子に冷たい態度取ってるのに、やけに諒《りょう》太《た》くんとは呼吸が合ってるよねー？」

「それは……関係なくね？　てか、あたしが諒太《りょうた》と仲良くしてんのは演劇の相手役ってのもあるからで……い、今は瑠衣《るい》と諒太《りょうた》の関係について聞いてんの」

二人はお互《たが》いを牽制《けんせい》するように、探《さぐ》りを入れながら言葉のキャッチボールを始める。

優里亜《ゆりあ》も黒木《くろき》も秘密を共有しているのが自分だけだと思っているはず。

優里亜《ゆりあ》のオタク趣味《しゅみ》も、黒木《くろき》の腹黒完璧《かんぺき》主義も、俺しか知らないのだから当然だ。

なんか、黒木《くろき》の思わせぶりな発言のせいで急に話がややこしくなってきやがったな。

はぁ。これならまだ俺の秘蔵Ｂｌｕ－ｒａｙの話をイジられていた方がマシだったような
……ん？

も、もしかして黒木《くろき》は、Ｂｌｕ－ｒａｙから話題を逸《そ》らすためにこんなことを……？

まさかのオカズバレした俺のことを庇《かば》うために、黒木《くろき》はわざと……。

その時——部屋のドアが急にバンッと開け放たれた。

「みんなー！　氷持ってきたよー！　早くみんなで、ポロリなんたらやろー！」

「「やらない!!」」

「ほへ？」

海山《みやま》は本当にゲームだと思い込んでいるようだ。

☆☆

「ちょ、瑠衣《るい》ちゃん強すぎー！　もう1回！」

「ふふっ。じゃあ次に愛莉《あいり》が負けたらわたしの肩揉《かたも》んでもらおうかなー」

「えぇー」

色々あったが、最終的に海山《みやま》にはBlu－rayの一件について中身がバレないまま、黒木《くろき》のおかげもあって、海山《みやま》と黒木《くろき》が部屋で格ゲーを始めた。

暇《ひま》な俺と優里亜《ゆりあ》はベッドに並んで座り、二人のそれを観《み》ている。

「りょ、諒太《りようた》……？　さっきはごめん。立場上、少しキツく当たるしかなくて」

突然《とつぜん》、優里亜《ゆりあ》は小声でそう謝罪してきた。

「謝るなよ。普通《ふつう》に考えてただでさえキモ陰《いん》キャの俺が、あんなの観《み》てるの知ったら尚《なお》のことキモいだろ」

「……………」

「優里亜《ゆりあ》？」

「実は……あ、あたしもさ、同じの観《み》たことあるから……」

「は……？」

突然《とつぜん》の告白に俺は動揺《どうよう》を隠《かく》せない。

ゆ、優里亜《ゆりあ》も『ドキッ！　元グラドルだらけの水泳大会！　ポロリしかないよ？』を観《み》ていた、だと……？

てかなんでカミングアウトした⁉

「なんかこれ、運命じゃね？」

「そんな運命嫌《いや》なんだが」

もう金輪際優里亜《ゆりあ》が俺のこと下ネタ関連で怒《おこ》るの禁止だろ。同族なんだし。

「優里亜《ゆりあ》って二次元の乳《ちち》きゅんだけじゃなくて、意外とそういうのも観《み》るんだな？」

「りょ、諒太《りょうた》は知らないかもだけど。女子も意外とそういうの観《み》たりするるっつうか……愛莉《あいり》みたいな純粋無垢《じゅんすいむく》でちょいアホな子もいるから、単にあたしが性欲強めなんかもしれないけど」

優里亜《ゆりあ》はさっき以上に顔を紅潮させせながら言う。

せ、性欲強め……なんかエロい。というかエロすぎるだろこのギャル。

「あーもうこの話はやめやめ！　汗《あせ》でブラ透《す》ける」

透《す》けろ。

「てかあたし、諒太《りょうた》にちょい聞きたいことがあって」

「ん？　なんだ急に」

「あのさ、そこの本棚《ほんだな》にある『ラッキー&H』の単行本。なんで1巻ないの？」

「『ラッキー&H』の……1巻？」

本棚《ほんだな》にある『ラッキー&H』の1巻がない理由を優里亜《ゆりあ》に聞かれたが、当の俺には身に覚えがない。

「急になんだよ。そんな昔のこと覚えてないっていうか」

「……そ、そうだよね。あたしらが小学生の時の作品だもんね」

優里亜《ゆりあ》は苦笑いしながらそう言った。

この前白雪姫《しらゆきひめ》の絵本を捜した時も同じことを思ったけど、『ラッキー&H』はかなり前に買ったし、全然覚えてないんだよな……。

何かしらの理由で汚《よご》したから捨てたのかもしれないし、もしかしたら田中《たなか》に貸して俺も田中《たなか》もそれを忘れたまま、借りパクされてる可能性もあるが……。

でも田中《たなか》って、何か貸したら菓子《かし》とか一緒《いっしょ》に包んで返してくれるくらい礼儀《れいぎ》正《ただ》しいから、その可能性は限りなく低いんだよな。

田中《たなか》じゃないとするとあのクソ姉くらいだが……あれは腐《ふ》女子だからNLは読まないはずなんだよな。

「というか優里亜《ゆりあ》は『ラッキー&H』読みたかったのか？　似たような漫画《まんが》なら、ちょうど最近まとめ買いした『イナゴ1000%』があるが」

「あー、大丈夫《だいじょうぶ》っ！　ちょっと目に入って気になっただけっつうか」

「そう、か？」

「うん。それより、そろそろあたしが参戦してあげないと愛莉《あいり》が拗《す》ねそう」

「拗《す》ねる？」

優里亜《ゆりあ》に言われてゲームをやる二人の方を見ると、笑顔《えがお》の黒木《くろき》の横で、海山《みやま》はぷっくり頬《ほお》を膨《ふく》らませながら黒木《くろき》の方を睨《にら》んでいる。

「にっ、20連敗……もー！　瑠衣《るい》ちゃん手加減してよ！」

「ふふっ」

この完璧《かんぺき》主義者め……。

普段《ふだん》は優《やさ》しい顔してても、意地でも負けたくないらしい。

「愛莉《あいり》こんなので怒《おこ》んなし。ったく瑠衣《るい》も大人気ない」

「ちょっと優里亜《ゆりあ》！　瑠衣《るい》ちゃんが大人気ないってことは、愛莉《あいり》は子供ってこと!?」

「あーそれは」

優里亜《ゆりあ》が口籠《くちご》もる横で、俺は「そりゃそうだろ……」と思ってしまう。

「次は四人でやれるのにしない？　パーティゲームとか。ほら、諒太《りょうた》もやろうよ」

「い、いいけどさ……お前ら本当に脚本《きゃくほん》を読む気ないのか？」

「「ない」」

はぁ……やっぱり。

こいつらは文化祭に対して緊張感《きんちょう》がないというか……。

俺が真面目すぎるだけなのか？

まあこいつら陽キャにとっては祭りなんだから緊張感《きんちょう》なんて皆無《かいむ》なのかもしれないが。

「ねえ諒太《りょうた》諒太《りょうた》〜、お菓子《かし》のゴミを捨てたいから、ゴミ箱取ってー」

「ゴミ箱？　あ、ああ」

海山《みやま》に頼《たの》まれ、俺は部屋の隅《すみ》にあったゴミ箱を持ってくる。

「諒太《りょうた》ありが……あれ？　このゴミ箱の中に掛《か》けてある袋《ふくろ》……」

「袋《ふくろ》？　ああ、これはゴミ箱に直《じか》入れだと汚《よご》れると思って、いつも袋《ふくろ》を上から入れてるんだが」

「……………やっぱり、これって」

「どうした？　海山《みやま》」

「えっ？　う、ううん、なんでもない！　この青い袋《ふくろ》、なかなか見かけないなぁと思っただけ！」

アニメイトの袋《ふくろ》を、なかなか見かけない？

アニメオタクばかりの空間《アニメイト》では見慣れてるので、俺には分からないな。

「んで、今から何やる？　あたしはなんでもいいよ」

「愛莉《あいり》はこの『人生すごろく』っていうのやりたいっ！　四人でできるっぽいし」

「へえ、諒太《りようた》くんってパーティゲーム持ってるんだね？　意外」

「ぐっ……」

く、黒木《くろき》め、俺がぼっちだからってパーティゲーム持ってないみたいな言い方しやがって。

まあ実際のところ、あくまでこのゲームはたまに家族とやるだけなので、あながち間違《まちが》いではないが。

「確かこのゲームって、プレイヤー同士の結婚《けっこん》とかもあるんだよね？」

「へ、へえ……そーいうの、あるんだー？」

「……ふ、ふーん。瑠衣《るい》、やけに詳《くわ》しいじゃん」

黒木《くろき》が余計なことを言い出したせいで、海山《みやま》と優里亜《ゆりあ》が気まずそうに返事する。

なんなんだよこの空気……。

気まずい空気の中、俺たちの人生すごろくは始まる。

この人生すごろくは部活や受験、結婚《けっこん》に子育てまで、人生のあらゆる選択肢《せんたくし》やイベントを体験できるゲームである。

もちろん、普段《ふだん》はパーティゲームなんてほぼやらない俺にとって、これは家族とたまにやるくらいのゲームだったのだが、まさかこれをこのメンツでやることになるとは。

海山《みやま》と優里亜《ゆりあ》と黒木《くろき》の三人はテレビの前にクッションを置いて座り、俺は彼女たちの背後にあるベッドに座って、コントローラーを握《にぎ》った。

「愛莉《あいり》はねー、大金持ちになりたいからたくさん勉強しよーっと！」

「うわ、リアルと真逆じゃん」

「優里亜《ゆりあ》なんか言ったー？」

「なんでもなーい。あたしはリアル重視で容姿磨《みが》きまくろーっと。瑠衣《るい》は？」

「わたしは……才能、かな」

うわぁ……いかにも黒木《くろき》っぽい。

この人生すごろくでは基本的にパラメーターは勉強・運動・容姿・才能の4つがあり、そのパラメーター次第《しだい》で、大人になってから就《つ》ける職業や起こるイベントが変わってくる。

俺は特化せずにどれも平均的に伸《の》ばすが、三人はそれぞれのパラメーターに拘《こだわ》るようだ。

まあ、現実の海山《みやま》と優里亜《ゆりあ》は、それぞれ乳と太もものパラメーターがカンストしてるんだがな。

そんなことを考えながら、二人の爆乳《ばくにゅう》と太ももを一瞥《いちべつ》すると、それを察した優里亜《ゆりあ》によってギロッと睨《にら》まれた。あー怖《こわ》い怖《こわ》い。

そんなこんなでパラメーターアップに特化した学生時代のターンが終わると、ついに就職や結婚《けっこん》の大人時代へと突入《とつにゅう》する。

「学生時代が終わったから、今度は大人時代かー。愛莉《あいり》まだ全然お金ないよぉ」

俺が一番危惧《きぐ》しているのは、この大人時代だ。

大人時代には、このゲームをやる前に黒木《くろき》が言っていた『結婚《けっこん》マス』が存在する。

この結婚《けっこん》マスでは男女とか関係なく、相手プレイヤーに求婚《きゅうこん》することができるのだが、三人はどうするのだろうか。

「うーん……せっかく演劇で姫《ひめ》と王子をやるんだし、わたしは姫《ひめ》である諒太《りょうた》くんに結婚《けっこん》を申し込もうかなー」

「はあ⁉」

黒木《くろき》が言うと、優里亜《ゆりあ》は反射的に驚《おどろ》いたような声を上げる。

「どうしたの優里亜《ゆりあ》？　何か問題でもあった？」

「べ、別に。瑠衣《るい》がそれならあたしも王子役だし……せっかくだから諒太《りょうた》にしといてやる」

「なんだよせっかくって！」

「じゃあせっかくだし、愛莉《あいり》も諒太《りょうた》にプロポーズしよっと！」

「お、お前らな……」

始める前に、黒木《くろき》が「プレイヤー同士の結婚《けっこん》も可能」とか言い出した時から嫌《いや》な予感はしていたが……まさかこんなことになるとは。

ゲームとはいえ、クラスカーストトップの美少女三人から求婚《きゅうこん》されてしまった。

こんなの、あまりにも究極の選択《せんたく》すぎるだろっ！

この三人の中から一人を選ぶとか……初心者用ポ●モンの選択肢《せんたくし》がどれも伝説ポ●モンみたいなもんだ。

脳内では某《ぼう》ボイスで『この美少女三人の中から一人を選ぶんじゃぞ～』と聞こえてくる。

「諒太《りょうた》くん、わたしと結婚《けっこん》すればもう一生働かなくても大丈夫《だいじょうぶ》だよ？　養ってあげるから」

「ちょい瑠衣《るい》。なんなんそのヒモ許容宣言」

「だってわたし、未来のオリンピアンですから」

「もう瑠衣《るい》ちゃんリアルの特技でアピールとかずるいよー！　じゃあじゃあ、愛莉《あいり》と結婚《けっこん》したら、毎日美味《おい》しいご飯作ってあげるよー？　料理得意だもんっ」

「あ、あたしも！　家事とかちゃんとするし、子供とかも……欲しいし」

こいつら……急に何をムキになってんだ。

唐突《とうとつ》に始まったアピール合戦。そんなアピールをされたところで、あくまで結婚《けっこん》はゲーム内の話であって、現実とは全く関係ないのだが……この三人の誰《だれ》かと、結婚《けっこん》か。

もし黒木《くろき》と結婚《けっこん》したら……生殺与奪《せいさつよだつ》の権利を完全に握《にぎ》られるのは間違《まちが》いない。

夫とはいえ、あの黒木瑠衣《くろきるい》に少しでも逆らえば、待っているのはおそらく――『死』。

でも、黒木《くろき》なら文字通り『一生養ってもらえそう』なのは確かなんだよなぁ。

進学する大学は絶対に東大以上だし、陸上競技も続けてればいつかオリンピアンになって、そのまま就職先も超《ちょう》一流企業《きぎょう》……いや、もしかしたら芸能人やモデルになる可能性もある。

高校生の時点で顔もスタイルも周りと比べたらズバ抜《ぬ》けてるし、間違《まちが》いなく一流モデル並みの容姿をした美人妻になってそうで、何をやっても完璧《かんぺき》だから結婚《けっこん》生活にも不満はないかもしれない。

そう、不満がないのは……間違《まちが》いないが。

「どうしたの？　諒太《りょうた》くん？」

「あ、いや……なんでもない」

黒木《くろき》の場合はいつもミステリアスというか……心の内側がいまだに読めないし、心を許したら骨の髄《ずい》まで支配されそうな気がするんだよなぁ。

でもその点、海山《みやま》に関しては逆に分かりやすいよな。

性格的にも、海山《みやま》はいつも何を考えてるかすぐに分かるし、その爆乳《ばくにゅう》も高校生の時点でこの大きさなんだから将来はとんでもない大きさになってるはずだ。いいぞもっとやれ。

そもそも結婚《けっこん》するってことは、ヤることをヤるわけであって……あの爆乳《ばくにゅう》を好き放題にできるのは男にとって最上級の幸せだろ。

それに海山《みやま》の場合はこれまでの境遇《きょうぐう》からして、めちゃくちゃ養ってあげたくなる。

やっぱ海山《みやま》には好きなものを好きなだけ食べさせてあげてえよなあ……。

「ちょい諒太《りょうた》、視線がエロい」

「いでっ」

俺が海山《みやま》を視姦《しかん》していたと思われたのか、左隣《ひだりどなり》に座る優里亜《ゆりあ》が俺の頬《ほお》をつねってきた。

なんだよ優里亜《ゆりあ》のやつ。さっきからやけに俺の視線気にしやがって……。

じゃあ、優里亜《ゆりあ》と結婚《けっこん》したらどうなんだろう。

俺と優里亜《ゆりあ》は趣味《しゅみ》が合うし、俺みたいな堕落《だらく》した生活を送る人間にはアネゴ肌《はだ》の優里亜《ゆりあ》みたいな性格はマッチしてるかもしれない。あと太ももがデカいから100万点くらい加点。

だが、一つ懸念《けねん》することがあるとすれば、結婚《けっこん》したらギャルをやめてしまう可能性……。

元ギャル人妻の属性は、俺もかなり好みのジャンルではあるものの、優里亜《ゆりあ》ほどの容姿でギャルをやめたら、それはもうただ完璧《かんぺき》な超《ちょう》絶《ぜつ》美人妻である。

ギャルっぽさが抜《ぬ》けた優里亜《ゆりあ》……それは確かに見てみたいけど、俺の中では優里亜《ゆりあ》はいつまでもギャルでいて欲《ほ》しい派閥《はばつ》も存在し、元ギャル派とギャル派の抗争《こうそう》が勃発《ぼっぱつ》している。

まぁ、そんな抗争《こうそう》も最終的に「デカももは正義」という結論で収まるのだが。

「……ん？」

「「「むぅ………」」」

俺が三人との結婚概念《けっこんがいねん》でオタク特有のキモい妄想《もうそう》を膨《ふく》らませていると、いつの間にか三人が俺の方に怪訝《けげん》そうな眼差《まなざ》しを向けていた。

「諒太《りょうた》さ、結局あたしらの中の誰《だれ》にすんの」

「もー、早く決めてよー！」

「ふふっ……こんなの考える必要もないよね？」

そ、そんなこと言われても……。

三人に急《せ》かされ、俺は思考がぐるぐるしてくる。

あ、あくまでこれはゲームだ。

黒木《くろき》を選んでも一生楽はできないし、海山《みやま》を選んでもその爆乳《ばくにゅう》は揉《も》めないし、優里亜《ゆりあ》を選んだらそのデカもモでやらしいことをしてもらえるわけではない！

その上で選ぶとするなら……どうする……？

この中で一人を選んだら、間違《まちが》いなく他の二人から嫌《いや》そうな顔をされるだろう。特に完璧《かんぺき》主義の黒木《くろき》。

でもゲームを進めるには、この中から一人を選ばないといけない。

究極の選択《せんたく》から逃《に》げることは……不可能なのだ。

天然の爆乳《ばくにゅう》か、ギャルのデカもモか、はたまたヘソがエロい自撮《じど》り好きの完璧《かんぺき》主義者か。

こうなった以上……決めるしかないだろう。

「じゃあ……俺は」

三人の視線が一気に俺へ集まった——その時、だった。

「おっ、お邪魔《じゃま》しま——あっ」

突然《とつぜん》、部屋のドアがガチャッと音を立てて少し開き、廊下《ろうか》から赤縁《あかぶち》メガネのロリっ子が顔を覗《のぞ》かせる。

「……た、田中《たなか》⁉」

陽キャ美少女三人に囲まれた俺のハーレム空間に、突如《とつじょ》として立ち入ってきたのは、家族ではなくオタ友の田中奏《たなかかなで》だった。

夏服だから萌《も》え袖《そで》になっていないものの、相変わらずの小柄《こがら》な体形にブカブカの制服を着たロリ陰《いん》キャの田中《たなか》は、部屋の中の状況《じょうきょう》を確認《かくにん》した刹那《せつな》、目を丸くして硬直《こうちょく》してしまう。

「あ、あばば、あばばば」

「お、おい田中《たなか》？」

「りょ、諒太《りょうた》くんが本当に4●（ピー）してるッッッ‼‼」

「んなことしてねえよ！」

何を思ったのか、ビビってとんでも発言をする田中《たなか》。

どうやら勘違《かんちが》いされているようだが……。

「てか、本当にって何だよ」

「さっき駅前でお姉さんにバッタリ会いまして。お姉さんから『何も聞かずにこの鍵《かぎ》でウチに入れ』って言われたのですが」

「あのバカ姉め……」

いくら唯一《ゆいいつ》の友達である田中《たなか》でも合鍵《あいかぎ》を持っているはずがないので、家に入れたのがおかしいと思っていたが……そういうことだったのか。

姉はずっと俺が三人と4●（ピー）するんだと勘違《かんちが》いしていたから、おそらくこの際、田中《たなか》も入れとけみたいな感覚だったのだろう。

「あれー？　田中《たなか》さん、だよね？　昨年のクラスで愛莉《あいり》たちと同じクラスだった！」

「あー、いつも本読んでた子、だよね」

「ふふっ……なーんで田中《たなか》さんは、諒太《りようた》くんの家に平然と入ってきてるのかなぁ？」

美少女三人の視線が俺から田中《たなか》へと集中する。

約一名、半端《はんぱ》ないくらい圧のある視線を向けている奴《やつ》がいるが……。

「あ、あの、えとー、私みたいな生まれてこの方、友達がほぼいないようなミジンコ陰《いん》キャガールが、皆《みな》さんみたいなお日様サンサン陽キャ美少女と一緒《いつしよ》の空間で、同じ空気を吸うのなんて憚《はばか》られるのですが、あのー」

陰《いん》キャオーラ丸出しの田中《たなか》は、もの凄《すご》い早口でよく分からないことを捲《まく》し立《た》てる。

いくらなんでも焦《あせ》りすぎだろ。

最底辺陰《いん》キャの俺でも、こうはならないぞ。

でもそうか。僅《わず》かではあるが、田中《たな》ってこの三人と繋《つな》がりがあるのか。

それなら……ここは田中《たなか》に頼《たの》むしかないな。

田中《たなか》の出現は、俺が三人のうちの誰《だれ》かを選ばなければならないこの状況《じょうきょう》で、熟考していた俺に第4の選択肢《せんたくし》を与《あた》えた。

それは断じて田中奏《たなかかなで》が嫁《よめ》になるという選択肢《せんたくし》ではない。

そう、俺の中に生まれた第4の選択肢《せんたくし》とは……。

「よ、よし田中《たなか》！　ちょっとお前、俺の代わりにゲームやっといてくれ！」

「へ？　ちょ、諒太《りょうた》くん⁉」

「好きなようにやっていいぞ！　俺、トイレ行くから！」

「もおー、諒太《りょうた》っ！」

「ちょい諒太《りょうた》！　逃《に》げんなっ！」

俺は究極の選択《せんたく》を田中《たなか》に委ねることで回避《かいひ》することに成功する。

田中《たなか》に全部任せたものの、よく考えたら田中《たなか》が決めずに俺を待ってる可能性もあるよな。

ま、その時はさすがに逃《に》げようがないし、あの究極の選択《せんたく》と向き合うつもりだが……。

覚悟《かくご》を決めてトイレから部屋に戻《もど》ると、俺を待っていたのは文字通りの地獄絵図だった。

「なっ……なんだ、こりゃ」

部屋では海山《みやま》に膝枕《ひざまくら》してもらいながら寝《ね》そべってコントローラーを持つ田中《たなか》の姿が。

「オホォ～。愛莉《あいり》たんっ、今度はお菓子《かし》をあーんして欲しいです」

「もお田中《たなか》ちゃん仕方ないなぁ、はいあーん」

甘々の新婚《しんこん》バカップルみたいなことをしている田中《たなか》と海山《みやま》。

テレビ画面を見ると、どうやら田中《たなか》は俺の代わりに究極の選択《せんたく》を行い、海山《みやま》を選んだようだった。

ゲームで海山《みやま》と結婚《けっこん》したからといって、どんな成り行きでこうなったのか知らないが……田《た》中《なか》は海山《みやま》に甘えまくっている。

う、羨《うらや》ましすぎんだろこいつ……っ！　今すぐそこを代われ、田中《たなか》！

究極の選択《せんたく》を放棄《ほうき》したことを若干後悔《じゃっかんこうかい》している。

「ね、ねえ、諒太《りょうた》……この子マジでキモいんだけど」

「仕方ない。田中《たなか》は少し仲良くなると距離《きょり》感が摑《つか》めなくなるタイプの陰《いん》キャなんだ」

「諒太《りょうた》くん、今すぐ田中《たなか》さんを追い出して」

「お前はいつも以上に当たりが強いな」

俺は究極の選択《せんたく》から免《まぬが》れたものの、その代償《だいしょう》として、家に来て数分で美少女たちからドン引きされた田中《たなか》だった。

☆☆

田中《たなか》の乱入（というか俺がやらせた）があったものの、人生すごろくは最後まで続いた。

俺と結婚《けっこん》しなかった黒木《くろき》は、その後誰《だれ》とも結婚《けっこん》せず、ストイックに『発明家』のルートを突《つ》き進《すす》み、発明で見事成功を収め、総資産もぶっちぎりで優勝だった。

そして途中《とちゅう》から田中《たなか》が操作することになった俺は海山《みやま》と結婚《けっこん》し、俺が『会社員』で海山《みやま》は『モデル』になると、俺と海山《みやま》の間には六人もの子供が生まれ、その後はイチャラブイベントが起こりまくった。最終結果は2位。

そんな中、優里亜《ゆりあ》はどうなったのかというと……。

「な、なんであたしが……お笑い芸人……っ」

優里亜《ゆりあ》は就職時期に受けた『モデル』のオーディションのルーレットで不合格になり、代わりに『アナウンサー』になるためのルーレットも回したがそれも不合格になった。

最終的にランダムで選ばれた職業である『お笑い芸人』か、無職のままの『ニート』の2択《たく》を迫《せま》られ、苦渋《くじゅう》の決断でお笑い芸人を選ぶことに。

最終的に某《ぼう》ご意見番女性芸人みたいな感じになって、優里亜《ゆりあ》もゴールしたが……不運の連続で最下位だった。

「ふふっ、優里亜《ゆりあ》は今からでもお笑いの道を選んだ方がいいんじゃない？」

「う、うっさい。自分は発明家になったからって……！　ていうか愛莉《あいり》！　あんた大金持ちになりたかったんじゃないの⁉」

「優里亜《ゆりあ》？　愛莉《あいり》はね、この世はお金よりも愛が大事なんだって分かっちゃった♡　ね、奏《かな》ちやん」

「はいぃぃ!! 愛莉《あいり》たんのためならいくらでも貢《みつ》ぎますぅ!!」

田中《たなか》、普通《ふつう》にキモいな。

でも田中《たなか》が女子と仲良くしてるのは、初めて見たから新鮮《しんせん》だった。

中学の頃《ころ》から俺くらいしか友達いなかったもんなぁ、こいつ。

まあこんなだから友達できないんだろう……というのが素直《すなお》な感想だ。

「でも本音を言うとさ、奏《かなで》ちゃんじゃなくて諒太《りようた》本人に選んで欲《ほ》しかったんだけどねー」

海山《みやま》はニンマリと笑いながら、横目で俺の方を見てくる。

「な、なんだよそれ」

「だって諒太《りようた》が、愛莉《あいり》たちの誰《だれ》を選ぶのかすっごい気になるんだもんっ」

海山《みやま》がそう言うと、優里亜《ゆりあ》と黒木《くろき》も「そうだそうだ」と言わんばかりに頷《うなず》く。

そんなこと、言われてもな……。

「いや、正直言うとさ」

「なんなん？　諒太《りようた》はあたしらに不満でもあんの？」

「ちがっ！　そもそもお前らみたいなカーストトップの美少女三人の中から一人を選べとか、あまりにも豪華《ごうか》すぎるし！　選べないだろ、普通《ふつう》っ」

「「「っ！」」」

俺の発言に反応した三人は目を見開くと、さっきまでの怪訝《けげん》そうな顔から困惑《こんわく》の表情を浮《う》かべ、俺から目を逸《そ》らした。

え、俺……まさか変なこと言っちまったか？

「うっわぁ……三人ともちょろいですねえ」

「うっさい田中《たなか》」

「田中《たなか》さん黙《だま》って」

「田中《たなか》ちゃんうるさい」

「だ、大バッシング……ていうか愛莉《あいり》たんはさっきみたいに下の名前で呼んでくださいよ！」

なんかよく分からないけど、女子同士で楽しそうに話していたので俺は傍観《ぼうかん》していた。

☆☆

「みんな、そろそろ帰ろっか。長居しすぎると諒太《りょうた》くんのお家《うち》に悪いし」

夕陽《ゆうひ》が落ちそうな頃合《ころあ》いになり、やっと黒木《くろき》が促《うなが》したことで解散することに……。

「えー、愛莉《あいり》このままお泊《と》まり会したーい」

「だ、ダメに決まってるだろ！」

「そうだよ愛莉《あいり》。そんなことしたら諒太《りょうた》にエロいことされるかもだし」

優里亜《ゆりあ》がジト目で俺を見てくる。

な、なんだよ優里亜《ゆりあ》のやつ。まるで俺が前科者みたいに……（めっちゃ前科あるけど）。

「んじゃ、帰ろっか。今日はあんがとね諒太《りょうた》」

「あ、ああ」

俺は四人が帰るのを見送るため、一緒《いっしょ》に玄関《げんかん》まで移動する。

「明日からは文化祭の準備をするぞ。脚本《きゃくほん》を読み込まないと本番に間に合わないし」

「はいはい。分かった分かった」

「じゃあねー、諒太《りょうた》～」

全員が帰るのを見送った俺は、ぐったりと背中を丸めながら家へ戻《もど》る。

とてつもなく忙《いそが》しい放課後だったな……。

さてと……美少女たちの匂《にお》いが残った部屋へ戻《もど》りますか……。

べ、別にいかがわしいことをするつもりはな――。

「ね、諒太《りょうた》くん」

「ッ⁉」

背後から俺を呼ぶ声がして、驚《おどろ》きながら振《ふ》り向《む》くと背後にいたのは黒木《くろき》だった。

「部屋に忘れ物しちゃって……上がっても、いい？」

三人が帰った後に「部屋に忘れ物をした」と言って、戻《もど》ってきた黒木瑠衣《くろきるい》。

いつの間にか俺の背後にいて、俺は驚《おどろ》きながらも彼女の方を振《ふ》り向《む》いた。

「わ、忘れ物……？　それ、嘘《うそ》じゃないよな？」

「本当だよ諒太《りょうた》くん。なあに？　わたしのこと疑うの？」

「そ、そんなつもりはないけど……」

これまでの行いからして、黒木《くろき》は俺を堕《お》とすためなら何でもやりそうな気がするからなぁ……。

現に、美少女三人衆が俺の家へ来たのだって黒木《くろき》が言い出したからだし。

黒木《くろき》は何かしらの目的があったから俺の部屋で遊びたいと言い出したはず。

あの黒木《くろき》が何の目的もなしに提案なんてするはずない。

そういえば黒木《くろき》は来た時からやけに落ち着き払《はら》っていたし、部屋でも大人しかったよな。

もしかして黒木《くろき》の狙《ねら》いは、俺とこうして一対一になるタイミングを見つけることだったんじゃ……。

「ふふっ……もしかして諒太《りょうた》くん、何か期待してる？」

「き、期待？」

「例えばね、わたしがわざと忘れ物をして、諒太《りょうた》くんのお部屋で二人きりになるように仕向けて変なことしようとしてる……とか思ってたり」

やけに落ち着いた口調の黒木《くろき》は目を細めながらそう言う。

「なっ……！　お、俺は！　そんなこと」

具体的すぎる推察だが、あながち間違《まちが》いではないため動揺《どうよう》してしまう。

これだけ細かく言うってことは、まさか本当にわざと忘れ物をしたのか？

黒木《くろき》はわざと忘れ物をして、部屋で俺と変なことをしようと画策している……のか⁉

なんてことだ……ついに来てしまうのか……俺の童《どう》☆貞《てい》☆卒☆業ッ。

「ふふっ、でも残念。忘れ物したのはわざとじゃないし、諒太《りょうた》くんが好きそうな〝変なこと〟もしないよ？」

「えっ……」

「期待させちゃってごめんね？　忘れ物取ったらすぐに帰るから」

こ、こいつ……っ。

あんなこと言われたら、男なら誰《だれ》だって少しは心が揺《ゆ》らぐだろっ。

ついカッとなって頭と下半身に激しく血が巡《めぐ》りそうになるが、なんとか我慢《がまん》する。

ステイクールだ。ここで黒木《くろき》の口車に乗っていたら、色んな意味で頭と下半身が持たない。

黒木《くろき》を家に入れて、俺は二人で階段を上がる。

「今日、楽しかったね諒太《りょうた》くん？　二人も楽しそうだったし、諒太《りょうた》くんも楽しめたかな？」

「俺は……ま、まぁ、そこそこ」

素直《すなお》に楽しかったとは言えない。

　ここで「楽しかった！」なんて言ったら、これから毎日来そうな予感がするからな。

「それより黒木《くろき》は……嫌《いや》じゃなかったのか？」

「嫌《いや》？　なんのこと？」

「そりゃ、俺の家に来ることだよ」

「なんで？」

「なんでって……」

　階段を上り切り、二人で部屋に入りながらも会話は続く。

「そりゃ、俺みたいなオタクの部屋に自分から入りたい奴《やつ》なんていないだろ？　黒木《くろき》からしたら、俺を堕《お》とすのが自分の〝完璧《かんぺき》〟のために必要だから無理してるのかもしれないが、いくら何でもやりすぎだと――」

「まだ――諒《りょう》太くんは分からないんだね」

　俺の話を遮《さえぎ》った黒木《くろき》は、部屋のクッションの下にあったスマホを拾い上げながら言う。

「確かに以前、傘《かさ》の下でわたしは『自分の完璧《かんぺき》のためにあなたが必要』と言ったかもしれない。でもその意味は、わたしが完璧であり続けるためにあなたが必要って意味なの」

　自分が完璧《かんぺき》でいるために、俺が必要？

　言っていることの意味が理解できないのだが……。

「諒太《りょうた》くんって意外と頭が良《い》いからすぐに分かると思ったけど……残念」

「な、なんだよそれ」

「でもそんなところも……ふふっ」

黒木《くろき》はそう呟《つぶや》きながらドアの近くにいた俺の横を通り過ぎ、部屋を出ていく。

「文化祭が終わったら本当の意味を教えてあげる。だから文化祭の演劇、頑張《がんば》ろうね？　お姫《ひめ》様？」

「お……おう」

俺は黒木《くろき》の意味深に意味深を重ねたような発言がずっと気になりながらも、黒木《くろき》が帰るのを見送った。

黒木《くろき》の奴《やつ》……さすがにもう忘れ物してないよな……？

俺は警戒《けいかい》しながら部屋に戻《もど》ると、一人寂《さび》しく脚本《きゃくほん》を読むのだった。

六章「文化祭はハプニングの連続？」

県立《けんりつ》夏浜《なつはま》中央高校《ちゅうおうこうこう》の三大イベントの一つである初夏の文化祭。

そしてついに今日——その文化祭が行われるのだ。

陽キャたちはお祭りムードで朝から浮《う》かれているかもしれないが……一方で、陰《いん》キャの俺は朝からメシが喉《のど》を通らない。

「……わ、悪い姉貴。残りの朝メシ、全部食べてもらっていいか？」

「え、いいの？　ラッキー」

姉に自分の朝食を全て譲《ゆず》ると、俺は自室に戻《もど》って制服に着替《きが》える。

ついに来ちまったか……文化祭。

一応、白雪姫《しらゆきひめ》の役は2週間ちゃんと練習して、ある程度板についてきた。

セリフに関しても、しっかり暗記したからその辺は問題ないんだが……。

「し、シンプルに……緊張《きんちょう》してきた」

さすがの俺でも緊張《きんちょう》の色を隠《かく》せない。

生まれてこの方、緊張《きんちょう》する場面を避《さ》けてきた陰《いん》キャの俺にとって、人前で演技をするなんてかなりのプレッシャーなんだよなぁ。

今さらだが白雪姫《しらゆきひめ》を断ってクラスで干されるのと、人前で女装して白雪姫《しらゆきひめ》をやるのだったら、クラスで干された方がマシだったんじゃないか？

「って、今さら後悔《こうかい》してもしょうがないだろ俺。さっさと2回演じて帰ってくればいい」

それに客の目当ては俺みたいな女装男子じゃなくて、爆乳《デカ》人の海山《みやま》とか、男装した黒木《くろき》と優《ゆ》里亜《りあ》だろう。

だから俺はネタ役として一生分の恥《はじ》をかくだけだ。何も緊張《きんちょう》する必要はない。

「はぁ……行ってきまーす」

俺は支度《したく》を済ませるとバッグを手に取って家を出る。

「って、ん？」

玄関《げんかん》から出ると、家の門の前に黒木《くろき》と優里亜《ゆりあ》の姿が見えた。

どうやら二人は俺を待ちながら談笑《だんしょう》しているようだ。

おいおい。演劇はまだだってのに朝から王子様二人のお迎《むか》えってか？

「……お、おはよう二人とも」

「おはよう、諒太《りょうた》くんっ」

「おはよ諒《りょう》太《た》。今日はちょっと遅《おそ》い」

黒木《くろき》は朝からやけに上機嫌《じょうきげん》で、優里亜《ゆりあ》はいつも通りツンとしている。

「し、支度《したく》に時間がかかったんだよ」

「支度《したく》って？　文化祭なんだから入れる教科書とかないじゃん」

「まあまあ優里亜《ゆりあ》？　諒太《りょうた》くんもオトコノコなんだから色々あるんだよきっと」

にっこりと笑いながら俺をフォローする黒木《くろき》。

言い方的に俺が朝からやましいことをしていると勘違《かんちが》いしてそうなんだが……無視無視。

「二人だけなのか？　海山《みやま》は？」

「愛莉《あいり》は寝坊《ねぼう》。後で来ると思う」

こんな文化祭の日でも寝坊《ねぼう》って……海山《みやま》らしいな。

「ねえ諒太《りょうた》くん？　今日のわたし、ちょっと違《ちが》うところがあるんだけど分かるかな？」

「ち、違《ちが》うところ……？」

俺が黒木《くろき》をジッと見つめると、黒木《くろき》は耳元の垂れた髪《かみ》を耳に掛《か》けながら妖艶《ようえん》に微笑《ほほえ》む。

相変わらずの整った美しい顔立ちで、黒髪《くろかみ》ストレートにも変わった様子はないが……。

「ほらここ。リップだよ？」

「リップ？」

黒木《くろき》は自分の口元を指差して言った。

ああ、言われて見れば……確かに少し赤い。

「今日は諒太《りょうた》くんとキス、シーン、シーンがあるからお気に入りのリップをしてきたんだよ？」

「「はあ⁉」」

俺と優里亜《ゆりあ》は同時に驚《おどろ》いて声を上げる。

「お、おまっ、何を言って」

「ちょ、瑠衣《るい》！　もしかして諒太《りょうた》に本当のキスをするつもり⁉」

「ふふっ……ジョーダンジョーダン。キスシーンはリハの時みたいにキスして見えるようにするだけだし、お気に入りのリップをしてきたのはただの気分転換《てんかん》だから。もう優里亜《ゆりあ》ったら動《どう》揺《よう》しすぎなんだから」

「そ、そう、だよね」

黒木《くろき》は半笑いで優里亜《ゆりあ》を揶揄《からか》うように言う。

「ったく。瑠衣《るい》ってたまに本当か嘘《うそ》か分かりづらいこと言うから本気にしちゃったじゃん。てか諒太《りょうた》、ちょっぴり嬉《うれ》しそうな顔してなかった？」

「し、してねえよ！」

「ふふっ……もしかして諒太《りょうた》くんは、わたしにファーストキス奪《うば》って欲《ほ》しかったり？」

「んなわけあるか！　そんなことよりもう高校行くぞ」

「はーいっ」

俺が促《うなが》したことでやっと俺たちは高校に向かって歩き出す。

それにしてもファーストキス……か。

間接キスを含《ふく》めると海山《みやま》が俺のファーストキスの相手なんだが……。

そんなことを言えるはずもないので俺は黙《だま》っておいた。

「てか普通《ふつう》に楽しみだよね劇。リハの時の諒太《りょうた》の白雪姫《しらゆきひめ》、けっこう可愛《かわい》かったし」

「だよねー！　諒太《りょうた》くん、衣装《いしょう》着たらツーショット撮《と》ろうね？」

「嫌《いや》に決まってるだろ」

こうして登校している間も、本番は刻々と近づいてきている。

☆☆

高校に着くと、校門には文化祭と書かれた華《はな》やかなアーチが立っており、校舎では文化祭の準備で忙《せわ》しない生徒たちが廊下《ろうか》を行き来していた。

いよいよって感じだな……。

1年の時のクラスはチョコバナナの店を開いていたが、もちろん陰《いん》キャの俺はほぼ参加していない。

陰《いん》キャの文化祭は大抵《たいてい》、体育館でやってる演劇を見るふりしてパイプ椅子《いす》に座りながら寝《ね》て過ごしたり、クーラーの効いた空き教室へ行って本を読んだりするものだ。

実際に昨年、そう過ごした俺にとって、今年はこんな大役を任されるなんて、想像すらしていなかった。

しかも今年は……一生関わることはないと思っていた美少女たちと一緒《いっしょ》だなんて……。

「みんな忙《いそが》しそう。なんか文化祭って感じだね？」

「そう、だな」

「諒太《りようた》くんは1年の時、文化祭で何してたの？　もしかして田中《たなか》さんと回ってたり？」

「なんで田中《たなか》が出てくるんだよ」

「いいじゃん。教えて？」

はぁ……黒木《くろき》がしつこいので、正直に答えるとしよう。

「田中《たなか》とは何もなかった。ちなみにクラスはチョコバナナを売ってたけど、俺はぼっちすぎて店番のシフトにすら入れられなかったから、空き教室でラノベ読んでた」

「なんそれ。マジで陰《いん》キャの文化祭じゃん」

マジで陰《いん》キャなんだよこっちは。

「ふふっ。なんか諒太《りようた》くんらしいね？」

「黒木《くろき》、お前馬鹿にしてるだろ」

「してないよー？　あ、それよりも黒歴史を教えてくれた諒太《りようた》くんへ、お礼に一つ小話を」

「小話ぃ？」

「実は去年の文化祭で、優里亜《ゆりあ》がメイド服を着たんだけど太ももが大きすぎてパンツが――」

「ちょい瑠衣《るい》！　あんたねっ！」

優里亜《ゆりあ》がものすごい勢いで黒木《くろき》の口を押さえる。

え、おい！　優里亜《ゆりあ》のおパンツが何だって⁉

見えたのか見えてないのか！

さっさと教えろ！　黒木《くろき》ぃ！

☆☆

この高校の文化祭で各クラスの出し物は大きく分けて演劇・展示・店の3種類だ。

展示と店は基本的に自分たちの教室で開くのがルールであり、演劇は体育館で行われる。

俺たちのクラスも含《ふく》めて今年の文化祭で演劇をやるのは5クラスあり、その5クラスとさらに演劇部を加えた6団体が午前と午後で1回ずつ公演をするのだ。

ちなみに持ち時間は30分まで。演じていると意外と長く感じられるのが不思議だ。

「うちのクラスも準備始めてるかな？」

「多分ね。あたしらの劇は全体の2番目だし。ほら、あたしらも急ぐよ」

優里亜《ゆりあ》に促《うなが》されて急ぎ足で俺たちが教室に到着《とうちゃく》すると、すでに俺のクラスでも演劇の準備が行われていた。

衣装《いしょう》担当の文化部グループは衣装《いしょう》の最終チェックを行っており、大道具小道具担当の運動部たちは体育館へセットを運び、実行委員の火野《ひの》と脚本《きゃくほん》演出担当のオタク女子グループは、演出用の照明器具について話し合っていた。

普段《ふだん》はクラスでおちゃらけているクラスメイトが、これほどまでに団結して真面目にやっているると、主役としてはプレッシャーがかかって仕方ない。

やっべぇ……改めて緊張《きんちょう》する……。

「やっほー、三人ともっ」

背後から突然《とつぜん》、声をかけてきたのは海山《みやま》だった。

「ちょい愛莉《あいり》、遅《おそ》いし。今日は本番だよ？」

「ごめんごめん」

海山《みやま》は少し撥《は》ねた寝癖《ねぐせ》を撫《な》でながら謝る。

こんな文化祭当日も寝坊《ねぼう》とは……さすがというかやっぱりというか。

「それより諒太《りょうた》諒太《りょうた》っ！　さっきすれ違《ちが》った衣装《いしょう》担当の子たちがね、こびとの愛莉《あいり》と白雪姫《しらゆきひめ》の諒太《りょうた》の二人で廊下《ろうか》歩いて呼び込みして欲しいって！」

「よ、呼び込みぃ？　それなら海山《みやま》と黒木《くろき》と市之瀬《いちのせ》の三人でやってくれよ」

「うーん。なんかね、王子様の衣装《いしょう》はお高い所のをレンタルしてるから、舞台《ぶたい》以外では使いたくないんだって」

「はあ？　じゃあ白雪姫《しらゆきひめ》とこびとの衣装《いしょう》なら良《い》いってのかよ」

「うん！　愛莉《あいり》と諒太《りょうた》の衣装《いしょう》ってドンキで買ってきた安いコスプレ衣装《いしょう》だし！」

そう、これがこのクラスの現実である。

黒木《くろき》と優里亜《ゆりあ》は男女問わず教室内にガチ恋《こい》勢がいるため、文化祭の費用はなぜかほぼこの二人の衣装《いしょう》に使われた。

それに引《ひ》き換《か》え白雪姫《しらゆきひめ》の衣装《いしょう》はドンキ……。

「さぁ、諒太《りょうた》と愛莉《あいり》はお着替《きが》えへレッツゴー」

海山《みやま》に連れられて、既《すで》に体育館へ移動していた衣装《いしょう》担当の元へ到着《とうちゃく》すると、すぐにトイレで衣装《いしょう》へ着替《きが》えるように言われた。

体育館の男子トイレで女装をするという、字面《じづら》だけでもヤバそうな匂《にお》いがプンプンする行為《こうい》に、塩ひとつまみほどの興奮を覚えながらも着替《きが》えが完了《かんりょう》。

一応、すね毛とかは以前、優里亜《ゆりあ》によって脱毛《だつもう》クリームで処理されたから大丈夫《だいじょうぶ》だが……はぁ。

俺は鏡に映る自分の女装姿を見る。

ドンキで揃《そろ》えた安っぽい白雪姫《しらゆきひめ》の衣装《いしょう》。

服はAラインのドレスで、クルーネックの青い上半身に黄色のスカートという、いかにも白《しら》雪姫《ゆきひめ》という格好であり、さらに黒いウィッグと赤いカチューシャも着けるように言われた。

陽《ひ》に当たらない陰《いん》キャオタクらしく俺は年中白肌《しらはだ》だし、元々細身な方なのでこうして見ると少しは女子にも見えなくもないが……。

「……普通《ふつう》に無理があるだろ」

「おーい諒太《りようた》ー！　看板もらったからもう行くよー！」

俺を呼ぶ海山《みやま》の声が男子トイレに木霊《こだま》する。

もし個室に誰《だれ》かいたら海山《みやま》の声だけでビクンと来てしまうところだったろう。

呼ばれたので俺がトイレから出てくると、こびとのコスプレをした海山《みやま》が立っていた。

赤い頭巾《ずきん》を被《かぶ》って口元にもこもこした白髭《しらひげ》を付けている海山《みやま》。

そのマスコット的な海山《みやま》のキャラクターも相俟《ま》って、普通《ふつう》に可愛《かわい》い……のだが。

上から下へと視線を下げると、可愛《かわい》いなんてものじゃなくなる。

その真っ赤な上着の真ん中にあるボタンは、デカすぎる爆乳《ばくにゆう》のせいで一番上のボタンだけ留められなくなっており、さらにムッチムチな太ももによって穿《は》いているショートパンツもパッツパツになっている。

さすがのデカパイにデカモモ……。

こ、これは……とてもこびととは言えないほどにボリュームがある。R17くらい付けないと方々から怒《おこ》られそうなほどエロい。

「この衣装《いしょう》を買う時に一番大きなサイズにしたんだけど、どうしても胸元《むなもと》がパツパツになっちゃって……愛莉《あいり》のおっぱいが大きいからだよね。ほんと、いつも困らせるんだから」

海山《みやま》は自分の胸元《むなもと》に向かって怒《おこ》っている。

否——海山《みやま》の爆乳《ばくにゅう》は何も悪くない。

海山《みやま》の爆乳《ばくにゅう》は皆《みな》に元気（意味深）を与《あた》える、既《すで》に人間国宝クラスの爆乳《デカパイ》。

全日本国民はこのデカパイ様を崇《あが》め讃《たた》える必要があるのだ。

「海山《みやま》……そのままでいい。いや、もっと大きくなれ」

「ほへ？　なんのこと？」

「あ、ちょっとちょっと二人とも！　忘れ物だよー」

小道具担当の女子が小走りで俺たちの方に来ると、両手サイズのダンボールを2つ手渡《てわた》してきた。

「それじゃあ、これ持ちながら校内歩いて宣伝よろしく〜」

渡《わた》されたダンボールには『2年B組の演劇【男女逆転・白雪姫《しらゆきひめ》】10時から体育館でやります！』と雑に書かれている。

「よーし！　愛莉《あいり》たちの宣伝で、いっぱいお客さん呼ぼうね！」

「お、おう……」

そりゃ、こんなエロい奴《やつ》が出るって知ったら山ほど来るだろうな……変態が。

☆☆

その後一通り校内を回って演劇の宣伝をした俺と海山《みやま》は、体育館の方へ戻《もど》ってくる。

すると体育館の中では、すでに生徒たちが各々《おのおの》の作業をしていた。

「いっぱい宣伝して回ったけど、みんな来てくれるかなぁ？」

海山《みやま》は体育館の入り口で足を止めると、ため息交じりに言う。

どう考えても男子は来るだろ……海山《みやま》の爆乳《ばくにゅう》を見るために。

あと午前は優里亜《ゆりあ》、午後は黒木《くろき》のファンが来るから大盛況《だいせいきょう》間違《ちが》いなしだろう。

そして俺はキモい女装をしたお笑い者……ほんと、主役ってなんなんだろうな。

「諒太《りょうた》、もしかして緊張《きんちょう》してる？」

「き、緊張《きんちょう》？」

「うん。だってあと少しで愛莉《あいり》たち、舞台《ぶたい》で演劇するんだよ？」

「そう、だな……少しは緊張《きんちょう》してるけど、どうせ俺を見てる客なんていないだろうし……そこまでかな。あはは」

と、自嘲《じちょう》しながら言う。

すると海山《みやま》は一緒《いっしょ》に笑うのではなく、やけに神妙《しんみょう》な面持《おもも》ちで俺の方を見つめてきた。

「愛莉《あいり》はね、してるよ緊張《きんちょう》……」

「え？　海山《みやま》が？」

「ほら……」

海山《みやま》はそっと俺の右手を取ると、自分の胸元《むなもと》に……にっ⁉

俺の右手は海山《みやま》の左鎖骨《さこつ》付近に置かれ、右手の母指球と小指球が海山《みやま》のたゆんとした爆乳《ばくにゅう》に触《ふ》れる。

何という……柔《やわ》らかさッッ！

こ、このまま少しでも下にズラしたら、勢いと衝動《しょうどう》でこの爆乳《ばくにゅう》を揉《も》みしだいてしまう！

「愛莉《あいり》の心臓……ドクドク、してるよね？」

し、してるけど……むしろ俺の下半身がドクドクビクンビクンしてしまうんだが。

って、そうじゃない！　これ以上触《さわ》っていたら誰《だれ》かに勘違《かんちが》いされる！

やっと危機感を覚えた俺は、すぐに手を離《はな》した。

「いつもなら愛莉《あいり》は……緊張《きんちょう》とかしないんだけど」

「そ、そうなのか？」

「でもね、諒太《りょうた》の前では失敗したくないって思ったら……なんか緊張《きんちょう》してきちゃった」

「お、俺？」

急に俺が出てきてびっくりする。

「なんで俺なんだ？　俺は海山《みやま》がミスっても怒《おこ》らないしイジったりもしないぞ？」

「そう、なんだけど……」

海山《みやま》は何かが喉《のど》に詰《つ》まったような様子で口籠《くちごも》ってしまう。

「……あのね、愛莉《あいり》、この前諒太《りょうた》の家に行った時に少し気づいたことが」

「おーい！　そこの二人ー！　そろそろ集合時間だぞー」

俺たちが体育館の入り口で話していたら、妃《きさき》のコスプレをした火野《ひの》が体育館のステージから声をかけてくる。

「わ、分かった！　今行く！　……それで、俺の家でどうしたんだ？」

「う！　ううん！　やっぱなんでもない！」

「え？　でも」

「愛莉《あいり》ね！　諒太《りょうた》のお家《うち》に行ったらなんかより一層諒太《りょうた》に負けられないって思ったの！　ただ、それだけ！」

海山《みやま》は捲《まく》し立《た》てるようにそう言うと、こびとの衣装《いしょう》をたゆんたゆんと揺《ゆ》らして先にステージの方へ行く。

よく分からないが……俺に対抗心《たいこう》を燃やしたということか？

「諒太《りょうた》っ」

「ん？」

海山《みやま》についていこうとしたら、背後から俺を呼ぶ声がしたので、振《ふ》り向《む》くと……。

「……っ！　ゆ、優里亜《ゆりあ》っ」

白い上着に赤いパンツ、さらに黒のブーツという、王子の衣装《いしょう》を着た優里亜《ゆりあ》がいた。

いつものギャルメイクを落として美形男子風にメイクをした優里亜《ゆりあ》。

純白の地に金色の刺繍《ししゅう》が入った上着には、金と赤のストライプが入った立ち襟《えり》と金色の肩飾《かたかざ》りがあり、肩《かた》から斜《なな》め掛《が》けした赤色のタスキはいかにも王子っぽさがある。

より男っぽく見せるためなのか、優里亜《ゆりあ》はその長髪《ちょうはつ》を一つに纏《まと》めて右肩《みぎかた》に流しており、下半身のデカもももピチピチの赤いスキニーパンツを穿《は》いてスリムに見せようとしていた。

こうして上から下までじっくり見ると、多少は太ももがムチッとしているとはいえ、優里亜《ゆりあ》の方がいつもの俺の数百倍イケメンなんだが……。

「その……どう？　あたしカッコいいかな？」

「普段《ふだん》の俺の百倍カッコいいぞ。なんていうか、生物としてのステージが違《ちが》うというか、何もかも負けた気分だ」

「そ、そんなに？　マジ？　良かったぁ」

優里亜《ゆりあ》は嬉《うれ》しそうにニヤける。

「てかさ！　諒太《りょうた》もそのー、可愛《かわい》いよ？　赤いリボンとか」

「はあ？」

そんな初々《ういうい》しいカップルの無理な褒《ほ》め合いみたいなのは要《い》らないんだが……。

「さ、白雪姫《しらゆきひめ》……ステージにご一緒《いっしょ》してもらっても？」

「あ、ああ」

優里亜《ゆりあ》に促《うなが》され、俺と優里亜《ゆりあ》は並んでステージへと歩き出す。

ついに、本番……なんだな。

舞台《ぶたい》にいた火野《ひの》が、俺たちの方へ歩み寄ってくる。

「泉谷《いずみや》、お前……」

「なんだよ。キモいならキモいって言――」

「なんつーか、ちょっと可愛《かわい》いな？」

火野《ひの》は俺の女装を舐《な》めるように見ながら、恥《は》じらい気味にそう言った。

なんとなく……掘《ほ》られる予感がした。

☆☆

その後、ステージに集まって演劇の最終確認《かくにん》を終えた2年B組の面々は、前のクラスの劇が終わるまで、体育館の壁際《かべぎわ》に並べられた待機用のパイプ椅子《いす》に座って待つことに。

俺は着慣れないドレスのスカートを気にしながらパイプ椅子《いす》に座ると、ステージの方を観《み》ていた。

一度暗転する体育館。

そして――ステージの光と体育館の2階から注がれる照明の光がステージにいる演者を照らす。

一番手の1年A組の演劇が始まった。演目は羅生門《らしょうもん》。

ついに……始まったな。

自分たちの番が来るまでの時間、俺は生きた心地《ここち》がしなかった。

こうして劇をやっているのを側から観《み》ていると、余計に緊張《きんちょう》感が増してくる。

ある程度は緊張《きんちょう》がほぐれたと思い込んでいたが……。

他人の劇だと30分過ぎるのがあっという間だった。

そのまま前の劇が終盤《しゅうばん》に入ると、実行委員に促《うなが》されて俺たちのクラスは舞台袖《ぶたいそで》の方へと誘導《ゆうどう》される。

王子役の優里亜《ゆりあ》もこびと役の海山《みやま》も、やけに落ち着き払《はら》っているが、俺にはそんな余裕《よゆう》があるわけもなく、何度も自分のセリフを確認《かくにん》していた。

「はぁ……自信がどんどんなくなっていく」

きっとエヴァに乗る前のシンジもこんな気分だったろう。

シンジが乗りたくもないエヴァに乗せられてパツパツのスーツを纏《まと》っていたように、俺もやりたくもない主役をやらされて着たくもない衣装《いしょう》を着せられている。

もう実質俺はシンジなのかもしれない。

「ふふっ。諒太《りょうた》くんったら、凄《すご》い緊張《きんちょう》してる」

いつの間にか俺の隣《となり》にいた黒木《くろき》が、俺の顔を覗《のぞ》き込むようにして訊《たず》ねてくる。

黒木《くろき》瑠衣《るい》……全ての元凶《げんきょう》。

見た目は綾波《あやなみ》レイ並みの美少女だが、中身は完全にゲンドウである。

「どうしたの？」

「な、なんでもない。それより……もしこの後俺が劇で失敗しても、絶対にイジるなよ」

「わたしが人の失敗をイジり倒《たお》すような人に見えるの？」

「だって……本当の黒木《くろき》は打算的で性格悪いし」

「もおー、わたし性格悪くないよ？　ただ完璧《かんぺき》主義なだけっ」

完璧《かんぺき》主義なのは知っているが、その完璧《かんぺき》のためにたまに性格が悪くなるんだよなぁ。

「劇なんて案外始まってみればあっという間だと思うけど、やっぱり緊張《きんちょう》するの？」

「そりゃそうだろっ。俺のことなんだと思ってんだ」

こちとらぼっち陰《いん》キャオタクの万年童貞《どうてい》ルート確定男子だぞ！

「えー？　わたしの知る諒太《りょうた》くんは、もっと度胸のある人だったと思うけど？」

「なっ！　お、俺が？」

「だってわたしや優里亜《ゆりあ》、あと愛莉《あいり》とも普通《ふつう》に会話できる男子なんだから」

それを言われると……確かに肝《きも》は据《す》わっているのかもしれないが。

でもそれは、それぞれの秘密を知ってしまったのが大きいのだが……そんなの言えるわけない。

「自信持てないかな？　それじゃあ、1回目の劇が成功したら……午後の2回目、わたし、わたしが本当のキスしてあげるってどうかな？」

「は………？」

く、黒木《くろき》が……本当のキスを？

「ぶっ、ば、バカ言うなよ！　こんな時まで、童貞陰《どうていいん》キャオタクの俺を揶揄《からか》うのは――」

「はーい2年B組のみなさーん。準備お願いしまーす」

文化祭実行委員の女子が小声で俺たちに呼びかける。

「も、もう時間か。あのな黒木《くろき》っ」

「ふふっ、さっきのは嘘《うそ》だよ？　少しは気が紛《まぎ》れるかと思って」

「な、なんだよそれ……」

結局演劇の直前まで黒木《くろき》に揶揄《からか》われてしまった。

でも少しだけ……ほ、ほんの少しだけだが、黒木《くろき》に揶揄《からか》われたおかげで気持ちが楽になっていたのも確かだ。

「……あ、あのさ。ありがとな黒木《くろき》」

「どういたしまして」

俺が素直《すなお》にお礼を言ったら、意外にも素直《すなお》に受け止められた。

ったく、相変わらず調子がおかしくなるな……。

前の劇が終わり、撤収《てっしゅう》している間に俺はステージへ上がる。

俺がステージに上がると、ステージの上のライトと2階の照明が明るくなり、女子が担当するナレーションが聞こえる。

『むかし――とある王国のお城に白肌《しらはだ》の美しい白雪姫《しらゆきひめ》というお姫《ひめ》様がいました――』

2階にある3つの照明が一挙に白雪姫《しらゆきひめ》である俺の方を照らす。

ま、眩《まぶ》しいというよりなんか熱いな。

客席に座る観客たちは、俺の女装に困惑《こんわく》しながらも、舞台《ぶたい》上の俺の方をジッと見つめてくる。

向けられるのは困惑《こんわく》と期待が入り混じった眼差《まなざ》し。

あーもう、好きなだけ見やがれ……俺は黒歴史を覚悟《かくご》でここまで我慢《がまん》してきたんだ。

演技はド下手で相変わらず棒読みだし、声も大きくない。

でも俺は……やり切ってみせる。

さっさと終わらせて、平穏《へいおん》な日常を取《と》り戻《もど》すんだよっ!!

客席の雑音が止《や》むと、俺は自分のセリフを喋《しゃべ》り出す。

「お、お城で暮らす変わり映《ば》えしない毎日だけど……ワタシもいつか、白馬の王子様に会いたいっ」

人前でこんなセリフを言わなければいけないのはかなりの羞恥《しゅうち》プレイである。

しかしいざ劇が始まると、黒木《くろき》に言われたように意外と気持ちはスッキリとしていた。

舞台《ぶたい》に立つ前までの不安や焦燥《しょうそう》感が一気に消えて、不思議とセリフが口から出てくるのだ。

始まってみたら緊張《きんちょう》しないもんなんだな……。

白雪姫《しらゆきひめ》が平和に暮らしている冒頭《ぼうとう》のシーンを終えると、俺は場面転換《てんかん》のタイミングで舞台袖《ぶたいそで》へ捌《は》ける。

次は白雪姫《しらゆきひめ》の義母である妃《きさき》が鏡に向かって「この世で一番美しいのは誰《だれ》か」と問いかけるお馴染《なじ》みのシーン。

妃《きさき》は火野《ひの》が演じており、このシーンは白雪姫《しらゆきひめ》が出てこないので一呼吸置ける。

俺のクラスの白雪姫《しらゆきひめ》は、大きく分けて6つのシーンで構成されている。

序盤《じょばん》の白雪姫《しらゆきひめ》が平和に暮らしているシーンと義母である妃《きさき》が鏡に問いかけるシーン。

そして中盤《ちゅうばん》の、妃《きさき》に白雪姫《しらゆきひめ》の暗殺を命令された猟師《りょうし》が白雪姫《しらゆきひめ》を森へ逃《のが》すシーンと、白雪姫《しらゆきひめ》が森にあったこびとの家へ潜《もぐ》り込んでこびとと暮らし始めるシーン。

クライマックスである終盤《しゅうばん》の、妃《きさき》がこびとの家に来て白雪姫《しらゆきひめ》に毒リンゴを食べさせるシーンがあり、王子がキスをするシーンで幕を閉じる。

つまり残った大きなシーンは4つ。

森へ逃《に》げて、こびとと会って、リンゴ食って死ねば、あとは寝《ね》て過ごせるから実質ニート。

王子からキスされるのを待ってるだけで終わる。

妃《きさき》のシーンが終わると、次は中盤《ちゅうばん》の森のシーンへ。

『妃《きさき》から殺害を命じられた猟師《りょうし》は、白雪姫《しらゆきひめ》を森へ連れてきました』

ナレーションでシーンが転換《てんかん》すると、妃《きさき》から殺害を命じられた猟師《りょうし》に逃《に》がしてもらうシーンへ入る。

俺は猟師《りょうし》役を演じる運動部女子に手を引かれて舞台《ぶたい》上の森へ連れてこられた。

「ああ、なんとも可哀想《かわいそう》な白雪姫《しらゆきひめ》よ……妃《きさき》には貴方様《あなたさま》が死んだとお伝えしますから、貴方様《あなたさま》は森へお逃《に》げください」

「は、はい……」

猟師《りょうし》に逃《に》がしてもらうこのシーンが終わると、次は〝奴《やつ》〟の出てくるシーンなんだよな……。

そう、練習の時から本人は頑張《がんば》っているものの、俺並みに下手だった奴《やつ》が約一名いた。

舞台袖《ぶたいそで》から現れた七人のこびと（全員女子）。

その中でもセンターで胸を張る真っ赤なこびとこと海山愛莉《みやまあいり》。

真っ赤なこびとの頭巾《ずきん》と口元には白髭《しらひげ》。

本番でも相変わらず一番上のボタンが開いた真っ赤な上着からは、爆乳《ばくにゅう》の谷間が垣間《かいま》見《み》える。

役が男女逆転しているものの、ここまでは健全にやってきたのに……。

教育番組に突如《とつじょ》としてグラドルが出るような場違《ちが》い感。

「おやおやー？　その美麗《びれい》？　なお洋服に端整《たんせい》？　な顔立ちは、諒《りょう》……じゃなくて白雪姫《しらゆきひめ》ではっ⁉　これはまさに僥倖《ぎょうこう》？　せっかくなので、愛莉《あいり》の……じゃなくて私たちこびとの家で、ゆっくりしてくだされー」

セリフは覚えているが、難しい言い回しが出るたびに首を傾《かし》げ、挙げ句の果てに名前まで間《ま》違《ちが》えそうになる海山愛莉《みやまあいり》こと爆乳人《デカ》。

本番でもグッダグダじゃねえか！

そのまま白雪姫《しらゆきひめ》がこびとの家で暮らすシーンに入ると、椅子《いす》に座る白雪姫《しらゆきひめ》が、七人のこびとたちから至れり尽くせりなことをされるシーンに入る。

「白雪姫《しらゆきひめ》。ご飯の準備ができました。はい、あーん」

「白雪姫《しらゆきひめ》？　肩《かた》をモミモミしますねー」

「白雪姫《しらゆきひめ》っ、耳かきもしましょうねー」

原作ではむしろ白雪姫《しらゆきひめ》が家事とかやってたはずだが……なぜか七人のこびと（女子）によってハーレムと化しているこびとハウス。

ここの脚本《きゃくほん》だけは前々から違和感《いわかん》があったのだが……なんでハーレム化してんだよ。

『白雪姫《しらゆきひめ》はこびとの家で悠々自適《ゆうゆうじてき》な生活を満喫《まんきつ》していました。でも、そんなある日のことです』

やっと白雪姫《しらゆきひめ》がリンゴを食うシーンに入って、こびとハウスに火野《ひの》が演じる妃《きさき》が黒い頭巾《ずきん》を被《かぶ》りながら入ってくると、白雪姫《しらゆきひめ》に毒リンゴを手渡《てわた》してくる。

さあ、さっさとリンゴ食って寝《ね》ておくか。

その時——不意に舞台袖《ぶたいそで》で出番を待つ優里亜《ゆりあ》の姿が見えた。

普段《ふだん》の冷たい視線とは少し違《ちが》う、やけに鋭利《えいり》な眼差《まなざ》しで優里亜《ゆりあ》は俺の方をひたと見つめていた。

以前「本気でやる」と言っていた優里亜《ゆりあ》の瞳《ひとみ》には、普段《ふだん》とは違《ちが》う何かが籠《こも》っていた。

「ほら、お食べ」

俺こと白雪姫《しらゆきひめ》は、黒装束《くろしょうぞく》の老婆《ろうば》に扮《ふん》した妃《きさき》から毒リンゴを受け取る。

「これは助けてくれたお礼だよ。さあお嬢《じょう》さん、そのリンゴを食べてみてくだされ」

ここからはもうクライマックス。

これを食べたらあとはベッドで寝《ね》るだけ。

「……っ」

俺は手にあるリンゴを食べる仕草をすると、すぐに首元を押さえながらよろけてベッドの上へと倒《たお》れ込んだ。

ベッドはマット運動用のマットとダンボールで作られたものということもあり、こうやって寝《ね》ているると非常に汗臭《あせくさ》い……いや、めちゃくちゃ臭《くさ》いんだが。鼻が曲がりそうだ。

「くひひっ！　これで白雪姫《しらゆきひめ》は死んだァァァッ！　世界で一番美しいのはこのアタシィィィイ！　ウリィィィィ!!」

火野《ひの》が演じる妃《きさき》の迫真《はくしん》の演技が決まり、妃《きさき》はそのまま退場した。

俺はベッドの上で瞳《ひとみ》を閉じ、真っ暗な視界のまま王子様のキス待ち状態。早く優里亜《ゆりあ》来《き》てくれー。

「――馬の気分に任せてこの森へやってきたが、こんなところに家があるなんて」

早く優里亜《ゆりあ》に来て欲《ほ》しいと思った刹那《せつな》、舞台《ぶたい》の上にブーツの足音が響《ひび》く。

客席から次々と黄色い大観声が聞こえてくる。

優里亜《ゆりあ》って、こんなに女子のファンいたのか……？

普段《ふだん》の優里亜《ゆりあ》はデカももギャルだが、尖《とが》った性格の割に姉のように面倒《めんどう》見が良《い》い。

その辺が刺《さ》さる女子も多いのだろうか。

「やけに小さな家具が多い家だが、おや？　こんなところに、美しい女性が……」

優里亜《ゆりあ》の声と足音が近づいてくると、優里亜《ゆりあ》が俺の顔を覗《のぞ》き込んできた。

「……呼吸をしていない？　早く、人工呼吸をしなければ！」

真っ暗な視界ゆえに優里亜《ゆりあ》の香水《こうすい》がより強く感じられて、もう目の前にいるのがよく分かる。

少しだけ、目を開けてみよう……ん？

目の前にあった優里亜《ゆりあ》の顔。

照明が熱いからか、額に汗《あせ》して今にも泣きそうな潤《うる》んだ目でこちらを見ている。

「諒太《りょうた》……ごめん、目瞑《つぶ》ってて」

俺の目が少し開いたことを察した優里亜《ゆりあ》は、そう呟《つぶや》いて徐々《じょじょ》に顔を近づけてくる。

客席からは優里亜《ゆりあ》のファンたちから歓声《かんせい》が飛《と》び交《か》う。

客席から隠《かく》すように本当にキスをしているかどうかは分からない。客からしたらまさにシュレディンガーのキス。

「……っ」

優里亜《ゆりあ》の吐息《といき》が俺の鼻頭《はながしら》を擽《くすぐ》る。

なんか……やけに顔が近いな。

練習の時はキスをするフリして、さっさと次のセリフに移ってたのに……。

「……あたしさ」

「？」

「自分はそこそこ度胸はある方だと思ってた。でも、やっぱ諒太《りょうた》の顔見たら……こんなズルいこと、できないなって」

ず、ズルい？　え？　なにが？

目を瞑《つぶ》ったまま喋《しゃべ》ることができない俺は、優里亜《ゆりあ》の言葉を聞くことしかできない。

何を言っているのかよく分からないが、優里亜《ゆりあ》の独り言、だったのか？

すると突然《とつぜん》――頬《ほお》に柔《やわ》らかい感触《かんしょく》がした。

少し湿《しめ》り気《け》を帯びていて、柔《やわ》らかくて……これ、まさかっ！

「……っっ‼」

あまりの衝撃《しょうげき》に、俺はベッドから飛び起きてしまう。

ほ、頬《ほお》に……当たった今のこの感触《かんしょく》は。

間違《まちが》いない……キス、だよな？

「お目覚めですか？　お姫様《ひめさま》？」

優里亜《ゆりあ》は何食わぬ顔でニコリ、と笑《え》みを浮《う》かべた。

優里亜《ゆりあ》から頬《ほお》にキスをされた俺は、あまりの衝撃《しょうげき》に動揺《どうよう》してしまう。

優里亜《ゆりあ》の唇《くちびる》が、お、おお、俺のほっぺにににに⁉

唇《くちびる》が触《ふ》れた時、0距離《きょり》で伝わってきた優里亜《ゆりあ》の体温と擽《くすぐ》ったい鼻息、滑《なめ》らかな肌《はだ》。

頬《ほ》っぺたとはいえ、俺にとってはほぼ唇《くちびる》にされたのと同じくらい刺激《しげき》的なキスで、劇の真っ最中だというのに、脳内で優里亜《ゆりあ》の唇《くちびる》のことしか考えられなくなっている。

優里亜《ゆりあ》の唇《くちびる》クッッソ柔《やわ》らかかったんだが⁉

童貞陰《どうていいん》キャにはチークキスでも刺激《しげき》が強すぎるので、あれだけで全身から下半身に血が集まっていたが、スカートだったことが幸いして、その膨《ふく》らみに誰《だれ》も気づいていない。

もし仮にも俺が王子役だったら、パツパツのスキニーパンツのあそこだけ膨《ふく》らんで社会的に死んでいたな……危ない危ない。

「ご気分はいかがですか？」

「え、あっ」

って、ヤバいヤバい、次は俺のセリフだった。

「お、王子様！　ありがとうございます。貴方様《あなたさま》の接吻《せっぷん》で、ワタシは目を覚ますことができました」

その後も俺はキスの一件でボーッとしながら演技を続ける。

緊張《きんちょう》とかよりももう優里亜《ゆりあ》の唇《くちびる》のことしか考えられなかった。

「こ、この運命の出会いに感謝し……ワタシは貴方《あなた》を一生愛することを誓《ちか》います」

最後のセリフを口にして、午前の部は幕を閉じた。

☆☆

午前の劇が終わり、午後の劇までは自由時間になった。

劇に出ていた面々は一旦《いったん》、制服に着替《きが》えて各自文化祭へ繰《く》り出《だ》していった。

もちろん俺もトイレで制服姿に戻《もど》る。

はぁ……もうこれ以上、恥《はじ》を晒《さら》したくないのだが、あと1回の我慢《がまん》だ。

着替《きが》え終わって、俺が体育館のトイレから出てくると、体育館の前で黒木《くろき》と海山《みやま》が待っていた。

「お帰り諒太《りょうた》くん。お疲《つか》れ様《さま》」

「諒太《りょうた》凄《すご》かったよ！」

「あ、ああ……ありがとう」

俺にとってはただの黒歴史でしかないからか、素直《すなお》に喜べないんだよな……。

「そうだ諒太《りょうた》くん。田中《たなか》さんがこの後ぜひメイド喫茶《きっさ》に来て欲《ほ》しいって」

「ああ、それはどうでもいいが、市之瀬《いちのせ》は？」

「優里亜《ゆりあ》なら体育館裏でファンの子たちと撮影会《さつえい》してるよー。愛莉《あいり》も優里亜《ゆりあ》と写真撮《と》りたいのにファンの子多くてー」

「そ、そっか」

そういえば劇が終わった後に女子たちによって誘拐《ゆうかい》されるようにどこかへ連れていかれたっけな。

まだ優里亜《ゆりあ》は戻《もど》ってきてないのか……。

「諒太《りょうた》諒太《りょうた》っ、優里亜《ゆりあ》は長くなりそうだし、先に奏《かなで》ちゃんのクラスがやってるメイド喫茶《きっさ》行こうよー」

「えと……俺、白雪姫《しらゆきひめ》の衣装《いしょう》を置いてくるから先に行っててくれないか？　すぐに行くから」

「そっか、了解《りょうかい》っ！　じゃあ瑠衣《るい》ちゃん行こー」

「うん。じゃあすぐに来てね、諒太《りょうた》くん？」

黒木《くろき》と海山《みやま》は一緒《いっしょ》に校舎へ入っていった。

俺は衣装《いしょう》を指定の場所に置くと、優里亜《ゆりあ》が来るのを体育館の横で待っていた。

しばらくすると、体育館裏から優里亜《ゆりあ》のファンらしき女子の集団が来て、俺の前を通った。

「あ、ねえあの男子って白雪姫《しらゆきひめ》じゃない？」

「ほんとだ！　ねえねえ写真撮《と》らせて！」

女子の集団が俺の方を指差しながら近づいてくる。

うわ……マジかよ。ただでさえ劇で恥《はじ》かいたってのに、写真撮《と》られてSNSでばら撒《ま》かれたら終わるんだが。

「ちょい、それはダメ。諒太《りょうた》は写真とかNGだから」

制服姿の優里亜《ゆりあ》が俺と女子たちの間に割って入ってくる。

どうやら既《すで》に着替《きが》え終わったようで、王子の衣装《いしょう》を腕《うで》に掛《か》け手にブーツを持っていた。

「あたしの写真ならSNSとかバンバンおっけーだけど、諒太《りょうた》はシャイだから。やめたげて」

「は、はいっ！　ごめんなさい！」

優里亜《ゆりあ》が注意すると、物分かりが良い《い》ファンたちはすぐにその場から立ち去っていく。

「……ったく諒太《りょうた》が浮《う》かれてるから」

「どうしてそうなるんだよ」

「だって女の子たちに囲まれて満更《まんざら》でもないって感じの顔してたし」

「それはまぁ、ちょっとは……な？」

「な？　じゃないし。ほんと、これだから諒太《りょうた》は」

優里亜《ゆりあ》は呆《あき》れてため息を溢《こぼ》した。

これだからってなんだよ。

「でも劇やってる時の諒太《りょうた》いい感じだったよ。演技も慣れてきて、見てて安心した。そのおかげであたしも本気でやれたし」

「……そう、か？」

「てかあたしなんてステージ立つ前に緊張《きんちょう》しちゃってさー。後からみんなに、出る前の目つき凄《すご》かったって言われたし」

確かに舞台袖《ぶたいそで》にいた優里亜《ゆりあ》の目つきは鋭《するど》くて、険しかったようにも見えた。

「それと……さ、諒太《りょうた》にしたキスのことなんだけどさ」

「……っ！」

急に触《ふ》れづらい話題を持ってくる優里亜《ゆりあ》。

「あ、あれはご褒美《ほうび》ってやつ？　諒太《りょうた》めっちゃ頑張《がんば》ってたけど、緊張《きんちょう》気味だったからちょっと揶揄《からか》ってあげよっかなぁ、みたいな？」

「そう、だったのか？」

「そうそう！　だから、別に変な意味じゃないんだけど……ちなみに諒太《りょうた》は、あたしにキスされて嬉《うれ》しくなかった？」

そ、そんなこと聞かれてもな。

童貞陰《どうていいん》キャの俺からしたら嬉《うれ》しい嬉《うれ》しくないというよりも……。

「なんつうか俺、今までキスとかされたこともないからさ……素直《すなお》に興奮したっていうか」

「は、は？　こ、興奮⁉　何言ってんの！」

「いや、俺は率直《そっちょく》な感想をだな」

「もっ、もうしてやんないし」

よく分からないが優里亜《ゆりあ》を怒《おこ》らせたらしい。そもそも優里亜《ゆりあ》のアドリブキスが原因なんだが……なんでそんなに怒《おこ》ってるんだか。

「なぁ優里亜《ゆりあ》、それよりみんなが田中《たなか》のクラスのメイド喫茶《きっさ》に行ってるから、俺たちも早く行かないか？」

「め、メイド喫茶《きっさ》？　メイド喫茶《きっさ》……かぁ」

「なんだよ。嫌《きら》いなのか？」

「別に嫌《きら》いってわけじゃないけど……メイド服に嫌《いや》な思い出があるというか」

「嫌《いや》な思い出？」

「朝登校して来た時に瑠衣《るい》が言いかけたやつ、あったっしょ？」

それって……みんなが口を揃《そろ》えて悲しい事件とか言ってた優里亜《ゆりあ》のコスプレ喫茶《きっさ》事件か⁉

「それについてぜひ詳《くわ》しく‼」

「なんその反応………ほ、本当は話したくないんだけど、まぁいいや」

優里亜《ゆりあ》はため息交じりに言うと話し始める。

「実は去年やったコスプレ喫茶《きっさ》であたしはメイド服を着る予定だったんだけど、ネットで買ったコスプレ用のメイド服のスカートの丈《たけ》が結構短くて……それに比べてあたしの太ももって、ちょっとデカめじゃん？」

どう見てもちょっとどころじゃないだろ。

この高校で一番太くてエロいのは優里亜《ゆりあ》の太ももで間違《まちが》いないぞ。

「もう買っちゃったし返品するのもだるいから文化祭当日そのメイド服を着たんだけど、太ものアピールが半端《はんぱ》なくなっちゃってさ。生徒指導のオバサン先生に性的刺激《しげき》が強すぎるから、あたしだけコスプレ禁止とか言われて結局地味ジャージで接客することになって……ほんと、最悪だった」

「な、なるほど」

今、全ての謎《なぞ》が解けた……。

つまり優里亜《ゆりあ》の太ももにはR指定が必須《ひっす》というわけか。

「ちなみにそのメイド服を今度着てもらうことって」

「着ると思う？」

「あ、はい。すみません」

殺気の籠《こも》った目が向けられ、俺はすぐに謝罪する。こっっわ。

「まぁ？　あたしは諒太《りょうた》の気持ちも理解できるし……もし今度ウチに来てくれるなら……その時に少しだけ着てあげても」

「行く」

「いや、即答《そくとう》キモいし」

☆☆

そして迎《むか》えた午後の公演。

またしても俺は白雪姫《しらゆきひめ》になってしまった……。

トイレの鏡の前で本日2回目となる自分の女装を見たが、だんだん慣れてきてしまっている自分がいて自己嫌悪《けんお》が強くなる。

まぁ、あと1回演じ終わったらもう二度と女装をすることもないんだ。我慢《がまん》しろ俺。

俺が男子トイレから出てくると、同じタイミングで隣《となり》の女子トイレから真っ黒なシルエットが……っ！

「おや？　貴方様《あなたさま》は白雪姫《しらゆきひめ》ではありませんか？」

漆黒《しっこく》の宮廷《きゅうてい》服を身に纏《まと》い、黒のブーツを鳴らして現れた黒騎士《きし》。

長い剣《けん》を腰《こし》に携《たずさ》え、黒のマントを靡《なび》かせながら俺の方を向く。

あまりにも美形すぎる小さくて端整《たんせい》な顔立ち。

ストレートの黒髪《くろかみ》は一つに纏《まと》めて後ろに垂らしており、前髪《まえがみ》は掻《か》き上《あ》げていた。

少し濃《こ》い目《め》の眉《まゆ》と、全てを見透《みす》かしているような眼差《まなざ》しに俺は背筋を凍《こお》らせる。

こ、これが……黒木瑠衣《くろきるい》の王子衣装《いしょう》。

優里亜《ゆりあ》の時の白い王子の衣装《いしょう》とは対《つい》を成すようなデザインだった。

「ふふっ、諒太《りょうた》くんったら驚《おどろ》きすぎ」

「だって……お前の顔とスタイルがあまりにも良すぎて、そりゃ驚《おどろ》くだろ」

黒木《くろき》は元々腰《こし》回りや太ももがスマートだから、男装をしてもそれほど違和感《いわかん》がなくて凄《すご》い。

これが完璧超人《かんぺきちょうじん》——黒木瑠衣《くろきるい》。

「さあ、諒太《りょうた》くんそろそろ行こうか」

「あ、ああ」

体育館の演劇ステージも午後の部に入り、2回目の白雪姫《しらゆきひめ》が始まろうとしている。

2回目ということもあり、最初ほどの緊張《きんちょう》感はない。

俺が舞台袖《ぶたいそで》で深呼吸をしていると、背後から優里亜《ゆりあ》が声をかけてきた。

「ちょい諒太《りょうた》」

「どう？　緊張《きんちょう》してる？」

「だ、大丈夫《だいじょうぶ》だ。もう2回目だし」

「そう？　ならいいけど……あ、諒太《りょうた》あっち見て」

「ん？」

優里亜《ゆりあ》の指差す方を見ると、反対側の舞台袖《ぶたいそで》にいる海山《みやま》が、こっちに向かって大きく手を振《ふ》っている。

「ほんと海山《みやま》は能天気というか……」

「確かにそうだけどさ、愛莉《あいり》だって本当は緊張《きんちょう》してると思うよ」

「そうか？」

「うん。だって愛莉《あいり》、授業で指名された時とかいつもテンパるし」

それは単に答えが分からないだけだと思うが。

「愛莉《あいり》も瑠衣《るい》も頑張《がんば》ってんだから、諒太《りょうた》もあと1回、頑張《がんば》ってきなよ」

「……あ、ああ」

大丈夫《だいじょうぶ》。1回目の白雪姫《しらゆきひめ》はセリフも飛ばなかったし、完璧《かんぺき》だった。

同じようにやるだけだ。何も怖《こわ》くない。

『次は2年B組の男女逆転白雪姫《しらゆきひめ》です』

司会進行のアナウンスがあって、俺はステージの方を見つめる。

「優里亜《ゆりあ》……行ってくるよ」

「うん、頑張《がんば》って」

俺はステージに足を踏《ふ》み入《い》れると、真ん中まで移動する。

1回目よりも自信があるからか、女装に慣れてしまったからか分からないが、歩き姿も様になっているように思える。

『むかし――とある王国のお城に白肌《しらはだ》の美しい白雪姫《しらゆきひめ》というお姫《ひめ》様がいました――』

1回目と同様に、2階の3つの照明が一挙に白雪姫《しらゆきひめ》である俺の方を照らした。

最初はあれだけ気になった照明も、2回目にはあまり気にならなくなっていた。

客の入りは1回目より圧倒的《あっとうてき》に多い。

満席な上に立ち見している生徒もいる。

これが黒木瑠衣《くろきるい》効果ってやつなのか……。

午前中に優里亜《ゆりあ》を王子にして口コミを広げた上で、午後には校内トップの人気を誇《ほこ》る黒木瑠《くろきる》衣《い》を出す。

そうすることでこの集客力になったってことか……こりゃダブルキャストでやりたい気持ちも分かる。

プレッシャーが凄《すご》いけど、変に落ち着いた気分だった。

1回目の成功で自信がついたのも大きい。

よし……行けるぞ。

「お城で暮らす変《か》わり映《ば》えしない毎日だけど、ワタシもいつか白馬の王子様に会いたい」

多分1回目よりも落ち着いた口調で言えてる。

俺は成長を感じながらも、そのまま序盤《じょばん》の2シーンを終えて、中盤《ちゅうばん》の森のシーンに入る。

『妃《きさき》から殺害を命じられた猟師《りょうし》は、白雪姫《しらゆきひめ》を森へ連れてきました』

「ああ、なんとも可哀想《かわいそう》な白雪姫《しらゆきひめ》よ……妃《きさき》には貴方様《あなたさま》が死んだとお伝えしますから、貴方様《あなたさま》は森へお逃《に》げください」

「はい……」

白雪姫《しらゆきひめ》が森を歩き、この後は海山《みやま》率いるこびとたちと遭遇《そうぐう》するシーンになる。

俺が舞台袖《ぶたいそで》に視線を送ると、海山《みやま》がこくりと頷《うなず》いた。

「おやおやー？　その美麗《びれい》な――っ」

海山《みやま》と他六人のこびとがステージに上がった瞬間《しゅんかん》だった。

プチンッという音がして、ステージにコロンコロンとプラスチックの転がる音が聞こえる。

おそらく客席には聞こえないくらいの音ではあるが、ステージにいた全員は、その場で何が起きたのか察して目を丸くした。

「えっ……と――」

そう――海山《みやま》が着ていた真っ赤なこびとの上着の、上から2番目のボタンが弾《はじ》け飛んだのだ。

な、何やってんだ海山《みやま》ァァ!!

前々からあまりのデカさに服が耐《た》え切れるかは心配していたが、まさかここに来て限界を迎《むか》えるとは……。

ただでさえデカすぎて一番上のボタンが閉まらなかったのに、2番目のボタンすら失った海《み》山《やま》の胸元《むなもと》は、谷間《かく》がバッチリ見えてしまうほどに開かれてしまっている。

普段《ふだん》は制服で隠されている、白肌《しらはだ》でたぷたぷなその爆乳《ばくにゅう》と、間近だからこそチラッと見える花柄《はながら》で白いブラ。

胸の谷間は血管が薄《うっす》らと見えていて、非常にとてもとんでもなく半端《はんぱ》なくドエロい。

今日はスカートで良かった。もしズボンだったら社会的に死んでいた。

これにはさすがの海山《みやま》でも顔が真っ赤になっている。それはもう、自分の服と同じくらい真っ赤に……。

普段《ふだん》ならラッキースケベ大歓迎《だいかんげい》の俺だが……さすがに可哀想《かわいそう》に思えてしまう。

これじゃ爆乳《ばくにゅう》のこびとかじゃなくて、ただの露出魔《ろしゅつま》になっちまうだろ。

観客席の方へ目を向けると、案の定動揺《どうよう》を隠《かく》せないようだった。

なんとかしてあげたいが……劇を続けるためにはどうにもできない。

「そっ！　その美麗《びれい》なお洋服に端整《たんせい》な顔立ちは白雪姫《しらゆきひめ》ではー？　これはまさに僥倖《ぎょうこう》、せっかくなので私たちこびとの家で、ゆっくりしてくだされー」

海山《みやま》自身も動揺のあまり完全に棒読みではあるが、それでも止めずに演じる海山《みやま》に謎《なぞ》のプロフェッショナル味を感じる。

そのまま例のように白雪姫《しらゆきひめ》はハーレムに突入《とつにゅう》するが、海山《みやま》は恥《は》ずかしさのあまり、胸元《むなもと》を腕《うで》で隠《かく》しながら俺の肩《かた》を揉《も》んでいた。

「諒太《りょうた》……あんまり、愛莉《あいり》のおっぱい見ないで」

海山《みやま》は俺に肩揉《かたも》みをする際、背後から小声でそう言った。

何を言われようが見ます。はい。

海山《みやま》の頑張《がんば》りもあり、その後の白雪姫《しらゆきひめ》のハーレムシーンもなんとかなった。

「それでは白雪姫様《しらゆきひめ》、私どもは仕事に出て参りますので、お留守番をお願いします」

「分かりました……皆《みな》さん、お気をつけて」

俺とこびとたちの掛《か》け合《あ》いはこれで終わり、そしてシーンは終盤《しゅうばん》へ差《さ》し掛《か》かる。

「ごめんください。少し怪我《けが》をしてしまってね。助けてもらえないかねえ」

火野《ひの》の演じる妃《きさき》がこびとハウスに入ってきた。

そして例のように火野《ひの》の演じる妃《きさき》から渡《わた》された毒リンゴ。

これを食ったら……あとはラストシーン。

舞台袖《ぶたいそで》の黒木《くろき》は薄《うつす》らと笑《え》みを浮《う》かべながらこちらを見ていた。

心の中では何を考えているか分からないが……それでも、俺は眠《ねむ》ることしかできない。

俺は再びリンゴを齧《かじ》るフリをして、よろけながらベッドに横になって目を閉じた。

「くひひっ！　これで白雪姫《しらゆきひめ》は死んだァァアッ！　我が毒リンゴは世界一ィィイ!!」

なんか1回目とセリフ変わってないか。

火野《ひの》が演じる妃《きさき》が退場していくと、入《い》れ替《か》わるようにブーツの足音がする。

コツン、コツンと近づいてくる足音。


「「「うぉおおおおお!!」」」


客席からの重みのある歓声《かんせい》がステージまで届いた。

目を閉じていても分かる存在感。

満を持して、あの黒木瑠衣《くろきるい》がステージに上がったのだ。

「ふっ……馬の気分に任せてこのような森へ来てしまったがこんなところに家があるなんてね」

リハーサルの時から見せつけていたさすがの演技力。
黒木《くろき》は完全にキャラに入り込んでいる。
これが完璧《かんぺき》を求め続ける黒木《くろき》の演技……。
俺は瞳《ひとみ》を閉じながらも圧倒《あっとう》されてしまった。
自分の演技と比べたら雲泥《うんでい》の差《さ》がある……。
この後の演技……大丈夫《だいじょうぶ》、だよな。
この後の王子と白雪姫《しらゆきひめ》の掛《か》け合《あ》いが心配になって仕方ない。
黒木瑠衣《くろきるい》の演技力に、ついていける自信が……ない。
「おや？　こんなところに美しい女性が」
真っ暗な視界の中、グッとブーツの足音が俺に近づいてくるのが分かる。
き、来た……。
鼓動《こどう》が速くなる。
それは緊張《きんちょう》というよりも、焦燥《しょうそう》に近いものがあった。
キスが終われば、今度は俺の演技だ。
「なに⁉　呼吸をしていないっ！　まずい、早く人工呼吸をっ！」
黒木《くろき》の匂《にお》いが迫《せま》ってくるのが分かる。
清涼《せいりょう》感のある、スッキリとしたフルーツの香り。

そして俺は少しだけ目を開けた。

黒木《くろき》は……〝完璧《かんぺき》〟にキスをするフリをしていた。

顔を近づけているが、もちろん唇《くちびる》は離《はな》したまま。

客席からは阿鼻《あび》叫喚《きようかん》の声が上がっているが、さすがに誰《だれ》もが〝フリをしている〟だけだと気づいているだろう。

そう、キスしているフリ、だ。

完璧《かんぺき》を常に求める彼女は、こんなところで〝完璧《かんぺき》〟な演技を崩《くず》すわけがない。

彼女が目指す完璧《かんぺき》とは、きっとそういうものなのだ。

黒木《くろき》の顔が離《はな》れていく。

それと同時に俺は体を起こした。

「……お目覚めですか？　お姫《ひめ》様？」

黒木《くろき》は……やはり完璧《かんぺき》主義者で、完璧《かんぺき》に演技に入ってるんだ。

それなら俺も、その完璧《かんぺき》に応えないといけない。

「お、王子様ありがとうございます。貴方様《あなたさま》の接吻《せっぷん》でワタシは目を覚ますことが――」

その時だった。

俺がセリフを口にしている最中、突如《とつじょ》としてステージの照明が暗転してしまう。

「えっ……」

急な暗転に動揺《どうよう》した俺は、一度セリフを止めた。

さすがにこれは演出じゃないはず。

舞台袖《ぶたいそで》の方に目をやると、真っ暗な視界でも裏方の生徒たちがドタバタと焦《あせ》っているのが分かった。

ブレーカーが落ちたのか、何かしらの誤操作があったのか……原因はよく分からないが、とりあえず戻《もど》るまで待った方がいいだろう。

「黒木《くろき》、照明が戻《もど》るまで待とう」

俺は目の前にいる黒木《くろき》にそう小声で伝えたのだが、黒木《くろき》から返事がない。

まぁ、黒木《くろき》のことだし、冷静に状況《じょうきょう》を把握《はあく》しているから心配は要《い》らないだろう。

しばらくそのまま待っていると、徐々《じょじょ》に照明の明かりが戻《もど》ってきて、ステージを再び照らした。

困惑《こんわく》気味だった観客席も、ステージに光が戻《もど》るとすぐに静かになる。

もう大丈夫《だいじょうぶ》そうだし、とりあえず仕切り直して、もう一度。

「お、王子様ありがとうございます。貴方様《あなたさま》の接吻《せっぷん》でワタシは目を覚ますことができました」

「…………」

ん？　黒木《くろき》……？

本来なら黒木《くろき》が俺のセリフの返事で『礼には及《およ》びません。私はただ麗《うるわ》しい貴方《あなた》に惹《ひ》かれてしまっただけですから』と言って最後の婚約《こんやく》のシーンに入るはずなのだが……なぜか黒木《くろき》はベッドの前に佇《たたず》んだままだった。

……まさか、セリフが飛んだ？

いや、待て待て。俺ならまだしもあの黒木瑠衣《くろきるい》だぞ？　セリフが飛ぶなんてこと……ある、わけ。

よく見ると、黒木《くろき》の額には汗《あせ》が伝っている。

毅然《きぜん》としたその表情には困惑《こんわく》の二文字がないが、それでもどこか……目の前の俺には、困っているように映った。

しかし普段《ふだん》から黒木瑠衣《くろきるい》という存在が完璧《かんぺき》すぎるせいで、セリフが飛んだのかこれも何かしらの演技なのかが分からない。

でも……もし仮に黒木《くろき》が次のセリフを忘れたのであれば、同じ場にいる俺がセリフを伝える以外に方法はない。

問題はどうやって伝えるかだ。

小声で黒木《くろき》に聞こえるように伝えてもいいのだが、ステージと客席の距離《きょり》が近いため、小声とはいえ観客に聞こえそうだし、そうなると『黒木《くろき》がセリフを忘れた』というのが事実となって観客に伝わってしまう。

そうなれば、完璧《かんぺき》主義の黒木瑠衣《くろきるい》を傷つけてしまう結果になりかねない。

なら、今からアドリブで俺がセリフを繋《つな》いで何とかするとか……いや、それもない。

もし黒木《くろき》がパニクってるなら、そんなアドリブしたら、黒木《くろき》をさらに焦《あせ》らせるだけだ。

まずは黒木《くろき》を落ち着かせて、ちゃんと脚本《きゃくほん》通りにストーリーを進めるべきだ。

こうなったら一か八か……俺がアクションを起こすしかない。

この状況下《じょうきょうか》で、観客に聞かれないようにセリフを最も近い距離《きょり》で伝える方法なんて、一つ、いや、いいしかないだろ。

覚悟《かくご》を決めた俺は、ベッドからゆっくりと起き上がると、目の前にいた黒木《くろき》の肩《かた》に手を伸《の》ばし、そのままベッドに黒木《くろき》を押し倒す。

そしてあたかもキスをするように顔を近づけるのと同時に、俺は自分のウィッグの長い髪《かみ》をカーテンのようにして、舞台袖《ぶたいそで》からも俺たちの顔が見えないようにした。

すると当然、客席はもちろん舞台袖《ぶたいそで》からも黄色い声が聞こえてくる。

よし、これなら黒木《くろき》がセリフを忘れたことは客席にもクラスメイトにも伝わらないはず。

俺がその場のノリで、黒木《くろき》を押し倒すアドリブをした、って思われるだけで済むと思う。

「諒太《りょうた》……くん？」

顔と顔が今にも触《ふ》れそうな位の距離《きょり》感で、俺は照れることなく黒木《くろき》を見つめる。

「黒木《くろき》、いいか？　お前の次のセリフは『礼には及《およ》びません。私はただ麗《うるわ》しい貴方《あなた》に惹《ひ》かれてしまっただけですから』だ。起き上がったらすぐに最初の調子で演技すればいい。お前の完璧《かんぺき》

を崩《くず》さないためにも、いいな？」

「わたしの……うん」

黒木《くろき》は柔《やわ》らかい笑顔《えがお》になると、自分から起き上がろうとするので、俺は退《ど》いて立ち上がった黒木《くろき》と向かい合う。

これでやっとラストの婚約《こんやく》シーンに入れる。

一時はどうなるかと思ったが、なんとかなったよな。

「ふふっ、お姫様《ひめ》からもこんなに熱いキスをいただけるとは……この上ない幸せです」

……ん？　って、なんだよそのセリフ！　キスしてないだろ！

調子を戻《もど》した黒木《くろき》のキス発言により、客席はさらにヒートアップしてしまう。

おいおいおい、ただでさえ姫《ひめ》が王子を押し倒すなんて午前の劇でしてないんだから、マジでキスしたみたいな雰囲気《ふんいき》になってるじゃねえか！

チラッと舞台袖《ぶたいそで》の方を見ると、優里亜《ゆりあ》と海山《みやま》が眉《まゆ》を顰《ひそ》めて俺の方を睨《にら》んでいた。

あーこれ、終わった後ヤバいかもしれない。

「貴方《あなた》を助けたことについては礼には及《およ》びません。私はただ、麗《うるわ》しい貴方《あなた》に惹《ひ》かれてしまっただけですから」

しかしながら、黒木《くろき》は完全に持ち直していた。

まるでさっきのセリフ飛ばしが演技だったかのように……まぁ、これなら黒木《くろき》がセリフを忘れたなんて誰《だれ》にも思われないだろうし、もう何でもいいか。

「この運命の出会いに感謝し……ワタシは貴方《あなた》を一生愛することを誓《ちか》います」

俺が最後の婚約《こんやく》シーンでそう告げると、劇はやっと幕を閉じた。

☆☆

劇終了《しゅうりょう》後のことは細かく言うまでもないだろう。

クラスメイトの女子からは「泉谷《いずみや》くんだいたーん」と囃《はや》し立《た》てられ、男子からは「ふざけんな」「調子乗んな」と暴言を吐《は》かれ……もう、散々だ。

それに優里亜《ゆりあ》からは「着替《きが》えが終わったら後でみっちり事情を話してもらうから」と言われている。あー、怖《こわ》い怖《こわ》い。

でも、黒木《くろき》がセリフを忘れたなんて、誰《だれ》も口にしてなかった。つまり黒木《くろき》の完璧《かんぺき》だけが守られたということだ。

結果的に、俺への罵詈《ばり》雑言だけで済んだならそれはそれで良かったと思う。

俺は白雪姫《しらゆきひめ》の衣装《いしょう》をクラスの衣装《いしょう》担当に返却《へんきゃく》すると、優里亜《ゆりあ》たちが待っていると言っていた体育館の出入り口付近へと向かう。

「あー、みんなお待た……せ？」

気まずさを感じながら体育館の出入り口に行くと、そこで待っていたのはなぜか黒木《くろき》だけだった。

既《すで》に制服に着替《きが》えていた黒木《くろき》は、小さく微笑《ほほえ》むと俺の方へ歩み寄る。

「優里亜《ゆりあ》と愛莉《あいり》には屋上で待っててもらうことにしたから。わたしと諒太《りょうた》くんで食べ物色々買ってくるから屋上で打ち上げしよって」

「なんだよそれ……それじゃ、早く何か買っていかないと」

俺が歩き出そうとしたら、黒木《くろき》はそっと俺の手を握《にぎ》って引き留めた。

「諒太《りょうた》くん、ちょっと教室に寄り道して話そっか」

☆☆

俺たちの2年B組は体育館で行う劇ということもあり、教室には鍵《かぎ》が掛《か》かっていたが、黒木《くろき》は学級委員長なので教室の鍵《かぎ》を持っていた。

「な、なんでわざわざ教室で話すんだよ」

「………」

「おい、黒木《くろき》」

俺を無視して黒木《くろき》は鍵《かぎ》を開けると、そのまま中に入った。

俺は仕方なく黒木《くろき》の後に続いて教室に入る。

すると黒木《くろき》は自分の席に座るので、俺はいつも通り彼女の左隣《ひだりどなり》にある自分の席に座った。

「それで、話ってなんだよ」

「分かってるくせに」

「ま、まぁ、大体の察しはつくけど」

「ふふっ。じゃあまずは……助けてくれてありがと、諒太《りょうた》くん」

黒木《くろき》は真《ま》っ直《す》ぐ俺の方を見つめながら、感謝の言葉を口にした。

「やっぱり……セリフ忘れてたのか？」

「それは、どうだろうね？」

「どうだろうって！　あ、あのなぁ？　俺がどんだけあの場面で焦《あせ》ったか」

「ふふっ、でも……本当にありがとう、諒太《りょうた》くん」

あまりにも素直《すなお》にお礼を言ってくるので、俺もそれ以上は聞くのはやめた。

もしもあれがワザとやった演技だったのなら、きっとこんなに感謝を述べることもないだろうと思ったから。

「わたし、諒太《りょうた》くんには救われてばっかだなぁ」

「ばっかり？　もしかして、俺たちが中学2年の時の卒業式のこと言ってんのか？」

「知ってたの？　ああ、放送部員だった田中《たなか》さんに聞いたとか？」

「まぁ、そんなとこだが。あの時黒木《くろき》、在校生送辞で読み上げる原稿《げんこう》を忘れたんだろ？　でもあの時、体調不良で俺が倒《たお》れたから式が中断されて原稿《げんこう》が届いたって」

「うん。その通り」

常に完璧《かんぺき》を目指す黒木《くろき》瑠《る》衣《い》にしては珍《めずら》しいミスだとは思って驚《おどろ》いたし、何よりそれを無意識のうちに俺が助けていたのも驚《おどろ》きだった。

「生徒会長になったのに、あの頃《ころ》は部活の方で忙殺《ぼうさつ》されてて、在校生送辞の内容に目を通してる余裕《よゆう》もなかったの。だから制服のポケットに、原稿《げんこう》がないことに気づいた時は絶望した。今まで積み上げてきた完璧《かんぺき》なイメージが、みんなの前で崩《くず》れてしまうのではないかと思って……今までで一番焦《あせ》った」

あの黒木《くろき》でも、やはり焦《あせ》ることはあるのか。

「でも結局、諒太《りょうた》くんのおかげでわたしは助けられた。だから今の完璧《かんぺき》なわたしがあるのは諒《りょう》太《た》くんのおかげなの。もしあの時失敗して自信を失《な》くしていたら、今のわたしはないかもしれないから」

「……黒木《くろき》」

「だからあの時もありがとうね、諒太《りょうた》くん」

「……っ、べ！　別に俺は意図的にしたわけじゃないし」

謝辞と純粋《じゅんすい》な笑顔《えがお》を送られて、俺はつい照れてしまう。

「出た、ツンデレ」

「ツンデレじゃない！」

ったく、俺が否定すると黒木《くろき》はクスクスと笑う。

俺のどこがツンデレなんだよ。

「でも、諒太《りょうた》くんに助けられたのって、これだけじゃないんだよねー」

「え？　それ以外は心当たりがないんだが……？」

「だよね。だってもう1回は……小学生の時だし」

「しょ、小学生？　俺たち別々の小学校だったのに？」

「それはそうだけど。ほら、思い出して？　前に話した『猫《ねこ》』の話」

猫《ねこ》の話……そういえば黒木《くろき》、前に猫《ねこ》を飼ってたとか言っていたが……ん？

「隣町《となりまち》の駅前にある立体駐車場《ちゅうしゃじょう》で猫《ねこ》を逃《に》がしちゃったって話のことか？」

「そう。前に話した時、やけに無反応だったから言わなかったけど……実はあの時、わたしの
家の猫《ねこ》を救ってくれたのは、諒太《りょうた》くんだったんだよ？」

「へえ……って、お、おおお、俺⁉」

黒木《くろき》の猫《ねこ》を助けた話の男の子が、俺だと⁉

理解が全く追いつかない上に、そんなことを言われても記憶《きおく》にはない。

た、確かに小学生の頃《ころ》は親の用事でよく隣町《となりまち》へ出かけていたが……そんなことあったか？

「全然覚えてないっつうか、でも、そう言われてみればあったような……なかったような……」

「ねえ、諒太《りようた》くんって小学生の頃《ころ》、放課後遊びに行く時に名札を付けっぱなしにする癖《くせ》がなかった？」

「えっ……！　なんでそれを」

黒木《くろき》が言うように俺は小学生時代、胸元《むなもと》に付ける名札を外すのを忘れがちで、放課後も付けっぱなしで遊びに行ってしまうような癖《くせ》があったのは確かだ。

小学生の頃《ころ》はそれでクラス担任や親から毎回毎回怒《おこ》られていた。

でもそれを知ってるってことは……。

「じゃあもしかして、猫《ねこ》を助けた男の子の名札に……俺の名前があったのか？」

「うん。しっかり書いてあったよ？『いずみやりょうた』って名前。ひらがなでね」

真偽《しんぎ》は不明だが、揃《そろ》った状況証拠《じようきようしようこ》的には、どうやら本当に俺が助けたようだ。

咄嗟《とつさ》に相手の胸元《むなもと》にあった名札を見つけて名前記憶《きおく》してるなんて……やっぱ黒木《くろき》の記憶《きおく》力半端《はんぱ》ないな。

「あの時のわたしは自分のせいで猫《ねこ》が逃《に》げちゃって、泣きそうなくらい焦《あせ》ってた。でも諒太《りようた》くんが捕《つか》まえてくれたから、わたしは救われて……」

黒木《くろき》は噛《か》み締《し》めるように思い出を想起しながら、俺に優《やさ》しい眼差《まなざ》しを向けてくる。

「でもまさか、あれから数年後に中学でまたあの『いずみやりょうた』くんに助けられちゃうなんて、思ってもみなかったよ？」

まさか俺みたいな陰《いん》キャがあの黒木瑠衣《くろきるい》を2回も助けていたなんて……無自覚とはいえ、昔の俺、ファインプレーすぎるな。

あの時助けたから、今に繋《つな》がって……って。

「ん、ちょっとおかしくないか？　黒木《くろき》は俺の名前を中学に入る前から知ってたんだろ？　ならどうして高校2年になるまで声かけて来なかったんだよ」

「そ、それは……同姓《どうせい》同名の可能性も捨てきれないし、それにあの頃《ころ》のわたしはまだまだ乙女《おとめ》で、そっちは完璧《かんぺき》じゃなかったから」

これまでの黒木瑠衣《くろきるい》の発言の中で最上級に意味が分からない発言だった。そっちってどっちなんだよ。

まぁ、別に俺は話しかけられたかったわけじゃないし、いいけど。

「はーい！　もうこれでわたしの昔話はおしまいっ！」

「おしまいって」

「でもこれで前に言った『完璧《かんぺき》であり続けるために諒太《りようた》くんが必要』っていう言葉の意味が

分かったよね？　わたしは諒太《りようた》くんと一緒《いっしょ》なら……これからもずっと完璧《かんぺき》な自分でいられる気がするの。ずっと、永遠に、一生……」

い、一生って……もうこれ。

「だから諒太《りようた》くんには……これからもわたしの側にいて欲《ほ》しいな？」

「え？　側に……？」

そ、それってもしや……愛の告白、なのではないか⁉

黒木《くろき》と、つ、付き合うってことなのか⁉

い、いやいや！　待て待て！

そりゃ！　俺だって、黒木《くろき》みたいな超絶《ちようぜつ》美少女と付き合えるのは嬉《うれ》しいけど、なんつうか、急にそういう関係になるってのは、ちょっとまだ心の準備が！

「諒太《りようた》、くん……」

黒木《くろき》はそう呟《つぶや》くと、そっと俺の耳元へ自分の顔を近づけてくる。

黒木《くろき》の甘い吐息《といき》が肌《はだ》に触《ふ》れるくらいの距離《きより》感。

耳たぶが熱すぎて、見なくても真っ赤になっているのが分かる。

やばい、この距離《きより》感は……絶対にキス、だ！

さっきの「わたしの側にいて欲《ほ》しい」という愛の告白からの、大胆《だいたん》なキス。

あまりにも急展開すぎて、頭の処理が追いついていないものの、それほどまでに黒木《くろき》の気持ちは俺の方を向いているということだ。まさか、そんなにも黒木《くろき》は……俺のことを。

あの黒木瑠衣《くろきるい》にここまでされたら、いくら陰《いん》キャオタクの俺でも覚悟《かくご》を決めるしかない。

分かったよ黒木《くろき》……俺は、お前の気持ちを全力で受け止める！

俺がぎこちなく口先を尖《とが》らせて目を閉じると、黒木《くろき》はさらに近づいてきて……っ！

「今年の生徒会長選挙——もしもわたしが生徒会長に当選したら、諒太《りょうた》くんに副会長をやって欲《ほ》しいの」

「……は？」

キスを期待していた俺の頭をガツンと殴《なぐ》るように耳元で囁《ささや》かれたのは、黒木《くろき》からのお願いだった。

「お、俺が……せ、生徒会の副会長⁉」

また、とんでもないことが始まりそうな予感がしていた。

あとがき

今居眠《いねむ》りをすればあなたは夢をみるだろう。今学習すればあなたは夢が叶《かな》うだろう。

これはハーバード大学の図書館にある名言の一つです。

私はこの作品を書く上で、居眠《いねむ》り（サボりや手抜《てぬ》き）は一切《いっさい》しませんでした。だからこそ、夢が叶《かな》ったんだと信じています。

とまぁ、お堅《かた》い話は置いておいて。初めましての方も多いと思いますので自己紹介《しょうかい》を。

この度《たび》は本作をお手に取っていただきありがとうございます。ライトノベル作家の星野星野（ホシノセイヤ）と申します。

ずっと夢だった電撃《でんげき》文庫さまから書籍《しょせき》化のオファーをいただいた時は、嬉《うれ》しさと驚《おどろ》きで目が飛び出るかと思いましたが、こうして本にしていただき、正直まだ夢の中にいる気分です。

これまでを振《ふ》り返《かえ》ると、私がライトノベル作家になる過程で、様々な電撃《でんげき》文庫作品との出会いがありました。特に印象的なのが、鴨志田《かもしだ》一《はじめ》先生の青春ブタ野郎《やろう》（青ブタ）シリーズです。

私が十八歳の時に、青ブタの最初の劇場版作品を父と二人で観に行きまして、映画に感動した父が、自分の職場に青ブタの増井壮一《ますいそういち》監督《かんとく》をお招きして講演会を開く、というもんですから、私もその講演会を聴《き》きに東京から地元へすぐに帰りました。

特別に楽屋に入れてもらって、増井監督《ますいかんとく》と対談させていただいたのは貴重な経験となり、増《ます》井監督《かんとく》との出会いが、ライトノベル作家・星野《ほしの》星野《せいや》を生み出したと言っても過言ではないです。いつか自分も電撃《でんげき》文庫で青ブタのような素晴《すば》らしい作品を書き、アニメ化されたら増井壮一《ますいそういち》さんに監督《かんとく》をしてもらう！　と、それだけを目標にしながらコロナ禍《か》にラノベを書くようになり、大学在学中にデビューして、何社も渡《わた》り歩《ある》いた結果、２年後やっと電撃《でんげき》文庫作家になれました。

しかしながら、やっとの思いで電撃《でんげき》文庫に辿《たど》り着《つ》いて書籍《しょせき》化した本作は、青ブタどころか完全に『変態ブタ野郎《やろう》はドスケベな夢しか見ない』といった内容になっているので、夢と現実にはギャップがありましたねぇ。しかし泉谷諒太《いずみやりょうた》というドスケベブタ野郎《やろう》が主人公だったからこそ、私は今、このあとがきを書いています。

そもそも本作は、ＷＥＢ版の頃《ころ》から主人公が陰《いん》キャ男子高校生であるという点に拘《こだわ》り、解像度を高めて参りました。

昨今のライトノベルの主人公は、どれも男子高校生とは思えないくらい真面目で頭の良《い》いクールな主人公ばかりなのですが、正直、男子高校生なんだからスケベ丸出しでいいと思います。

つまり流行へのアンチテーゼ……ドスケベテーゼという訳ですね。

……もう下ネタはいいから、はよ謝辞行け！　という読者の声にお応えしてそろそろ謝辞を。

まずは本作を、ＷＥＢ連載《れんさい》時から何度も何度も読み返して、書籍《しょせき》化のオファーをくださった担当編集様。星野《ほしの》星野《せいや》という作家を見つけてくれたこの御恩《ごおん》は一生忘れません。活躍《かつやく》という形で恩返しできるよう、今後も精進《しょうじん》して参ります。

そしてイラストを担当していただいた黒兎《くろと》ゆう様。数々の素晴《すば》らしいイラストをありがとうございました！　ヒロインも田中《たなか》も、みんな可愛《かわい》くて最高です！　ありがとうございます！

最後に……読者様。

ここまで読んでいただき本当にありがとうございます！

読者様のお気に入りの一作になれたら嬉《うれ》しいです。

WEB連載《れんさい》時、星野《ほしの》星野《せいや》という作家は今後の活動について悩《なや》んでいる時期でした。伸《の》び悩《なや》み、精神的にも苦しみながらも、書くことでしか未来は拓《ひら》けないと思い、書いて書いて書いて……そして今があります。

それを一番近くで支えてくれたのは、毎日のようにコメントをくださる読者様でした。

これからも星野《ほしの》星野《せいや》は、居眠《いねむ》りをせず、最高のライトノベル作家になるために、学習に励《はげ》み、夢を叶《かな》えます。

それではまた、２巻でお会いしましょう。ありがとうございました。

星野《ほしの》星野《せいや》

2巻発売決定!!!!!
陰キャの俺が席替えでS級美少女に囲まれたら
秘密の関係が始まった。2
2025年夏、発売予定

本書に対するご意見、ご感想をお寄せください。

ファンレターあて先
〒102-8177　東京都千代田区富士見2-13-3
電撃文庫編集部
「星野星野先生」係
「黒兎ゆう先生」係

本書は、カクヨムに掲載された『陰キャの俺が席替えでS級美少女に囲まれたら秘密の関係が始まった。』を加筆・修正したものです。

電撃文庫

陰《いん》キャの俺《おれ》が席替《せきが》えでS級《きゅう》美《び》少女《しょうじょ》に囲《かこ》まれたら秘密《ひみつ》の関係《かんけい》が始《はじ》まった。

星野星野《ほしのせいや》

◇◇◇

2025年２月10日　初版発行

発行者　山下直久

発行　株式会社KADOKAWA
〒102-8177　東京都千代田区富士見2-13-3
0570-002-301（ナビダイヤル）

装丁者　荻窪裕司（META＋MANIERA）

印刷　株式会社暁印刷

製本　株式会社暁印刷

ISBN978-4-04-916107-6　C0193　Printed in Japan

電撃文庫　https://dengekibunko.jp/